Pelo Amor de Cassandra

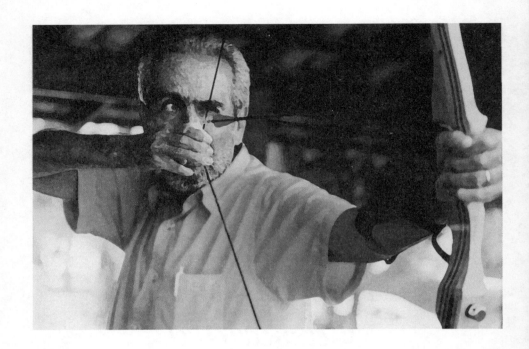

O Arqueiro

GERALDO JORDÃO PEREIRA (1938-2008) começou sua carreira aos 17 anos, quando foi trabalhar com seu pai, o célebre editor José Olympio, publicando obras marcantes como *O menino do dedo verde*, de Maurice Druon, e *Minha vida*, de Charles Chaplin.

Em 1976, fundou a Editora Salamandra com o propósito de formar uma nova geração de leitores e acabou criando um dos catálogos infantis mais premiados do Brasil. Em 1992, fugindo de sua linha editorial, lançou *Muitas vidas, muitos mestres*, de Brian Weiss, livro que deu origem à Editora Sextante.

Fã de histórias de suspense, Geraldo descobriu *O Código Da Vinci* antes mesmo de ele ser lançado nos Estados Unidos. A aposta em ficção, que não era o foco da Sextante, foi certeira: o título se transformou em um dos maiores fenômenos editoriais de todos os tempos.

Mas não foi só aos livros que se dedicou. Com seu desejo de ajudar o próximo, Geraldo desenvolveu diversos projetos sociais que se tornaram sua grande paixão.

Com a missão de publicar histórias empolgantes, tornar os livros cada vez mais acessíveis e despertar o amor pela leitura, a Editora Arqueiro é uma homenagem a esta figura extraordinária, capaz de enxergar mais além, mirar nas coisas verdadeiramente importantes e não perder o idealismo e a esperança diante dos desafios e contratempos da vida.

Pelo Amor de Cassandra

OS RAVENELS 6

LISA KLEYPAS

Título original: *Chasing Cassandra*

Copyright © 2020 por Lisa Kleypas
Copyright da tradução © 2020 por Editora Arqueiro Ltda.

Todos os direitos reservados.
Nenhuma parte deste livro pode ser utilizada ou reproduzida
sob quaisquer meios existentes sem autorização por escrito dos editores.

tradução: Ana Rodrigues

preparo de originais: Marina Góes

revisão: Melissa Lopes e Tereza da Rocha

diagramação: Abreu's System

capa: Renata Vidal

imagem de capa: © Lee Avison/Trevillion Images

impressão e acabamento: Associação Religiosa Imprensa da Fé

CIP-BRASIL. CATALOGAÇÃO NA PUBLICAÇÃO
SINDICATO NACIONAL DOS EDITORES DE LIVROS, RJ

K72p

Kleypas, Lisa
    Pelo amor de Cassandra / Lisa Kleypas ; tradução Ana Rodrigues. - 1. ed. - São Paulo : Arqueiro, 2020.
    272 p. ; 23 cm.   (Os Ravenels ; 6)

    Tradução de: Chasing Cassandra
    Sequência de: Uma herdeira apaixonada
    ISBN 978-65-5565-053-2

    1. Ficção americana. I. Rodrigues, Ana. II. Título. III. Série.

20-66559   CDD: 813
                                                          CDU: 82-3(73)

Meri Gleice Rodrigues de Souza - Bibliotecária - CRB-7/6439

Todos os direitos reservados, no Brasil, por
Editora Arqueiro Ltda.
Rua Funchal, 538 – conjuntos 52 e 54 – Vila Olímpia
04551-060 – São Paulo – SP
Tel.: (11) 3868-4492 – Fax: (11) 3862-5818
E-mail: atendimento@editoraarqueiro.com.br
www.editoraarqueiro.com.br

*Para Carrie Feron,
minha editora, minha inspiração
e meu porto seguro na tempestade.*

CAPÍTULO 1

Hampshire, Inglaterra
Junho de 1876

T inha sido um erro se convidar para o casamento.

Não que Tom Severin desse alguma importância a boas maneiras ou regras de etiqueta. Ele gostava de aparecer de penetra em eventos para os quais não fora convidado, pois sabia que ninguém ousaria enxotar um homem tão rico. Mas deveria ter previsto que o casamento Ravenel seria um tédio absoluto, como eram todos os casamentos. Nada além de baboseiras românticas, comida fria e flores, *muitas* flores. Na cerimônia realizada naquela manhã, a minúscula capela do Priorado Eversby estava abarrotada do chão ao teto, como se todas as floriculturas de Covent Garden tivessem descarregado suas mercadorias ali. O ar estava tão saturado de aromas que ele ficara com uma ligeira dor de cabeça.

Tom atravessou sem pressa a antiga mansão em estilo jacobino, procurando um lugar tranquilo onde pudesse se sentar e fechar os olhos. Lá fora, os convidados se aglomeravam diante da entrada principal para dar vivas aos recém-casados, que partiam para a lua de mel.

Com exceção de alguns poucos convidados como Rhys Winterborne, um galês que era proprietário de uma loja de departamentos, todos ali pertenciam à aristocracia rural. Isso significava que a conversa girava em torno de temas aos quais Tom não dava a menor importância: caça à raposa, música, antepassados ilustres... Naquele tipo de evento, ninguém jamais conversava sobre negócios, política ou qualquer outro assunto que talvez lhe interessasse.

A mansão tinha a aparência dilapidada porém luxuosa típica de uma antiga propriedade rural. Tom não gostava de coisas velhas, do cheiro de mofo e do pó acumulado de séculos, dos tapetes desbotados, das deformações no vidro das janelas. A beleza do campo ao redor tampouco o encantava. A maior parte das pessoas concordaria que Hampshire, com suas colinas verdes, seus bosques exuberantes e seus córregos de águas cintilantes, era um dos lugares de natureza mais lindos da face da Terra. Em geral, porém, a natureza só interessava a Tom se fosse para ser coberta de estradas, pontes e ferrovias.

O som distante de aplausos e risos o alcançou no interior silencioso da casa. Certamente era o momento em que os noivos iam embora sob uma chuva de grãos de arroz. Todos os convidados que vira pareciam genuinamente felizes, o que Tom achava irritante e um tanto intrigante. Era como se todos soubessem de algum segredo que lhe escapara.

Depois de ter feito fortuna com ferrovias e construção civil, Tom jamais havia esperado voltar a sentir inveja. Mas ali estava ela, corroendo-o por dentro como cupim em madeira velha. Não fazia sentido. Ele era mais feliz do que a maioria das pessoas presentes, ou pelo menos mais rico, o que era mais ou menos a mesma coisa. Mas por que não se *sentia* feliz? Fazia meses desde a última vez que de fato sentira alguma coisa. Aos poucos fora dominado pela consciência apavorante de que todos os seus apetites habituais tinham se embotado. Coisas que geralmente lhe davam prazer agora o entediavam. Nada, nem mesmo passar uma noite nos braços de uma bela mulher, vinha sendo satisfatório. Ele nunca fora assim. E não tinha a menor ideia do que fazer a respeito.

Achou que poderia lhe fazer bem passar algum tempo com Devon e West Ravenel, que conhecia fazia pelo menos uma década. Os três, ao lado dos demais integrantes de uma turma de reputação duvidosa, já haviam se metido em muitas brigas juntos e farreado bastante por Londres. Mas as coisas haviam mudado. Dois anos antes, Devon herdara inesperadamente um condado e assumira o papel de patriarca responsável. E West, antes um bêbado despreocupado, agora administrava a propriedade e os arrendatários e falava incessantemente sobre o clima. *O clima*, pelo amor de Deus! Os irmãos Ravenels, antes tão divertidos, haviam se tornado tediosos como todo mundo.

Tom entrou em uma sala de música vazia, onde encontrou uma grande poltrona em um canto pouco iluminado do cômodo. Depois de virá-la para que ficasse de costas para a porta, sentou-se e fechou os olhos. O local estava silencioso como um túmulo, exceto pelo tique-taque discreto de um relógio em algum lugar. Ele suspirou, sentindo um cansaço fora do comum envolvê-lo como uma névoa suave. Muita gente brincava com ele ao comentar sobre sua vitalidade e seu ritmo de vida acelerado, afirmando que era impossível acompanhá-lo. Agora, parecia que ele não conseguia acompanhar a si mesmo.

Precisava fazer alguma coisa para despertar desse feitiço.

Talvez devesse se casar. Aos 31 anos, já estava na hora de ter uma esposa e filhos. Havia dezenas de jovens adequadas bem ali, todas de sangue azul e bem-educadas. Casar-se com uma delas o ajudaria a se promover socialmente. Tom pensou nas irmãs Ravenels. A mais velha, Helen, tinha se casado com Rhys Winterborne, e ali, naquela manhã, lady Pandora acabara de se casar com lorde St. Vincent. Mas havia uma irmã sobrando: a gêmea de Pandora, Cassandra.

Tom ainda não fora apresentado a ela, mas tivera um vislumbre da moça no jantar da noite anterior, por entre vários arranjos de mesa e uma floresta de candelabros de prata. Pelo que conseguira ver, Cassandra era jovem, loura e quieta, o que não era exatamente *tudo* o que ele queria em uma esposa, mas já era um bom começo.

O som de alguém entrando na sala invadiu seus pensamentos. *Maldição*. Das dezenas de cômodos desocupados naquele andar da casa, tinham que entrar justamente naquele... Tom estava prestes a se levantar para que o vissem, mas um choro feminino fez com que se encolhesse mais fundo na poltrona. *Ah, não*.

– Desculpe – disse uma voz de mulher, trêmula. – Não sei por que estou tão emotiva.

Por um momento, Tom achou que ela estivesse falando com ele, mas então um homem respondeu:

– Imagino que não seja fácil se separar de uma irmã que sempre foi sua companheira mais próxima. Ainda mais uma irmã gêmea – disse West Ravenel, no tom mais terno e íntimo que Tom já o escutara usar.

– É só porque sei que vou sentir falta dela. Mas estou feliz por Pandora ter encontrado o amor. Muito feliz... – A voz dela falhou.

– Estou vendo... – disse West, com uma ironia carinhosa. – Aqui, pegue este lenço e vamos enxugar essas lágrimas de alegria.

– Obrigada.

– Seria muito natural – comentou West de modo gentil – que sentisse uma ponta de inveja. Não é segredo que você sempre quis encontrar um par, ao passo que Pandora se dizia determinada a jamais se casar.

– Não estou com inveja. Estou preocupada. – A mulher assoou o nariz com uma fungadinha delicada. – Fui a todos os jantares e bailes, e conheci *todo mundo*. Alguns dos cavalheiros solteiros foram muito agradáveis, mas, mesmo não havendo nada de terrivelmente errado com nenhum deles, também não havia nada de terrivelmente certo. Desisti de tentar encontrar o amor. Agora quero apenas alguém a quem eu possa vir a amar com o tempo, e não consigo encontrar nem isso. Há alguma coisa errada comigo. Vou acabar me tornando uma velha solteirona.

– Não existe essa história de velha solteirona.

– E como você chamaria uma dama de meia-idade que nunca se casou?

– Uma mulher exigente? – sugeriu West.

– *Você* talvez chame assim, mas todas as outras pessoas chamam de "velha solteirona". – Ela fez uma pausa mal-humorada. – Além disso, estou roliça demais. Todos os meus vestidos estão apertados.

– Você está com a aparência de sempre.

– Meu vestido teve que ser ajustado ontem. Os botões das costas não fechavam de jeito nenhum.

Tom se virou furtivamente na poltrona e espiou pela borda. Na mesma hora, perdeu o fôlego ao olhar para a mulher na sala, maravilhado.

Pela primeira vez na vida, Tom Severin estava estupefato. Estupefato e arrasado.

Ela era linda como eram lindos o fogo e a luz do sol – quente, cintilante e dourada. Vê-la provocou em Tom uma sensação de vazio, de fome. Aquela mulher era tudo pelo que ele ansiara em sua juventude desfavorecida, cada esperança e cada oportunidade perdidas.

– Meu bem – murmurou West, sempre gentil –, me escute. Não precisa se preocupar. Você vai conhecer alguém, ou vai reconsiderar alguém a quem a princípio não deu importância. Alguns homens são uma questão de hábito. Como ostras, ou queijo gorgonzola.

Ela deixou escapar um suspiro trêmulo.

– Primo West, se eu não me casar até os 25 anos... e você ainda for solteiro... você seria a minha ostra?

West a encarou, perplexo.

– Vamos combinar que nos casaremos algum dia, se ninguém mais nos quiser – continuou ela. – Eu seria uma boa esposa. Sempre sonhei ter a minha própria família e um lar feliz onde todos se sintam seguros e bem-vindos. Você sabe que não sou de importunar, ou de bater portas, nem costumo ficar emburrada pelos cantos. Só preciso de uma pessoa da qual eu possa cuidar. Quero ser importante para alguém. Antes que você recuse...

– Lady Cassandra Ravenel – interrompeu West –, essa é a ideia mais idiota que alguém já teve desde que Napoleão resolveu invadir a Rússia.

A expressão dela agora era de contrariedade.

– Por quê?

– Além de uma imensa variedade de razões, você é jovem demais para mim.

– Você não é mais velho do que lorde St. Vincent, e ele acabou de se casar com a minha irmã gêmea.

– Sou mais velho do que ele por dentro, décadas mais velho. Minha alma é uma uva-passa. Acredite em mim, você não vai querer ser minha esposa.

– Seria melhor do que ficar solitária.

– Que bobagem. "Sozinha" e "solitária" são coisas inteiramente diferentes. – West estendeu a mão para tirar um cacho dourado que havia ficado preso à face molhada de lágrimas. – Agora, lave o rosto com água fria e...

– Eu serei sua ostra – intrometeu-se Tom.

Ele se levantou da poltrona e se aproximou dos dois, que o encararam, boquiabertos.

O próprio Tom também estava mais do que um pouco surpreso com o impulso. Se havia uma coisa em que era bom, era em negociar acordos, e não era *assim* que se começava. Com algumas poucas palavras ele conseguira se colocar na posição mais vulnerável possível.

Mas ele queria tanto aquela jovem que não conseguiu se conter.

Quanto mais perto dela chegava, mais difícil ficava pensar com clareza. Sentia o coração acelerado, prestes a escapar do peito.

Cassandra se aproximou de West, como se quisesse se proteger, e olhou para Tom como se ele fosse um lunático. Tom não poderia culpá-la. Na verdade, ele já se arrependera daquela abordagem, mas era tarde demais para voltar atrás.

West o encarava, carrancudo.

– Severin, que diabo está fazendo aqui?

– Eu estava descansando na poltrona. Depois que vocês começaram a conversar, não consegui encontrar um bom momento para interromper.

Tom não conseguia afastar os olhos dos de Cassandra. Eram grandes e fascinantes, de um azul da meia-noite, e cintilavam de lágrimas. Suas curvas pareciam firmes e maravilhosas, sem ângulos duros ou linhas retas... nada além de uma suavidade sensual e convidativa. Se conseguisse tê-la para si, talvez finalmente experimentasse o sossego do qual os outros homens desfrutavam. Não passaria mais cada minuto do dia buscando e desejando, sem nunca se sentir satisfeito.

– Eu me casarei com a senhorita – disse Tom a ela. – A qualquer momento. Sob quaisquer termos.

West empurrou Cassandra gentilmente na direção da porta.

– Vá, querida, enquanto eu troco uma palavrinha com este homem insano.

Ela assentiu para o primo, confusa, e obedeceu.

Depois que Cassandra saiu, Tom chamou em um tom urgente, sem pensar:
– Milady?

Ela reapareceu lentamente, espiando por trás do batente.

Tom não estava certo do que dizer, só sabia que não podia permitir que ela fosse embora pensando ser qualquer coisa menos do que perfeita, que era exatamente o que lady Cassandra era.

– A senhorita não é roliça demais – disse ele, bruscamente. – Quanto mais a senhorita ocupar o mundo, melhor.

Em matéria de elogios, aquele não tinha sido eloquente, nem sequer apropriado. Mas uma expressão divertida fez cintilar o único olho azul visível antes de Cassandra desaparecer outra vez.

Cada músculo do corpo de Tom se retesou com o instinto de seguir o rastro do perfume dela, como um cão farejador.

West se virou para encarar Tom, a expressão perplexa e aborrecida.

Antes que o amigo pudesse dizer qualquer coisa, Tom perguntou com urgência:

– Posso ficar com ela?
– Não.
– Eu preciso ficar com ela, por favor, West...
– *Não.*

Tom assumiu uma postura de homem de negócios.

– Então *você* quer ficar com ela. Perfeitamente compreensível. Vamos negociar.

– Você acabou de me ouvir dizer que não me casaria com ela – lembrou West, irritado.

O que Tom não acreditara ser verdade nem por um momento. Como

West ou qualquer outro homem em perfeito juízo poderia não desejar aquela mulher com uma intensidade avassaladora?

– Obviamente foi uma estratégia para atraí-la mais tarde – disse Tom. – Mas eu ofereço um quarto de uma companhia ferroviária por ela. Além de ações na companhia de terraplanagem. Ainda posso acrescentar um bom valor em espécie. É só dizer quanto.

– Você enlouqueceu? Lady Cassandra não é um objeto que eu possa entregar a você, como um guarda-chuva. Na verdade, eu não lhe daria nem um guarda-chuva.

– Você poderia convencê-la. Ela obviamente confia em você.

– E acha que eu usaria isso contra ela?

Tom estava ficando impaciente.

– De que adianta ter a confiança de alguém se não se pode usá-la contra a pessoa?

– Lady Cassandra nunca vai se casar com você, Severin – declarou West, exasperado.

– Mas ela é o que eu sempre quis.

– Como sabe? Até agora, tudo o que você viu foi uma bela jovem de cabelos louros e olhos azuis. Já lhe ocorreu se perguntar como ela é por dentro?

– Não. Eu não me importo. Ela pode ser o que quiser por dentro, desde que me deixe ter o que ela é por fora. – Ao ver a expressão de West, Tom acrescentou, um pouco na defensiva: – Você sabe que nunca fui um desses tipos sentimentais.

– Está se referindo aos tipos que têm emoções humanas? – perguntou West, ácido.

– Eu tenho emoções. – Tom fez uma pausa. – Quando quero.

– Estou tendo uma emoção neste exato momento. E vou me afastar de você antes que ela me obrigue a encostar a sola da minha bota no seu traseiro, está bem? – West o fuzilou com o olhar. – Fique longe dela, Tom. Encontre outra jovem inocente para corromper. Tenho motivos suficientes para assassiná-lo só pelo que você já disse até aqui.

Tom ergueu as sobrancelhas.

– Ainda está chateado por causa da negociação daquele contrato? – perguntou ele, com um toque de surpresa.

– Nunca superarei – informou West. – Você tentou nos enganar para que não aproveitássemos o benefício das nossas próprias terras mesmo sabendo que estávamos à beira da falência.

– Eram negócios, West – protestou Tom.

– Sim, mas não somos amigos?

– Amigos, amigos, negócios à parte.

– Está tentando dizer que por você tudo bem se um amigo tentasse depená-lo, ainda mais se você quisesse o dinheiro?

– Eu sempre quero o dinheiro. Por isso tenho tanto. E não, eu não me importaria se um amigo tentasse me ludibriar... Eu respeitaria o esforço dele.

– É, provavelmente – disse West, mas não como um elogio. – Você pode ser um desgraçado desalmado e com o apetite desenfreado de um tubarão, mas sempre foi sincero.

– E você sempre foi justo. Por isso estou pedindo que fale com lady Cassandra sobre as minhas qualidades, e sobre os defeitos também.

– *Que* qualidades? – perguntou West, muito sério.

Tom teve que pensar por um momento.

– Minha fortuna inesgotável? – sugeriu.

West gemeu e balançou a cabeça.

– Eu até sentiria pena de você, Tom, se você não fosse um cretino tão egoísta. Já o vi agir assim antes e sei aonde isso levará. Por isso você tem mais casas do que consegue ocupar, mais cavalos do que poderia montar e mais quadros do que paredes para pendurá-los. Inevitavelmente chegará o momento em que vai se sentir desapontado. Assim que consegue adquirir o objeto do seu desejo, ele perde o encanto para você. E, sabendo disso, acha que Devon ou eu algum dia permitiríamos que você cortejasse Cassandra?

– Eu não perderia o interesse pela minha esposa.

– Ah, é? E por que com sua esposa seria diferente? – perguntou West, com delicadeza. – Você só se importa com a conquista.

CAPÍTULO 2

Depois de sair da sala de música, Cassandra subiu correndo para lavar o rosto no quarto. Uma compressa fria e úmida nos olhos ajudou a diminuir a vermelhidão, mas não havia nada capaz de aliviar o sofrimento profundo que a abateu após ver a carruagem de Pandora se afastando. Sua irmã gêmea, sua outra metade, começaria uma nova vida com o marido, lorde St. Vincent. E Cassandra estava sozinha.

Controlou a vontade de voltar a chorar e desceu devagar a grande escadaria dupla que levava ao amplo saguão de entrada. Teria que socializar com os convidados no espaço formal dos jardins, onde fora montado um bufê. Eles se serviam como e quando queriam, enchendo seus pratos com pães recém-saídos do forno, torradas com ovos pochés, codorna defumada, salada de frutas e fatias de charlote de morango feita com pão de ló e creme bávaro. Criados atravessavam o saguão de entrada com bandejas de café, chá e champanhe gelado.

Normalmente aquele era o tipo de evento que Cassandra teria aproveitado imensamente. Ela adorava um bom café da manhã, especialmente quando havia algo doce para arrematar a refeição, e charlote de morango era uma de suas sobremesas favoritas. Naquele momento, porém, não estava com disposição para conversar com ninguém. Além disso, andara comendo doces em demasia ultimamente... a tartelete no chá da véspera, e todos os sorbets de frutas servidos entre cada prato do jantar na noite anterior, e depois um éclair inteiro, recheado com muito creme de amêndoas e coberto com uma farta camada de glacê. E ainda uma das pequenas flores decorativas de marzipã de uma travessa de sobremesas.

No meio da escada, Cassandra teve que fazer uma pausa, ofegante. Ela pousou a mão sob as costelas, onde o espartilho havia sido apertado com mais firmeza do que o normal. Via de regra, os espartilhos do dia a dia eram ajustados apenas com o objetivo de dar firmeza às costas e garantir uma boa postura, mas não eram apertados como um castigo. Cassandra tinha apenas um espartilho muito justo para ocasiões especiais como aquela. Com o peso que havia ganhado nos últimos tempos, sentia-se sufocada, sem fôlego e morrendo de calor. O espartilho parecia prender todo o ar bem no topo dos pulmões. Com o rosto muito vermelho, Cassandra se sentou na lateral da escada e se encostou nos balaústres. Os cantos dos olhos já ardiam novamente.

Ah, isso precisa parar. Irritada consigo mesma, Cassandra tirou um lenço do bolso oculto no vestido e pressionou-o com força sobre um novo fio de lágrimas. Depois de um ou dois minutos, percebeu que alguém subia a escada em um passo moderado.

Para não ser flagrada chorando nos degraus como uma criança perdida, Cassandra se esforçou para se levantar.

Uma voz baixa a deteve:

– Não... por favor. Eu só queria lhe dar isto.

Com a visão turvada de lágrimas, discerniu a silhueta de Tom Severin, que estava um degrau abaixo dela com duas taças de champanhe nas mãos. Ele lhe estendeu uma.

Cassandra já ia estendendo a mão para aceitar, mas hesitou.

– Não devo beber champanhe puro.

Um dos cantos da boca de Tom Severin se ergueu em um sorrisinho.

– Não vou contar a ninguém.

Cassandra aceitou a taça e bebeu. O champanhe gelado estava maravilhoso e aliviou a secura e o aperto na garganta dela.

– Obrigada – murmurou.

Ele assentiu brevemente e se virou para se afastar.

– Espere – pediu Cassandra, embora não soubesse ao certo se queria que ele ficasse ou não.

Severin se virou para ela com um olhar questionador.

Durante o breve encontro na sala de música, Cassandra estivera perturbada demais para reparar direito no homem. Ele agira de modo muito esquisito, um completo estranho aparecendo do nada e se oferecendo para se casar com ela. Além disso, Cassandra ficara mortificada por ele tê-la ouvido, chorosa, fazer confidências a West, especialmente a parte do ajuste do vestido.

Agora, porém, era impossível não perceber a boa aparência do homem. Ele era alto, esguio e elegante, tinha cabelos escuros, a pele clara e sobrancelhas grossas com um desenho ligeiramente diabólico. Se julgasse as feições separadamente – o nariz comprido, a boca larga, os olhos estreitos, os malares e o maxilar –, não o teria imaginado tão atraente, mas, de alguma forma, tudo combinava de uma maneira bem interessante. E tornava a presença dele muito mais marcante do que a de alguém com uma beleza convencional.

– Fique à vontade para se juntar a mim – disse Cassandra, surpreendendo a si mesma.

Severin hesitou.

– É isso que a senhorita deseja? – perguntou ele.

Cassandra precisou pensar antes de responder.

– Não tenho certeza – admitiu. – Não quero ficar sozinha... mas também não desejo ficar com outra pessoa.

– Sou a solução perfeita, então. – Ele se sentou ao lado dela. – Pode me contar o que quiser. Não faço julgamentos morais.

Cassandra demorou a falar algo sobre isso porque se viu momentaneamente distraída pelos olhos dele. Eram azuis com pontos de um verde cintilante ao redor das pupilas, mas um deles tinha muito mais pontos do que o outro.

– Todos fazem julgamentos – afirmou ela, enfim.

– Eu não faço. Meu senso de certo e errado é diferente do da maioria das pessoas. A senhorita poderia dizer que sou um niilista moral.

– O que é isso?

– Acredito que nada é naturalmente certo ou errado.

– Ah, isso é péssimo – declarou Cassandra.

– Eu sei – falou Severin, como quem pede desculpas.

Talvez algumas jovens bem-nascidas tivessem ficado chocadas, mas Cassandra estava acostumada com pessoas não convencionais. Ela crescera com Pandora, cujo cérebro sagaz e inventivo havia alegrado aquela vida insuportavelmente reclusa. Na verdade, o Sr. Severin possuía uma espécie de energia contida que lembrava um pouco a de Pandora. Era possível ver nos olhos dele a atividade incessante de uma mente que funcionava em um ritmo muito mais acelerado que o normal.

Depois de outro gole de champanhe, Cassandra se sentiu aliviada ao descobrir que a vontade de chorar havia passado e que já conseguia respirar normalmente de novo.

– O senhor supostamente é um gênio, não é? – perguntou Cassandra.

Ela de repente se lembrara de uma conversa entre Devon, West e o Sr. Winterborne, todos amigos de Severin. Eles haviam concordado que o magnata das ferrovias tinha a mente de negócios mais brilhante que conheciam.

– Às vezes, pessoas inteligentes podem transformar coisas simples em algo muito complicado. Talvez seja por isso que o senhor tem dificuldade com certo e errado.

Aquilo provocou nele um breve sorriso.

– Não sou um gênio.

– Está sendo modesto – falou ela.

– Eu nunca sou modesto – disse Tom, que bebeu o restante do champanhe, pousou a taça e se virou para encará-la mais diretamente. – Tenho uma capacidade intelectual acima da média e memória fotográfica, mas isso não significa que eu seja um gênio.

– Que interessante... – disse Cassandra, incomodada e pensando *Ah, meu Deus... mais estranhezas*. – O senhor tira fotografias com a mente?

Ele torceu os lábios, como se pudesse ler os pensamentos dela.

– Não é como está imaginando. Quis dizer que guardo informações com muita facilidade. De algumas coisas... diagramas ou cronogramas, páginas de um livro... consigo me lembrar em detalhes como se estivesse olhando para uma fotografia. Eu me lembro da disposição da mobília e das obras de arte penduradas nas paredes de quase todas as casas que já visitei. Todas as palavras de cada contrato e acordo de negócios que já fiz estão aqui. – Ele bateu na têmpora com o dedo.

– O senhor está brincando? – perguntou Cassandra, espantada.

– Infelizmente, não.

– Por que acha uma infelicidade ser inteligente assim?

– Bem, é justamente esse o problema... Ser capaz de se lembrar de uma quantidade imensa de informações não torna a pessoa inteligente. A inteligência é definida pelo que se faz com a informação. – Ele assumiu uma expressão brincalhona. – O fato de eu me lembrar de tantas coisas torna o meu cérebro ineficiente. Certas informações deveriam ser esquecidas porque não são necessárias, ou porque nos atrapalham. Mas eu me lembro de todos os fracassos tanto quanto de todos os sucessos. De todos os erros e resultados negativos. E, às vezes, pensar é como estar no meio de uma tempestade de poeira: há tantos detritos voando que não consigo enxergar com clareza.

– Parece bem cansativo ter memória fotográfica. Ainda assim, o senhor conseguiu tirar o melhor proveito disso. Dificilmente seria digno de pena.

Ele sorriu e inclinou a cabeça.

– Dificilmente.

Cassandra bebeu as últimas gotas de champanhe antes de deixar a taça de lado.

– Sr. Severin, posso lhe fazer uma pergunta pessoal?

— É claro.

— Por que se ofereceu para ser a minha ostra? — Um rubor tomou o rosto de Cassandra. — Por eu ser bonita?

Ele ergueu a cabeça.

— Em parte — admitiu, sem um pingo de vergonha. — Mas também gostei do que a senhorita disse... que não é de importunar ou de bater portas e que não está em busca de amor. Eu também não estou. — Ele fez uma pausa, o olhar vibrante preso ao dela. — Acho que formaríamos um bom par.

— Eu não quis dizer que não *quero* o amor — protestou Cassandra. — O que falei foi que estaria disposta a deixar que o amor surgisse com o tempo. Para ser clara, quero um marido que também possa vir a me amar.

Severin demorou algum tempo para responder.

— E se a senhorita tivesse um marido que, embora não fosse bonito, também não tivesse uma aparência ruim e por acaso fosse rico? E se ele fosse gentil e atencioso e lhe desse qualquer coisa que a senhorita pedisse... mansões, joias, viagens ao exterior, seu iate particular e um vagão de trem de luxo? E se ele fosse excepcionalmente bom de... — Ele fez uma pausa e pareceu pensar melhor no que estava prestes a dizer. — E se ele a protegesse e fosse seu amigo? Realmente importaria tanto se ele não conseguisse amá-la?

— Por que ele não conseguiria? — perguntou Cassandra, intrigada e perturbada. — Ele não tem coração?

— Ele tem, sim, mas o coração dele nunca funcionou dessa forma. Está... congelado.

— Desde quando?

Severin pensou por um momento antes de responder.

— Desde quando ele nasceu, talvez?

— É impossível nascer com o coração congelado — disse Cassandra em um tom sábio. — Alguma coisa aconteceu com o senhor.

O Sr. Severin voltou-se para ela com um olhar ligeiramente brincalhão.

— Como a senhorita sabe tanto sobre corações?

— Li romances... — disse ela com seriedade, e ficou aborrecida ao ouvir a risada baixa dele. — *Muitos*. Não acha que uma pessoa pode aprender coisas lendo romances?

— Nada que realmente se aplique à vida — devolveu Tom, mas seus olhos azul-esverdeados tinham uma expressão bem-humorada, como se ele a achasse encantadora.

– Mas a vida é o tema dos romances. Um romance pode conter mais verdades do que mil artigos de jornal ou documentos científicos. Ele nos faz imaginar, ao menos por algum tempo, que somos outras pessoas, então conseguimos entender melhor alguém diferente de nós.

O modo como ele a escutava era lisonjeiro, atencioso e interessado. Parecia colecionar suas palavras como flores, que deixaria guardadas entre as páginas de um livro.

– Retiro o que disse – declarou ele. – Vejo que terei que ler um romance. Alguma sugestão?

– Não há como. Não conheço seu gosto.

– Gosto de trens, navios, máquinas e prédios altos. Gosto da ideia de viajar para lugares novos, embora pareça nunca ter tempo para ir a lugar algum. Não gosto de sentimentalismo nem de romantismo. História me dá sono. Não acredito em milagres, anjos ou fantasmas.

Ele a encarou em expectativa, como se houvesse acabado de lançar um desafio.

– Humm. – Cassandra ficou pensando no tipo de romance que poderia agradá-lo. – Vou precisar pensar um pouco. Quero recomendar algo que o senhor vá apreciar com certeza.

Severin sorriu, o reflexo das luzes do candelabro cintilando em seus olhos como se fossem mil constelações.

– Bem, eu contei sobre os meus gostos... e os seus?

Cassandra baixou os olhos para as mãos cruzadas no colo.

– Gosto de coisas triviais, basicamente – disse, com uma risadinha autodepreciativa. – Trabalhos de agulha, como bordado, tricô e crochê. Desenho e pinto um pouco. Gosto de tirar cochilos e da hora do chá, de passeios tranquilos em dias de sol e de ler em uma tarde chuvosa. Não tenho nenhum talento especial ou grandes ambições. Mas gostaria de ter a minha própria família algum dia e... quero ajudar outras pessoas muito mais do que sou capaz no momento. Levo cestas de comida e remédios para os arrendatários e conhecidos do vilarejo, mas para mim isso não basta. Quero poder ajudar *de verdade* as pessoas que precisam. – Ela deixou escapar um breve suspiro. – Acho que isso não é muito interessante. Pandora é a gêmea divertida e empolgante. É dela que as pessoas se lembram. Eu sempre fui... bem, a gêmea que não era Pandora. – No silêncio que se seguiu, ela ergueu os olhos, constrangida. – Não sei por que contei tudo isso. Deve ter sido o champanhe. O senhor, por favor, poderia esquecer tudo o que falei?

– Nem se eu quisesse – retrucou ele, com gentileza. – E não quero.

– Que pena.

Cassandra franziu a testa, pegou novamente a taça vazia e se levantou, ajeitando a saia.

Severin também pegou sua taça e ficou de pé.

– Mas a senhorita não precisa se preocupar – falou. – Pode dizer o que quiser para mim. Sou a sua ostra.

Antes que pudesse se conter, Cassandra deixou escapar uma risadinha, horrorizada.

– Por favor, não diga isso.

– Pode escolher outra palavra, se preferir. – Severin estendeu o braço para descer a escada com ela. – Mas o fato é que, se precisar de alguma coisa... qualquer coisa, qualquer favor ou serviço, pequeno ou grande... é a mim que deve mandar chamar. Não vou fazer perguntas nem cobrar nada. Vai se lembrar disso?

Cassandra hesitou antes de aceitar o braço dele.

– Vou me lembrar. – Enquanto desciam ao primeiro andar, ela perguntou, perplexa: – Mas por que o senhor prometeria algo assim?

– A senhorita nunca gostou de alguém ou de alguma coisa de imediato, sem saber exatamente por quê, mas tendo a certeza de que mais tarde descobriria as razões?

Cassandra não conseguiu conter um sorriso ao ouvir aquilo e pensou: *Sim, na verdade, já. Neste exato momento.* Mas seria ousado demais fazer um comentário desses e, além disso, seria errado encorajá-lo.

– Eu ficaria feliz em chamá-lo de amigo, Sr. Severin. Mas temo que casamento nunca venha a ser uma possibilidade. Não temos nada em comum. Eu só o satisfaria das maneiras mais superficiais.

– Eu ficaria feliz com isso. Relacionamentos superficiais são os meus favoritos.

Um sorriso melancólico surgiu no rosto de Cassandra.

– O senhor não poderia me dar a vida com que sempre sonhei.

– Espero que seus sonhos se tornem realidade, milady. Mas, se isso não acontecer, saiba que posso oferecer algumas opções muito satisfatórias.

– Não se o seu coração estiver congelado.

Severin sorriu ao ouvir isso, e não respondeu. Mas, quando se aproximavam do último degrau, ela ouviu seu murmúrio pensativo, quase aturdido:
– Na verdade... acho que ele acaba de descongelar um pouquinho.

CAPÍTULO 3

Embora Cassandra mantivesse uma distância prudente do Sr. Severin durante o bufê de café da manhã, não conseguiu evitar lhe lançar alguns olhares furtivos. Ele conversava com outros convidados, parecendo relaxado e tranquilo, e não fazia esforço para chamar atenção. Mas, mesmo se Cassandra não soubesse quem ele era, teria achado que havia algo de extraordinário no homem. Severin tinha uma presença confiante e astuta, e o ar alerta de um predador. Sua postura era a de um homem poderoso, pensou Cassandra ao vê-lo conversando com o Sr. Winterborne, que tinha a mesma característica. Os dois eram muito diferentes dos homens da classe dela, que tinha nascido em um ambiente de tradições antigas e códigos de comportamento rígidos.

Homens como Severin e Winterborne eram de origem humilde, tendo conquistado a própria fortuna. Infelizmente, nada era tão desdenhado e desprezado nos círculos das altas classes do que a busca descarada de lucro. Um homem deveria conquistar a riqueza de forma discreta, fingindo tê-la adquirido por meios indiretos.

Não pela primeira vez, Cassandra se descobriu desejando que "casamentos heterogêneos", como eram chamados, não fossem tão deplorados pela alta sociedade. Durante a primeira temporada social de que participou, ela conhecera quase todos os cavalheiros adequados de sua classe social em Londres, e, depois de descartar os solteiros inveterados, além dos velhos ou doentes demais, sobraram menos de duas dúzias de homens que poderia considerar. No final da temporada, Cassandra havia recebido cinco pedidos de casamento e recusara todos. Aquilo fora uma decepção para sua mentora, lady Berwick, que a alertara que terminaria como sua irmã Helen.

– Ela poderia ter se casado com quem desejasse – comentara lady Berwick, em tom melancólico. – Mas, antes mesmo que a temporada social tivesse começado, desperdiçou todo o seu potencial se casando com o filho de um comerciante galês.

Aquilo era um pouco injusto, já que o Sr. Winterborne era um homem fantástico, que amava Helen de corpo e alma. Por acaso ele também era absurdamente rico e transformara a mercearia modesta do pai na maior loja de departamentos do mundo. No entanto, lady Berwick estava certa sobre a reação da sociedade. Comentava-se com discrição nos salões que Helen se rebaixara com o casamento. Nos círculos mais elevados, os Winterbornes nunca seriam completamente aceitos. Ainda bem que Helen estava feliz demais para se importar com isso.

Não me incomodaria casar com alguém de um nível social abaixo do meu se estivesse apaixonada, pensou Cassandra. De jeito nenhum. Mas, infelizmente, o amor verdadeiro parecia nunca acontecer a quem o procurava. O amor era travesso e preferia se esgueirar no coração de quem estava ocupado demais fazendo outras coisas.

Lady Berwick apareceu ao lado dela.

– Cassandra.

A mulher mais velha era alta e majestosa, como um veleiro de quatro mastros. Não era o que qualquer pessoa descreveria como uma mulher animada. Lady Berwick tinha a expressão permanente de alguém que acabara de encontrar migalhas de pão na geleia. No entanto, era uma mulher digna de admiração. Pragmática, nunca lutava contra o que não podia ser evitado, mas alcançava seus objetivos com muita força de vontade e persistência.

– Por que não está sentada a uma das mesas com os convidados? – indagou lady Berwick.

Cassandra deu de ombros e respondeu, envergonhada:

– Tive um momento de melancolia depois que Pandora partiu.

Os olhos firmes da mulher mais velha se suavizaram.

– Você será a próxima, minha cara. E, no que depender de mim, fará um casamento ainda mais fantástico que o da sua irmã. – Ela lançou um olhar significativo na direção de uma mesa distante, onde lorde Foxhall estava sentado com alguns conhecidos. – Como herdeiro de lorde Westcliff, Foxhall um dia terá o título mais antigo e ilustre na nobreza. Ele superará a todos, até mesmo St. Vincent. Se você se casar com ele, no futuro terá precedência sobre a sua irmã e entrará na frente dela em um jantar.

– Pandora adoraria isso – comentou Cassandra, sorrindo ao se lembrar da irmã travessa. – Isso daria a ela a chance de sussurrar insultos atrás de mim, aproveitando que eu não poderia me virar para responder.

Lady Berwick parecia não compartilhar do bom humor da pupila.

– Pandora sempre resistiu à minha orientação – observou, irritada. – Mas acabou conseguindo um bom casamento. O mesmo acontecerá com você. Venha, vamos conversar com lorde Foxhall e com o irmão dele, o Sr. Marsden, que também é um ótimo partido.

Cassandra se encolheu por dentro ao pensar em conversar banalidades com os dois irmãos sob o olhar atento de lady Berwick.

– Milady – disse, relutante –, já conheci os dois cavalheiros e considerei ambos muito corteses, mas não acho que nenhum deles combinaria comigo. Nem eu com eles.

– Por que não?

– Ah… os dois são tão… atléticos. Gostam de caçar, de montar, de pescar, de jogos ao ar livre e de todo tipo de disputas masculinas…

A voz de Cassandra arrefeceu e ela fez uma careta cômica.

– Os rapazes Marsdens têm mesmo um traço de extravagância – retrucou lady Berwick com leve reprovação –, sem dúvida o herdaram da mãe. Americana, você sabe. No entanto, foram criados de forma respeitável e são cultos, e a fortuna de Westcliff é incalculável.

Cassandra decidiu ser direta.

– Tenho certeza de que não conseguiria me apaixonar por lorde Foxhall nem pelo irmão dele.

– Como eu já lhe disse, isso é irrelevante.

– Não para mim.

– Um casamento por amor não tem mais substância do que uma dessas sobremesas tolas, essas coisinhas volúveis de que você gosta… essa espuminha de açúcar que a pessoa precisa perseguir pelo prato com uma colher até ela se desfazer.

– Mas, lady Berwick, a senhora não é contra o casamento por amor se o cavalheiro for adequado de todas as outras formas, certo?

– Na verdade, sou contra, sim. Quando começa com amor, a união conjugal inevitavelmente caminha para a frustração. Já uma união por interesse, auxiliada por uma *simpatia*, resultará em um casamento estável e produtivo.

– Não é uma visão muito romântica – ousou dizer Cassandra.

– Hoje em dia, existem por aí muitas jovens que acabam em maus lençóis por causa de seu romantismo. O romance turva o bom senso e afrouxa os cordões do espartilho.

Cassandra deixou escapar um suspiro melancólico.

– Bem que eu gostaria de afrouxar os meus.

Ela mal podia esperar para subir a escada correndo depois que aquele café da manhã interminável finalmente acabasse. Queria vestir seu espartilho de sempre e um vestido confortável para o dia a dia.

Lady Berwick a encarou com uma expressão reprovadora mas carinhosa.

– Menos biscoitos na hora do chá, Cassandra. Seria bom que ficasse um pouco mais esguia para a temporada social.

Cassandra assentiu, rubra de vergonha.

– Este é um momento perigoso para você, minha cara – continuou lady Berwick, falando baixo. – Sua primeira temporada social foi um sucesso. Você foi reconhecida como uma grande beldade, o que provocou admiração e muita inveja. No entanto, ter recusado todos aqueles pedidos de casamento pode acabar rendendo acusações de orgulho e vaidade, e criar a impressão de que você gosta de brincar com o coração dos homens. Obviamente, nada poderia estar mais distante da verdade... mas a verdade raras vezes importa para a sociedade de Londres. As fofocas se alimentam da mentira. Então, seria bom se aceitasse se casar com algum cavalheiro adequado na próxima temporada social... Quanto antes, melhor.

CAPÍTULO 4

– Temo que a resposta seja não – disse Devon, lorde Trenear, irritado por se ver tomando um conhaque com Severin em seu escritório em vez de estar na cama com a esposa.

– Mas você deu Helen a Winterborne – protestou Severin. – Não posso representar uma perspectiva pior do que ele.

Agora que o café da manhã festivo terminara, o dia se tornara relaxado e informal, a atmosfera ficando confortável como o momento de desamarrar os sapatos. Os convidados haviam se dispersado em grupos, vários deles saindo para caminhadas ou passeios de carruagem, outros aproveitando os gramados para jogar tênis ou boliche e alguns optando por descansar em seus quartos. Kathleen, a esposa ruiva e franzina de Devon, sussurrara provocadoramente no ouvido dele um convite a tirarem uma soneca juntos, ideia com a qual ele concordara com grande entusiasmo.

No entanto, quando estava a caminho da escada, Tom Severin o encurralara solicitando uma conversa particular. Devon não ficou nada surpreso ao descobrir o que o amigo queria. Sempre suspeitou que aquilo aconteceria assim que Severin, um ávido colecionador de coisas belas, conhecesse Cassandra.

– Eu não *dei* Helen a Winterborne – disse Devon. – Os dois queriam se casar, e... – Ele se interrompeu, deixando escapar um breve suspiro. – Não, isso não é inteiramente verdade.

Carrancudo, Devon foi até o conjunto de janelas posicionadas em um recuo profundo da parede coberto com painéis de madeira.

Dois anos antes, quando herdara o condado de maneira inesperada, Devon também se tornara guardião das três irmãs Ravenels. Sua primeira ideia tinha sido casá-las o mais rápido possível, de preferência com homens ricos dispostos a pagar generosamente por esse privilégio. Mas, depois de conhecer melhor Helen, Pandora e Cassandra, Devon se deu conta de que as três confiavam nele e que era seu dever cuidar dos interesses delas.

– Severin – disse ele, com cautela –, dois anos atrás, eu tive a incrível arrogância de oferecer a mão de Helen em casamento a Rhys Winterborne como se ela fosse um canapé em uma bandeja.

– Sim, eu sei. Pode me servir um também?

Devon ignorou a pergunta.

– A questão é que eu não deveria ter feito isso. – Seus lábios se contorceram em uma expressão autodepreciativa. – Desde então, ficou muito claro para mim que as mulheres são realmente seres pensantes e sensíveis, com sonhos e esperanças.

– Posso arcar com os sonhos e esperanças de Cassandra – disse Severin prontamente. – Com todos. Posso arcar com sonhos e esperanças que ela ainda nem imaginou.

Devon balançou a cabeça.

– Há muita coisa que você não sabe sobre Cassandra e as irmãs. A criação delas foi... incomum.

Severin o encarou em alerta.

– Pelo que ouvi, elas tiveram uma criação excessivamente protegida no campo.

– "Protegida" é uma palavra possível. Mas, para ser mais preciso, elas foram negligenciadas. Confinadas em uma propriedade rural e praticamente esquecidas. O pouco de atenção que sobrava dos pais, quando não estavam se entregando aos próprios prazeres egoístas, era dado com exclusividade ao único filho homem, Theo. E, mesmo depois que Theo herdou o título, não se deu o trabalho de oferecer às irmãs uma temporada social.

Devon se afastou da escrivaninha e foi até um armário aberto, construído em um nicho do outro lado do escritório. Alguns objetos ornamentais haviam sido arrumados nas prateleiras: uma antiga caixa de rapé incrustada de pedras preciosas; uma coleção de retratos em miniatura, emoldurados; uma caixa de charutos em marchetaria... e três passarinhos minúsculos empalhados em um galho, isolados no espaço claustrofóbico de uma redoma de vidro.

– Não há outro objeto na casa – comentou Devon, fitando a redoma de vidro – que eu deteste mais do que este. Segundo a governanta, o conde sempre o manteve em seu escritório. Ou ele se divertia com o simbolismo ou não o enxergava... não consigo me decidir sobre o que é mais condenatório.

O olhar incisivo de Severin foi da redoma para o rosto de Devon.

– Nem todo mundo é sentimental como você, Trenear – disse, com ironia.

– Prometi a mim mesmo que, quando Cassandra estiver casada e feliz, vou destruir esta peça.

– Seu desejo está prestes a se tornar realidade.

– Eu disse casada *e feliz*. – Devon se virou e apoiou o ombro contra o armário, os braços cruzados diante do peito. – Depois de anos sendo rejeitada pelas pessoas que deveriam amá-la, Cassandra precisa de proximidade e atenção. Ela precisa de *afeto*, Tom.

– Sou capaz de oferecer afeto – protestou Severin.

Devon balançou a cabeça, exasperado.

– Cedo ou tarde você acharia Cassandra sufocante, inconveniente, e se tornaria frio com ela, e então eu teria que matar você. E acabaria me vendo obrigado a ressuscitá-lo para que West também pudesse ter a satisfação de matá-lo. – Devon fez uma pausa, sentindo dificuldade em expressar como uma união entre Severin e Cassandra seria errada. – Você conhece inúmeras mulheres bonitas que se casariam com você na mesma hora caso demonstrasse interesse. Qualquer uma serviria aos seus propósitos. Esqueça esta. Cassandra quer se casar por amor.

– Mas o que o amor garante? – zombou Severin. – Quantas crueldades já foram cometidas em nome dele? Por séculos as mulheres sofreram abusos e foram traídas por homens que diziam amá-las. Se quer saber a minha opinião, uma mulher se beneficiaria muito mais de uma carteira de investimentos diversificada do que de amor.

Devon estreitou os olhos.

– Estou avisando, Tom. Se começar a tentar me enrolar, vai terminar levando um cruzado de direita no queixo. Agora, com licença, minha esposa me aguarda para um cochilo no andar de cima.

– Como um homem adulto consegue dormir no meio do dia? Por que você iria querer fazer uma coisa dessas?

– Eu não estava planejando dormir – retrucou Devon secamente.

– Ah. Bem, eu gostaria de ter minha própria esposa com quem tirar um cochilo também. Na verdade, gostaria de cochilar bem firme e gostoso com regularidade.

– Por que não arruma uma amante?

– Uma amante é uma solução temporária para um problema de longo prazo. Uma esposa é mais econômica e conveniente, e gera filhos legítimos em vez de bastardos. Além disso, Cassandra seria o tipo de esposa com a qual eu realmente iria querer dormir. – Como leu a recusa na expressão de Devon, Severin acrescentou depressa: – Só peço a chance de conhecê-la melhor, Severin. Se ela desejar. Permita-me visitar a família uma ou duas vezes quando voltarem a Londres. Se por acaso ela preferir não me ver, manterei distância.

– Cassandra é livre para tomar as próprias decisões, mas vou aconselhá-la da melhor maneira possível... e a minha opinião não vai mudar. Essa união seria um erro para vocês dois.

Severin o encarou, ligeiramente preocupado.

– Isso tem alguma coisa a ver com o contrato de arrendamento? Eu deveria pedir desculpas?

Devon se sentiu dividido entre rir e acertar o cruzado de direita que havia mencionado antes.

– Só você mesmo para perguntar isso.

Ele nunca se esqueceria do inferno que fora, dois anos antes, negociar um contrato de arrendamento que permitiria a Severin construir trilhos de trem em um dos extremos do terreno da propriedade. Severin era capaz de pensar dez vezes mais rápido do que a maioria das pessoas e se lembrava de absolutamente *tudo*. Adorava atacar, se abaixar e se esquivar, apenas pela pura diversão de desequilibrar o oponente. O exercício mental fora exaustivo e enfurecera a todos, inclusive os advogados, e o mais irritante fora perceber que Severin estava se divertindo imensamente.

Com a força da mais pura obstinação, Devon conseguira se manter firme em seu propósito e acabara conseguindo um acordo satisfatório. Só mais tarde ele iria descobrir como chegara perigosamente perto de perder uma fortuna em direitos de mineração das próprias terras.

Não pela primeira vez, Devon se perguntou como Severin podia ser tão perspicaz a respeito das pessoas e ainda assim compreendê-las tão pouco.

– Não foi um dos seus melhores momentos – comentou ironicamente.

Severin pareceu perturbado, levantou-se e começou a andar de um lado para outro.

– Nem sempre penso como as outras pessoas – murmurou. – As negociações são como um jogo para mim.

– Eu sei – disse Devon. – Você não revelaria suas verdadeiras intenções nessas negociações, assim como não revelaria sua mão em uma rodada de pôquer. Sempre joga para vencer... por isso é tão bom no que faz. Mas aquilo estava longe de ser um jogo para mim. Duzentas famílias de arrendatários moram nesta propriedade. Precisamos da renda do depósito de minério para ajudar a garantir a sobrevivência delas. Poderíamos ter ido à falência se tivéssemos perdido isso.

Severin parou diante da lareira e esfregou os cabelos curtos na nuca.

– Eu deveria ter levado em consideração que o contrato poderia ter um significado diferente para você.

Devon deu de ombros.

– Não cabe a você se preocupar com meus arrendatários. Eles são responsabilidade minha.

– Também não cabia a mim prejudicar um bom amigo. – Severin o encarou com firmeza. – Peço desculpas pela maneira como agi naquele dia.

Era em momentos como aquele que Devon se dava conta de como era raro Severin sustentar seu olhar, ou o de qualquer um, por mais de um segundo. O amigo parecia evitar ao máximo esses momentos de conexão, como se fossem perigosos para ele de alguma forma.

– Já está perdoado – garantiu Devon com tranquilidade.

Mas Severin parecia determinado a continuar.

– Eu teria lhe devolvido os direitos de mineração assim que percebesse que estava colocando sua propriedade em risco. E não estou dizendo isso por causa do meu interesse em Cassandra. Estou sendo sincero.

Os dois se conheciam havia dez anos, e nesse período Severin não pedira desculpas a Devon mais do que meia dúzia de vezes. À medida que conquistava mais fortuna e poder, a humildade de Severin diminuía proporcionalmente.

Devon se lembrou da noite em que os dois se conheceram, em uma taberna obscura de Londres. Mais cedo naquele dia, West tinha aparecido na porta do apartamento do irmão com a notícia de que acabara de ser expulso de Oxford por colocar fogo no próprio quarto. Furioso e preocupado, Devon arrastara o irmão mais novo para o canto mais escuro da taberna, onde conversaram e discutiram diante de jarras de cerveja.

De repente, um estranho se intrometeu naquela conversa particular.

– Você deveria parabenizá-lo – sugeriu uma voz fria e segura, de uma mesa próxima –, não repreendê-lo.

Devon olhou para o sujeito de cabelos escuros, sentado a uma mesa cheia de bêbados, todos cantando uma música popular. Era um jovem muito magro, com maçãs do rosto salientes e olhos penetrantes.

– Parabenizá-lo por quê? – perguntou Devon, irritado. – Dois anos de mensalidades jogados fora?

– Melhor do que quatro anos de mensalidades jogados fora. – O homem decidiu abandonar os companheiros e arrastou sua cadeira para a mesa dos Ravenels sem esperar ser convidado. – A verdade que ninguém quer admitir é que pelo menos oitenta por cento do que se ensina na universidade é completamente inútil. Os vinte por cento restantes são úteis se você estiver estudando determinada área científica ou disciplina tecnológica. No entanto, como seu irmão obviamente nunca será médico ou matemático, ele apenas economizou muito tempo e dinheiro.

West encarou o estranho com uma expressão solene.

– Ou você tem olhos de cores diferentes – comentou – ou estou mais bêbado do que pensava.

– Ah, você está muito bêbado – garantiu o homem, com simpatia. – Mas sim, são cores diferentes: tenho heterocromia.

– Isso pega? – perguntou West.

O estranho sorriu.

– Não, o motivo foi um soco que levei quando tinha 12 anos.

Aquele homem era Tom Severin, é claro, que abandonara voluntariamente a Universidade de Cambridge por desdenhar da obrigação de cursar disciplinas que considerara irrelevantes. Ele só queria aprender coisas que pudessem ajudá-lo a ganhar dinheiro. Ninguém – muito menos o próprio Tom – duvidava que ele acabaria se tornando um empresário extraordinariamente bem-sucedido.

Se ele tivera sucesso como ser humano, no entanto, ainda era questionável.

Havia algo diferente em Severin agora, no dia do casamento, pensou Devon. Seu olhar dava a impressão de que ele estava preso em um país estrangeiro sem um mapa para guiá-lo.

– Como você está, Tom? – perguntou Devon, com um ar de preocupação. – O que faz aqui, na verdade?

A resposta usual de Severin teria sido algo irreverente e divertido. Em vez disso ele disse, distraidamente:

– Não sei.

– Problemas com algum dos negócios?

– Não, não – disse ele, com um toque de impaciência. – Está tudo bem.

– A saúde, então?

– Não. É que ultimamente... Tenho a sensação de que desejo algo que não tenho, mas não sei o que é. E isso é impossível, porque eu tenho *tudo*.

Devon conteve um sorriso irônico. A conversa sempre se desvirtuava quando Severin, normalmente distanciado das próprias emoções, tentava identificar uma delas.

– Solidão, talvez? – sugeriu.

– Não, não é isso. – Severin parecia pensativo. – Que palavra usamos quando tudo parece tedioso e inútil, quando até mesmo aqueles que conhecemos bem parecem estranhos?

– Solidão – respondeu Devon categoricamente.

– *Maldição*. Com isso são seis.

– Seis o quê? – perguntou Devon sem entender.

– Sentimentos. Nunca tive mais do que cinco, e já é difícil o bastante lidar com eles. Maldito seja eu querendo acrescentar mais um.

Devon balançou a cabeça e pegou novamente a taça de conhaque.

– Não quero nem saber quais são os outros cinco – declarou. – A resposta certamente me deixaria preocupado.

A conversa foi interrompida por uma discreta batida na porta parcialmente aberta do escritório.

– O que foi? – perguntou Devon.

Era Sims, o mordomo, parado à porta. Sua expressão era imperturbável como sempre, mas ele piscava a uma velocidade mais rápida do que o normal, e seus cotovelos estavam colados à lateral do corpo, rígidos. Como Sims não se abalaria nem se uma horda de vikings estivesse tentando derrubar a porta da frente, aqueles sinais sutis indicavam nada menos do que uma catástrofe.

– Perdão, milorde, mas achei necessário perguntar se tem ideia do paradeiro do Sr. Ravenel.

– Ele comentou alguma coisa sobre arar campos de nabos – respondeu Devon. – Mas não sei se estava se referindo às fazendas próximas da casa ou a algum arrendamento.

– Com sua permissão, milorde, mandarei um criado procurá-lo. Precisamos da ajuda dele com um problema na cozinha.

– Que tipo de problema?

– Bem, de acordo com a cozinheira, a caldeira começou a fazer barulhos assustadores e a se sacudir. Isso faz aproximadamente uma hora. Uma parte de metal saiu voando como se tivesse sido lançada por um canhão.

Devon arregalou os olhos e praguejou.

– Exatamente, milorde – concordou Sims.

Problemas com a caldeira da cozinha não eram algo a ser ignorado. Explosões fatais em consequência de instalações defeituosas e mau uso apareciam com frequência nos jornais.

– Alguém se machucou? – perguntou Devon.

– Felizmente, não, senhor. O fogo foi apagado, e a válvula, fechada. Por azar, o chefe dos encanadores está de férias, e o outro mais próximo fica em Alton. Devo mandar um criado...

– Espere – interrompeu Severin bruscamente. – *Qual* válvula? A que manda a água fria pelo cano ou a que permite o escoamento da água?

– Lamento, mas não sei dizer, senhor.

Devon olhou para Severin com atenção.

Os lábios de Severin se curvaram em um sorriso sem humor.

– Se alguma coisa tivesse que explodir – disse em resposta à pergunta não verbalizada –, a esta altura isso já teria acontecido. Mas seria melhor deixar que eu dê uma olhada.

Sabendo que o amigo era um especialista em motores a vapor e que provavelmente poderia construir uma caldeira de olhos vendados, Devon o conduziu até o andar de baixo, grato pela ajuda.

A cozinha estava a mil, com criados correndo de um lado para outro trazendo cestos da horta e caixas do depósito de gelo e da adega.

– Vamos fazer salada de batata – dizia a cozinheira de rosto severo para a governanta, que anotava. – Serviremos com cortes de carne, presunto, língua e uma *galantine* de vitela. Além disso, para petiscar, bandejas com caviar, rabanetes, azeitonas e aipo no gelo... – Ao ver Devon, a cozinheira se virou e fez uma reverência. – Milorde! – exclamou, esforçando-se visivelmente para não chorar. – É um desastre. Não poder cozinhar logo agora! Teremos que mudar o cardápio do jantar e servir um bufê frio.

– Com o calor que está fazendo – respondeu Devon –, os convidados provavelmente vão até preferir. Faça o melhor que puder, Sra. Bixby. Tenho certeza de que o resultado será excelente.

A governanta, Sra. Church, parecia perturbada quando se dirigiu ao patrão.

– Lorde Trenear, a caldeira da cozinha também fornece água quente para alguns banheiros do primeiro e do segundo andar. Em breve os convidados vão querer tomar banho e se trocar antes do jantar. Colocamos panelas para ferver na velha lareira da cozinha, e os criados subirão com baldes de água quente... mas com tantos hóspedes e tantas tarefas extras, trabalharemos no limite.

Severin já estava inspecionando a caldeira, que continuava a irradiar calor, ainda que o fogo tivesse sido apagado. O tanque de cobre cilíndrico tinha sido colocado em um suporte ao lado do aquecedor e conectado a ele por canos também de cobre.

– A parte que disparou pelo ar foi a válvula de segurança – disse Severin por cima do ombro. – O aparelho fez exatamente o que deveria fazer: aliviou o acúmulo de pressão antes de a caldeira rachar. – Ele pegou um pano em cima da longa bancada da cozinha, usou-o para abrir uma porta da base e se agachou para olhar lá dentro. – Dois problemas. Primeiro, o tanque de água dentro do aquecedor está produzindo calor demais para uma caldeira deste tamanho. Está forçando a parede de cobre. Você vai precisar instalar uma caldeira nova... de 300 litros ou mais. Até lá, terão que manter o fogo mais baixo do que o normal. – Ele examinou um cano conectado à caldeira. – E agora o problema mais sério... o cano de alimentação que entra na caldeira é estreito demais. Se a saída de água quente for mais rápida do que o reabastecimento, o vapor vai aumentar até finalmente causar uma explosão. Mas posso substituir o cano agora mesmo se você tiver o material necessário.

– Com certeza tenho – respondeu Devon. – O trabalho com o encanamento nunca acaba nesta casa.

Severin se levantou e tirou o casaco.

– Sra. Bixby – disse ele à cozinheira –, a senhora e os seus ajudantes podem ficar longe desta área enquanto faço os reparos, por favor?

– O que o senhor vai fazer é perigoso? – perguntou ela, apreensiva.

– Nem um pouco, mas vou precisar de espaço para medir e serrar os canos e para espalhar as ferramentas. E não gostaria de acabar tropeçando em alguém.

A cozinheira o encarou como se ele fosse seu anjo da guarda.

– Vamos ficar do outro lado da cozinha e usar a pia da área de serviço.

Severin sorriu para ela.

– Me dê cinco ou seis horas e deixarei tudo funcionando de novo.

Devon se sentiu um pouco culpado por colocar o amigo para trabalhar quando todos os outros convidados estavam relaxando.

– Tom – começou a dizer –, você não precisa...

– Finalmente – interrompeu Severin em um tom animado, já desabotoando os punhos da camisa – alguma coisa interessante para se fazer na sua casa.

CAPÍTULO 5

Embora estivesse cansada após toda a empolgação e a agitação do casamento de Pandora, Cassandra não conseguiu relaxar o suficiente para tirar um cochilo. Seus pensamentos estavam inquietos, a mente, disparada. Àquela altura, Pandora e lorde St. Vincent provavelmente já haviam chegado à Ilha de Wight, onde desfrutariam a lua de mel em um elegante hotel antigo. Pandora passaria aquela noite nos braços do marido e experimentaria as intimidades do relacionamento conjugal.

O pensamento causou uma pontada de algo que parecia inveja. Embora Cassandra estivesse feliz pela irmã, queria que o seu "para sempre" começasse. Não parecia totalmente justo que Pandora, que nunca quisera se casar, agora tivesse um marido, enquanto Cassandra se via diante da perspectiva de mais uma temporada social em Londres. A ideia de encontrar as mesmas pessoas, dançar as mesmas danças, pensar em toda aquela limonada e nas conversas de sempre... Meu Deus, que deprimente. Ela não conseguia imaginar um resultado diferente do anterior.

Quando escutou as risadas dos convidados mais jovens jogando tênis e croquet, Cassandra pensou em sair para se juntar a eles. Não. O esforço de fingir animação era mais do que ela seria capaz de administrar.

Depois de se trocar e colocar um vestido amarelo com mangas largas e diáfanas até a altura do cotovelo, Cassandra foi para a sala de estar particular da família. Os cães dos Ravenels, dois spaniels pretos chamados Napoleão e Josephine, a viram no corredor e foram atrás dela. A sala era confortavelmente abastecida com muitas almofadas coloridas por cima dos estofados, um piano surrado em um canto e pilhas de livros por toda parte.

Cassandra se sentou de pernas cruzadas no tapete com os cachorros, sorrindo enquanto eles subiam e desciam do seu colo, agitados.

– Não precisamos de príncipe encantado, precisamos? – perguntou ela em voz alta. – Não, não precisamos. O sol está aquecendo o tapete e temos livros ao redor... É o que basta para sermos felizes.

Os cães se esticaram no retângulo de luz do sol, se revirando e suspirando de prazer. Depois de fazer carinho neles por algum tempo, Cassandra estendeu a mão para uma pilha de livros em uma mesa baixa e os examinou preguiçosamente. *Casamento duplo... O duque secreto... Meu pretendente vistoso* e outros romances que havia lido e relido. Mais no fim da pilha havia livros de história, o tipo de leitura que fornecia o que dizer quando se era chamado a fazer comentários no jantar.

Ela encontrou um romance com um título familiar gravado no couro verde da capa: *A volta ao mundo em oitenta dias*, de Júlio Verne. Ela e Pandora tinham gostado bastante do herói do romance, o rico aventureiro inglês Phileas Fogg, um sujeito muito peculiar.

Pensando bem... o livro seria uma recomendação perfeita para o Sr. Severin. Poderia lhe dar de presente. Lady Berwick diria não ser apropriado, mas Cassandra estava muitíssimo curiosa para saber o que ele acharia. Caso ele se desse o trabalho de ler, é claro.

Ela deixou os cães cochilando na sala e foi em direção à grande escadaria dupla que levava ao andar principal. No caminho, colou o corpo à parede para deixar passar um criado, Peter, que se aproximava da direção oposta com dois grandes baldes de água quente.

– Desculpe, milady – disse Peter, pousando os baldes para flexionar as mãos e os braços doloridos.

– Peter – falou Cassandra, preocupada –, por que está carregando toda essa água? Problemas com o encanamento de novo?

Assim que herdara o Priorado Eversby, Devon insistira em instalar encanamento em toda a mansão. O processo ainda estava em andamento, já que haviam arrancado grande parte do piso, em péssimo estado, e muitas paredes tiveram que ser refeitas e receber novo revestimento. A família já se acostumara ao fato de que, a qualquer momento, alguma coisa na casa precisaria de reparo.

– Com a caldeira da cozinha – disse Peter.

– Ah, não. Espero que encontrem alguém para consertar logo.

– Já encontraram

– Graças a Deus. Peter, você sabe em qual quarto o Sr. Severin está hospedado?

– Ele não está hospedado na mansão, milady. O Sr. Severin veio com seu vagão de trem particular, que está na estação próxima ao depósito de minério da propriedade.

Cassandra franziu a testa, pensativa.

— Não sei como fazer para entregar este livro a ele. Acho que vou pedir ao Sims.

— Ele está na cozinha. Não o Sims... O Sr. Severin, no caso. É ele quem está consertando a caldeira.

Confusa, Cassandra perguntou:

— Está se referindo ao Sr. Severin, o magnata das ferrovias?

— Sim, milady. Nunca vi um cavalheiro tão habilidoso com uma chave inglesa e uma serra. Ele desmontou o sistema de canos da caldeira como se fosse um brinquedo de criança.

Cassandra tentou imaginar aquele homem urbano e impecavelmente vestido com uma chave inglesa na mão, mas, mesmo usando toda a sua imaginação, não foi capaz.

Precisava conferir aquilo de perto.

Cassandra desceu as escadas, parando brevemente na sala de estar do andar principal. Depois de servir um copo de água gelada em uma bandeja de prata, seguiu para o porão, onde ficavam a cozinha, a área de serviço e as despensas, além do salão de convivência dos criados.

A cozinha cavernosa estava em uma atividade silenciosa e frenética. A cozinheira orientava uma fileira de copeiras que descascavam e picavam legumes na longa bancada, enquanto a assistente da cozinheira estava diante de uma tigela pesada de mármore, triturando ervas com um pilão. Um jardineiro entrou pela porta dos fundos com uma cesta de verduras e deixou-a perto da pia da copa.

Uma linha invisível parecia dividir a cozinha. Um dos lados estava cheio de criados, ao passo que o outro estava vazio, exceto por um homem diante do fogão.

Um sorriso confuso surgiu nos lábios de Cassandra ao avistar Tom Severin ajoelhado com as coxas abertas para se equilibrar, um cortador de tubos de aço em uma das mãos. Em contraste com sua elegância anterior, ele estava sem paletó e sem colete, com os punhos da camisa enrolados nos antebraços e o colarinho aberto. Era um homem de corpo bem-feito, ombros largos e ossos longos. E parecia fumegar por conta do calor residual da base da caldeira, os cabelos curtos na nuca já úmidos de suor, o linho fino da camisa colado às costas musculosas.

Bem, aquilo era de arregalar os olhos, por mais de um motivo.

Com gestos habilidosos, Severin prendeu um cano de cobre entre as lâminas do cortador e aparou-o com algumas rotações controladas. Depois de inserir um pequeno cone de madeira em uma das extremidades, ele estendeu a mão para um martelo que estava próximo, girou-o no ar e pegou-o pelo cabo. Cada movimento era hábil e preciso enquanto Severin martelava o pino em forma de cone dentro do cano, para criar uma extremidade lisa.

Quando Cassandra se aproximou, o Sr. Severin fez uma pausa e levantou a cabeça, os olhos verdes e azuis sempre impressionantes. Ela se viu dominada por uma sensação peculiar, como se um circuito elétrico tivesse acabado de ser instalado e uma tensão constante vibrasse entre eles. Ele deu um sorriso confuso. Parecia tão surpreso ao vê-la na cozinha quanto ela por encontrá-lo ali. Severin deixou as ferramentas de lado e fez menção de ficar de pé, mas Cassandra o deteve com um gesto rápido.

– Está com sede? – perguntou ela, oferecendo o copo de água gelada.

Ele aceitou com um murmúrio de agradecimento. Em alguns longos goles, esvaziou o copo.

Depois de enxugar o rosto suado com a manga da camisa, Severin comentou, lamentando:

– A senhorita me pegou desprevenido, milady.

Cassandra achou divertido o desconforto dele por não estar perfeitamente vestido e arrumado diante dela. Mas a verdade era que o preferia daquele jeito, desarrumado e com a guarda baixa.

– O senhor é um herói, Sr. Severin. Sem a sua ajuda, estaríamos todos condenados a banhos frios e nada de chá da tarde.

Ele devolveu o copo vazio.

– Ora, não podemos permitir uma coisa dessas.

– Vou deixá-lo trabalhar, mas antes... – Cassandra entregou o livro a ele. – Trouxe isto para o senhor. É um presente. – Severin baixou os cílios cheios enquanto examinava a capa. Ela não pôde evitar perceber como os cabelos dele eram bonitos, as mechas negras cortadas em belas camadas, que quase imploravam para serem acariciadas. Os dedos dela chegaram a formigar com o desejo de tocá-lo, e Cassandra cerrou o punho com força. – É um romance de Júlio Verne – continuou. – Ele escreve para jovens, mas os adultos também gostam.

– De que trata a história?

– Um cavalheiro inglês aceita uma aposta em que tem que dar a volta ao mundo em oitenta dias. Ele viaja de trem, de navio, a cavalo, em cima de elefantes e até mesmo em um trenó movido a vento.

O olhar perplexo do Sr. Severin encontrou o dela.

– Por que ler um romance inteiro sobre isso quando se pode conseguir o itinerário em uma agência de viagens?

Ela sorriu ao ouvir aquilo.

– O romance não é sobre o itinerário. O importante é o que o personagem aprende ao longo do caminho.

– O que ele aprende?

– Leia – desafiou Cassandra – e descubra.

– Vou ler. – Com cuidado, ele colocou o livro ao lado de uma bolsa de lona com as ferramentas de encanador. – Obrigado.

Cassandra hesitou antes de se afastar.

– Posso ficar aqui um pouquinho? – perguntou ela em um impulso. – Incomodo?

– Não, mas está quente como o inferno aqui e lá fora está fazendo um dia lindo. A senhorita não deveria estar passando o tempo com os outros convidados?

– Não conheço a maior parte deles.

– Também não me conhece.

– Então vamos nos conhecer melhor – sugeriu Cassandra em um tom leve, e se abaixou até se sentar de pernas cruzadas. – Podemos conversar enquanto o senhor trabalha. Ou precisa de silêncio para se concentrar?

Uma pequena mas perceptível agitação percorreu a cozinha quando os criados viram uma das donas da casa sentada no chão.

– Não preciso de silêncio – disse Severin. – Mas se a senhorita acabar encrencada por estar aqui, que fique claro que eu não tive nada a ver com isso.

Cassandra sorriu.

– A única pessoa que me repreenderia seria lady Berwick, e ela nunca põe os pés na cozinha.

Satisfeita consigo mesma, ela ajeitou a saia volumosa sob o corpo e perguntou:

– Como sabe tanto sobre tudo isso?

O Sr. Severin pegou uma lima com uma lâmina terrivelmente afiada e começou a aparar rebarbas ao redor da borda do cano de cobre.

– Quando eu era garoto, fui aprendiz em uma construtora de bondes. Eu construía motores a vapor durante o dia e fazia cursos de engenharia mecânica à noite.

– O que é isso exatamente? – perguntou ela. – A única coisa que sei sobre engenheiros é que há sempre um no trem. – Vendo que ele dava um ligeiro sorriso, Cassandra acrescentou: – O senhor deve me achar uma boba. Não se incomode co...

– Não – corrigiu ele rapidamente. – Não há nada de errado em não saber alguma coisa. Bobo é quem pensa que sabe tudo.

Cassandra sorriu e relaxou.

– O que um engenheiro mecânico faz?

Severin continuou a limar o interior do cano de cobre enquanto respondia.

– Ele projeta, constrói e opera máquinas.

– Qualquer tipo de máquina?

– Sim. O engenheiro no trem é responsável pelo funcionamento da locomotiva e de todas as partes que se movem.

Ele pegou um pincel redondo e começou a limpar o interior do cano.

– Posso fazer isso? – perguntou Cassandra.

Severin fez uma pausa e a encarou com uma expressão cética.

– Permita-me – pediu ela em tom persuasivo.

Cassandra então se inclinou mais para pegar o pincel e o cano da mão dele. Severin prendeu audivelmente a respiração, e, de repente, seu rosto tinha a expressão atordoada que Cassandra costumava ver no rosto dos homens que a achavam muito bela. Com delicadeza, ela retirou os objetos das mãos frouxas dele.

Depois de um momento, o Sr. Severin pareceu recuperar a compostura.

– Ajudar com reparos de encanamento não me parece ser o tipo de tarefa a que a senhorita deveria estar se dedicando – comentou, o olhar se desviando para as mangas finas do vestido dela.

– Não mesmo – admitiu Cassandra enquanto começava a limpar o cano. – Mas nem sempre me comporto adequadamente. Para alguém que foi criada quase sem regras, é difícil aprender muitas de uma vez.

– Não gosto de regras. – Severin se curvou para examinar uma peça de cobre que se projetava da caldeira e voltou a usar a lima. – Em geral elas beneficiam as outras pessoas, mas não a mim.

– Mas o senhor deve ter algumas regras pessoais.

– Três.

Cassandra ergueu as sobrancelhas.

– Apenas três?

Embora ele estivesse com o rosto parcialmente virado, ela viu que sorria.

– Três boas regras.

– Quais seriam?

Severin procurava alguma coisa na bolsa do encanador quando respondeu:

– Nunca mentir. Ajudar as pessoas sempre que possível. Ter em mente que tudo o que prometem na parte principal do contrato pode ser anulado nas letras miúdas.

– Parecem boas regras – disse Cassandra. – Gostaria de ter apenas três, mas sou obrigada a seguir centenas.

Severin abriu uma lata em que se lia "Fluxo para solda" e usou o indicador para aplicar a pasta no cano e na junta.

– Me conte algumas.

Cassandra atendeu prontamente ao pedido.

– Quando for apresentada a um cavalheiro, nunca olhar acima do botão do colarinho dele. Não aceitar presentes caros, pois isso a deixará em dívida. Não usar chapéus altos ao assistir a uma peça. E uma das mais importantes: nunca deixar os cães na sala quando estiver trabalhando com penas e cola. Além disso…

– Espere – disse Severin, sentando-se e limpando a mãos com um pano. – Por que não se pode olhar acima do botão do colarinho de um homem ao conhecê-lo?

– Porque quando olhamos para o rosto de um homem – explicou Cassandra em um tom recatado –, somos vistas como atrevidas.

– Ou o sujeito pode pensar que a senhorita tem problemas de visão.

Cassandra deixou escapar uma risada.

– Pode rir se quiser, mas é uma regra que não pode ser descumprida – disse ela.

– A senhorita olhou no meu rosto quando nos conhecemos – lembrou o Sr. Severin.

Cassandra lhe lançou um olhar reprovador mas gentil.

– Aquilo não foi exatamente uma apresentação. Surgir daquele jeito durante uma conversa particular…

Ele nem tentou parecer arrependido.

– Não consegui evitar. Eu precisava lhe oferecer uma alternativa a se casar com West Ravenel.

Cassandra sentiu o rosto e o corpo enrubescerem. Subitamente, a conversa havia se tornado pessoal demais.

– Foi um impulso bobo da minha parte. Estava ansiosa, porque às vezes parece que eu nunca... Mas eu não faria isso. Digo, me casar com West.

Severin analisou atentamente a expressão dela.

– Então não tem sentimentos por ele? – disse ele com a voz um pouco mais baixa, de modo que a pergunta pareceu ainda mais íntima do que realmente era.

– Não. West é como um tio.

– Um tio a quem a senhorita pediu em casamento.

– Em um momento de desespero – protestou ela. – O senhor também já deve ter tido os seus.

Ele balançou a cabeça.

– Desespero não é uma de minhas emoções ou sentimentos.

– Nunca se sentiu desesperado? Em relação a nada?

– Não. Há muito tempo identifiquei os sentimentos que eram úteis para mim. Decidi me ater a eles e não me incomodar com o resto.

– É possível dispensar emoções indesejadas? – perguntou Cassandra, em dúvida.

– Para mim, sim.

A conversa em tom baixo foi interrompida quando a cozinheira gritou do outro lado da cozinha:

– Como está indo com a caldeira, Sr. Severin?

– Estamos quase lá – garantiu ele.

– Lady Cassandra – prosseguiu a cozinheira –, por favor, não distraia o cavalheiro enquanto ele estiver trabalhando.

– Pode deixar – respondeu Cassandra obedientemente. Ao perceber o rápido olhar de estranheza do Sr. Severin, ela explicou baixinho: – Ela me conhece desde pequena. Costumava me deixar sentar em um banquinho diante da bancada e brincar com pedaços de massa.

– Como a senhorita era quando era pequena? – perguntou ele. – Arrumadinha e bem-comportada, com os cabelos penteados em cachos bem-feitos?

– Eu era uma moleca. Vivia com os joelhos ralados e folhas no cabelo. E o senhor? Travesso e brincalhão, suponho, como a maioria dos meninos.

– Não especialmente – respondeu Severin, a expressão agora séria. – A minha infância foi... curta.

Ela inclinou a cabeça e fitou-o com curiosidade.

– Por quê?

Quando o silêncio se estendeu, Cassandra se deu conta de que o Sr. Severin estava avaliando se deveria explicar. Ele franziu ligeiramente a testa.

– Um dia, quando eu tinha 10 anos – disse, por fim –, meu pai me levou com ele até a estação King's Cross. Ele estava procurando trabalho e lá havia vagas para carregadores de bagagem. Mas, quando chegamos à estação, ele mandou que eu fosse ao escritório central e pedisse um emprego. Ele passaria um tempo longe, foi o que me disse. Eu teria que cuidar da minha mãe e das minhas irmãs até ele voltar. Então meu pai comprou uma passagem e me deixou ali.

– E ele voltou? – perguntou Cassandra com gentileza.

A resposta do Sr. Severin foi brusca:

– Foi uma passagem só de ida.

Coitadinho, pensou Cassandra, mas não disse nada, pois imaginou que ele se ressentiria de qualquer coisa que soasse como pena. No entanto, ela sabia como era ser abandonada pelo pai. Embora o dela nunca tivesse ido embora definitivamente, passara semanas ou até meses longe do Priorado Eversby.

– E o senhor conseguiu um emprego na estação? – indagou Cassandra.

– Consegui. Fui contratado para vender jornais e comida no trem. Um dos agentes da estação me adiantou dinheiro suficiente para que eu pudesse começar de uma forma decente. A partir dali, passei a sustentar minha mãe e minhas irmãs.

Cassandra ficou em silêncio enquanto assimilava essa nova informação a respeito do homem que já ouvira ser descrito em termos tão contraditórios. Insensível, generoso, honesto, astuto, perigoso... às vezes amigo, às vezes adversário, sempre oportunista.

Independentemente das complexidades de Severin, havia muito a ser admirado nele. Era um homem que conhecera os lados mais difíceis da vida ainda muito novo e assumira responsabilidades de um homem. E não apenas sobrevivera; ele prosperara.

Cassandra observou Severin enquanto ele aplicava mais fluxo para solda ao longo do cano e da junta. Ele tinha mãos elegantes de dedos longos, mas ao mesmo tempo fortes e habilidosas. Havia algumas pequenas cicatrizes espalhadas pelos antebraços musculosos, pouco visíveis sob os pelos escuros.

– O que aconteceu? – perguntou.

Severin seguiu o olhar dela até seus braços.

– As cicatrizes? Queimaduras de faíscas. Acontece durante a forja e a soldagem. Os pedacinhos de aço incandescente queimam mesmo se estivermos de luvas e roupas.

Cassandra estremeceu ao imaginar.

– Não consigo imaginar a dor.

– Nos braços a dor não é tão grande. Os fragmentos tendem a ricochetear no suor. – Ele sorriu, parecendo se lembrar de algum episódio específico. – A faísca ocasional que queima através da perna da calça e das botas e que gruda na pele é que dói como o diabo.

Ele riscou um fósforo contra o aquecedor e se inclinou para acender um maçarico a álcool, equipado com um bico perfurado. Severin ajustou com cuidado uma manivela até o bico mostrar uma chama constante e sussurrante. Ele segurou o maçarico em uma das mãos e dirigiu a chama contra a junta que revestira com o fluxo para solda até a pasta derreter e borbulhar.

– Agora, a parte divertida – falou, lançando um olhar de esguelha para Cassandra, com um sorriso. – Gostaria de ajudar?

– Sim – respondeu ela sem hesitar.

– Está vendo aquele ferro de soldar fininho ali no chão, perto do... sim, este. Segure uma das pontas. A senhorita vai vedar a junta.

– Vedar a junta?

– Vai fazer uma linha ao redor do cano com a ponta desse ferrinho. Comece do lado oposto de onde estou segurando a chama.

Enquanto Severin segurava a chama contra o cano, Cassandra guiou a ponta do ferro de soldar em torno da junta. O metal se liquefez e escorreu na mesma hora. Uau, aquilo *era* divertido! Ver a solda envolvendo a junta para formar uma peça bem vedada provocava uma satisfação visceral.

– Perfeito – disse Severin.

– Mais alguma coisa precisando de solda? – perguntou ela, e Severin riu de sua empolgação.

– A outra extremidade do cano.

Juntos, eles soldaram o cano de cobre à junta que se projetava da parede, ambos concentrados na tarefa. Estavam ajoelhados um tanto perto demais, mas Severin agia como um cavalheiro. Muito mais respeitoso e educado do que a maioria dos cavalheiros privilegiados que ela conhecera durante a temporada social de Londres.

– Que curioso – comentou Cassandra, observando a solda derretida subir pela junta quando deveria ter escorrido para baixo. – Está desafiando a gravidade. Isso me lembra como a água sobe pelas cerdas do pincel quando o mergulho para limpar.

– Muito esperta. – Havia um sorriso na voz dele. – O motivo é o mesmo nos dois casos: capilaridade. Em um espaço muito estreito, como a junta desse cano e o encaixe, as moléculas da solda são tão fortemente atraídas pelo cobre que sobem em direção à superfície.

Cassandra ficou radiante com o elogio.

– Ninguém nunca me chama de esperta. As pessoas sempre dizem que Pandora é a esperta.

– E o que dizem sobre a senhorita?

Ela deixou escapar uma risadinha autodepreciativa.

– Normalmente alguma coisa relacionada à minha aparência.

Severin ficou em silêncio por um momento.

– Há muito mais na senhorita do que isso – comentou ele, aborrecido.

Cassandra foi tomada por um prazer tímido e se sentiu enrubescer da cabeça aos pés. Então se forçou a se concentrar de novo na solda, grata por suas mãos permanecerem firmes ainda que o coração estivesse disparado e saltando como um cavalo descontrolado.

Depois que o cano foi soldado, o Sr. Severin apagou a chama e pegou o pedaço de metal da mão dela. Pareceu ter dificuldade em encontrar seu olhar.

– Em relação à forma como eu a pedi em casamento mais cedo... peço desculpas. Fui... desrespeitoso. Estúpido. Desde então descobri pelo menos uma dezena de razões para pedi-la em casamento, e a beleza é a menos importante delas.

Cassandra olhou para ele, impressionada.

– Obrigada – sussurrou.

O ar úmido cheirava a ele... o perfume penetrante de pinho do sabonete... o cheiro acre da goma da camisa já amolecida pelo calor do corpo... e o aroma do suor fresco na pele, salgado e íntimo, e estranhamente atraente. Cassandra sentiu vontade de chegar ainda mais perto e inspirar fundo.

O rosto de Severin estava acima do dela, e um raio de luz que entrava por um basculante iluminava o verde intenso de um dos olhos. Ela estava fascinada pelo semblante frio e disciplinado encobrindo alguma coisa contida... profundamente distante... e tentadora.

Pena que o coração daquele homem estivesse congelado. Pena que ela jamais pudesse ser feliz vivendo no ritmo acelerado e duro do mundo dele. Porque Tom Severin estava se mostrando o homem mais atraente e interessante que ela já conhecera.

O barulho de uma tigela batendo na bancada da cozinha a tirou do devaneio. Cassandra piscou e desviou os olhos, procurando uma forma de aliviar a tensão entre eles.

– Logo voltaremos a Londres – comentou ela. – Se o senhor aparecer para nos visitar, vou garantir que seja convidado para jantar, e aí poderemos conversar sobre o livro.

– E se não concordarmos e a conversa virar discussão?

Cassandra riu.

– Nunca discuta com um Ravenel – aconselhou. – Nós nunca sabemos a hora de parar.

– Já estou ciente disso. – O tom dele agora era brincalhão. – A senhorita gostaria mais de mim se eu concordasse com tudo o que diz?

– Não – respondeu ela com tranquilidade. – Gosto do senhor exatamente como é.

A expressão de Severin se tornou inescrutável, como se ela tivesse falado em outro idioma e ele estivesse tentando decifrar.

Tinha sido ousada demais, dizendo uma coisa daquelas, pensou Cassandra. Mas simplesmente escapara. Será que o havia constrangido?

Para seu alívio, a súbita entrada de Devon na cozinha quebrou a tensão.

– Encomendei uma nova caldeira. Winterborne não tem em sua loja um modelo de 300 litros, mas conhece um fabricante que...

Ele se deteve, perplexo, ao ver Tom e Cassandra.

– Cassandra, que diabos está fazendo aqui com Tom Severin? Por que não está com uma acompanhante?

– Há pelo menos uma dúzia de pessoas trabalhando a apenas alguns metros de nós – argumentou Cassandra.

– Não é o mesmo que uma acompanhante. Por que está agachada no chão?

– Estava ajudando o Sr. Severin a soldar um cano – informou ela, animada.

O olhar indignado de Devon se concentrou em Severin.

– Você a colocou para trabalhar com uma chama exposta e metal fundido?

– Nós tomamos todos os cuidados – garantiu Cassandra, na defensiva.

O Sr. Severin parecia ocupado demais para explicar qualquer coisa. Ele se inclinou para recolher algumas ferramentas e guardou-as de volta na bolsa do encanador. Então levou a mão ao centro do peito e esfregou discretamente.

Devon se abaixou para ajudar Cassandra a se levantar.

– Se lady Berwick ficar sabendo disso, vai cair sobre nós como a ira de Zeus. – Ele a examinou e soltou um gemido. – Olhe só para você.

Cassandra sorriu para ele, ciente de que estava suada e suja, com manchas de fuligem no vestido amarelo.

– Você deve ter achado que Pandora era a culpada por todas as nossas travessuras, não é? Mas, como vê, sou capaz de me encrencar por conta própria.

– Pandora ficaria muito orgulhosa – comentou Devon ironicamente, com uma expressão divertida nos olhos. – Vá se trocar antes que alguém a veja assim. Logo será servido o chá da tarde, e tenho certeza de que Kathleen vai querer que você a ajude a servir e a entreter os convidados.

Severin também se levantou e fez uma breve mesura, o rosto completamente inexpressivo.

– Milady, obrigado pela ajuda.

– Vejo o senhor na hora do chá? – perguntou Cassandra.

– Não. Estou partindo para Londres agora mesmo. Tenho uma reunião de negócios amanhã bem cedo.

– Ah – disse ela, desapontada. – Sinto muito por ouvir isso. Eu... gostei muito da sua companhia.

– Assim como eu da sua – respondeu Severin.

No entanto, os olhos azul-esverdeados agora tinham um toque frio e cauteloso. Por que havia ficado tão retraído de repente?

Aborrecida e um pouco magoada, Cassandra fez uma mesura para ele.

– Bem... adeus.

Um breve aceno foi a única resposta dele.

– Vou levá-la até a escada dos criados – disse Devon a Cassandra, e ela o acompanhou de bom grado.

Assim que eles deixaram a cozinha, Cassandra perguntou em voz baixa:

– O Sr. Severin é sempre assim tão inconstante? Ele estava se comportando de forma encantadora, mas seu humor pareceu azedar sem motivo.

Devon parou no corredor e virou-a para que o encarasse.

– Não tente entender Tom Severin. Você nunca vai encontrar a resposta certa, porque não há.

– Sim, mas... estávamos nos dando tão bem e... gostei tanto dele...

– Só porque ele queria que você gostasse. Severin é um mestre da manipulação.

– Entendo. – Ela deu de ombros, decepcionada. – Provavelmente foi por isso que ele me contou a história sobre o pai.

– Que história?

– Do dia em que o pai foi embora, quando ele era garoto.

Ao ver os olhos de Devon se arregalarem, ela perguntou:

– Você não sabia?

Parecendo perturbado, Devon balançou a cabeça.

– Ele nunca fala do pai. Presumi que houvesse falecido.

– Não, ele... – Cassandra se deteve. – Acho que eu não deveria passar uma confidência adiante.

Devon a encarou com a testa franzida, um ar de preocupação.

– Meu bem... Severin não é como nenhum outro homem que você já conheceu. Ele é brilhante, sem princípios e implacável por natureza. Não consigo pensar em nenhum solteiro na Inglaterra, nem mesmo Winterborne, posicionado tão exatamente no centro das forças que estão mudando nosso modo de viver. Talvez algum dia ele seja mencionado nos livros de história. Mas o sentimento de reciprocidade de um casamento... a preocupação com as necessidades alheias... Essas coisas estão acima da capacidade dele. Homens que fazem história raramente são bons maridos. – Ele fez uma pausa antes de perguntar com gentileza: – Entende?

Cassandra assentiu, sentindo uma onda de carinho por Devon. Desde o momento em que ele chegara ao Priorado Eversby, havia sido gentil e atencioso, do jeito que ela e Pandora sempre haviam desejado que o irmão, Theo, tivesse sido.

– Eu entendo – respondeu ela. – E confio no seu julgamento.

Devon sorriu para ela.

– Obrigado. Agora, suba correndo antes que seja pega... e tire Tom Severin da cabeça.

Mais tarde naquela noite, depois de um bufê frio no jantar e música e jogos no salão, Cassandra se retirou para o quarto. Estava sentada diante da penteadeira quando sua camareira, Meg, chegou para ajudá-la a desfazer o penteado e escovar seus cabelos.

Meg colocou alguma coisa em cima da cômoda.

– Isso foi encontrado na cozinha – disse a jovem em um tom prático. – A Sra. Church me pediu que entregasse à senhorita.

Cassandra olhou, surpresa, para a capa verde de *A volta ao mundo em oitenta dias*. Ao se dar conta de que o Sr. Severin havia deixado o livro para trás, ela sentiu o peso frio da decepção abatê-la. Aquela rejeição ao presente dela não tinha sido por acaso. Ele não visitaria a família Ravenel em Londres. Não haveria conversas sobre livros ou sobre qualquer outra coisa.

Tom Severin a pedira em casamento pela manhã e a abandonara à noite. Que homem frustrante e instável!

Cassandra abriu lentamente o livro e folheou-o enquanto a camareira tirava os grampos de seus cabelos. Seu olhar parou em uma passagem na qual o fiel criado de Phileas Fogg, Passepartout, refletia sobre o patrão.

Phileas Fogg, embora corajoso e galante, deve ser... bastante sem coração.

CAPÍTULO 6

Setembro

Após três meses de trabalho árduo e do máximo de distrações que foi capaz de arrumar, Tom ainda não tinha conseguido tirar lady Cassandra Ravenel da cabeça. Lembranças dela continuavam no fundo de sua mente, cintilando como um fiapo de guirlanda de Natal preso no tapete.

Nem em um milhão de anos ele teria imaginado que Cassandra desceria até a cozinha para vê-lo. E também não teria desejado que ela fizesse isso. Severin teria escolhido circunstâncias muito diferentes para encontrá-la, em algum lugar com flores e velas, ou em um jardim. Ainda assim, quando se agacharam juntos para soldar os canos da caldeira, na cozinha cheia de criados, Tom teve consciência da sensação crescente de prazer. Cassandra fora tão esperta e curiosa, com uma energia tão solar, que o deixara hipnotizado.

Então houve aquele momento em que ela dissera com tanta naturalidade *"Gosto do senhor exatamente como é"*, e sua própria reação o deixara abalado.

De um momento para outro, Cassandra fora de objeto de desejo a um risco que ele não poderia correr. Ela representava um perigo para ele, uma coisa nova e estranha, e Severin não queria nada disso. Ninguém jamais poderia ter aquele tipo de poder sobre ele.

Estava determinado a esquecê-la.

Se ao menos isso fosse possível...

Não ajudava o fato de ser amigo de Rhys Winterborne, marido de Helen, irmã de Cassandra. Tom com frequência se encontrava com Winterborne para um almoço rápido nos restaurantes que ficavam entre seus respectivos escritórios. Foi em uma dessas ocasiões que Winterborne revelou que West Ravenel acabara de ficar noivo de Phoebe, lady Clare, uma jovem viúva com dois filhos pequenos, Justin e Stephen.

– Desconfiei que ele faria isso – comentou Tom, satisfeito com a notícia. – Fui ao Jenner's com ele anteontem e o ouvi falar dela o tempo todo.

– Soube disso – falou Winterborne. – Parece que você e Ravenel tiveram alguns contratempos.

Tom revirou os olhos.

– O antigo pretendente de lady Clare chegou à mesa com uma pistola na mão, mas não foi nem de perto tão interessante quanto possa parecer. O sujeito logo foi desarmado e levado embora por um guarda noturno. – Tom se recostou no assento enquanto a garçonete pousava os pratos de salada de caranguejo e aipo diante deles. – Mas antes que isso acontecesse, Ravenel estava divagando sobre lady Clare e sobre como ele não era bom o suficiente para ela por causa de seu passado infame, e de como o preocupava que viesse a ser um mau exemplo para os filhos dela.

Os olhos negros de Winterborne estavam atentos, interessados.

– O que você disse?

Tom deu de ombros.

– O casamento é vantajoso para ele. O que mais importa? Lady Clare é rica, bonita e filha de um duque. Quanto aos filhos dela... não importa que exemplo se dê, as crianças insistirão em ser o que quiserem. – Ele tomou um gole de cerveja antes de continuar. – Os escrúpulos sempre complicam desnecessariamente as decisões. São como aquelas partes desnecessárias do corpo.

Winterborne interrompeu o gesto de levar uma garfada de salada à boca.

– Que partes desnecessárias do corpo?

– Coisas como o apêndice. Mamilos masculinos. As orelhas.

– Eu preciso das minhas orelhas.

– Não. Precisa só dos ouvidos. As orelhas são supérfluas nos seres humanos.

Winterborne encarou o amigo com uma expressão irônica.

– Preciso delas para segurar o chapéu no lugar.

Tom sorriu e deu de ombros, aceitando o argumento.

– De qualquer forma, Ravenel conseguiu a mão de uma boa mulher. Bom para ele.

Eles levantaram os copos em um brinde.

– Já marcaram a data do casamento? – perguntou Tom.

– Ainda não, mas será em breve. A cerimônia será em Essex, na propriedade dos Clares. Um evento pequeno, apenas para a família e poucos amigos. – Winterborne pegou um talo de aipo e salpicou sal antes de acrescentar: – Ravenel pretende convidá-lo.

Os dedos de Tom apertaram uma fatia de limão num gesto reflexo e uma gota do sumo atingiu seu rosto. Ele soltou o limão e enxugou o rosto com um guardanapo.

– Não vejo motivo – resmungou. – Nunca estive nas listas de convidados dele antes. Ficaria surpreso se Ravenel ao menos soubesse soletrar meu nome. De qualquer modo, espero que ele não desperdice papel e tinta em um convite para mim, já que não irei.

West fitou-o, incrédulo.

– Você perderia o casamento? Vocês são amigos há pelo menos dez anos.

– Ele vai sobreviver sem mim – garantiu Tom, irritado.

– Isso tem alguma coisa a ver com Cassandra? – perguntou Winterborne.

Tom estreitou os olhos.

– Trenear contou... – falou, mais afirmando do que perguntando.

– Ele mencionou que você conheceu Cassandra e que se interessou por ela.

– É claro que sim – disse Tom com frieza. – Você sabe como aprecio coisas belas. Mas não vai dar em nada. Trenear achou que era uma má ideia, e eu não poderia concordar mais.

Winterborne voltou a falar, em um tom neutro:

– O interesse não foi só da sua parte.

A declaração provocou uma pontada na boca do estômago de Tom. Subitamente, ele perdeu o interesse na comida, e usou os dentes do garfo para empurrar um ramo de salsa pelo prato.

– Como você sabe?

– Cassandra tomou chá com Helen na semana passada. Pelo que ela contou, parece que você provocou uma forte impressão na jovem.

Tom deu uma risadinha.

– Provoco uma forte impressão em todo mundo. Mas a própria Cassandra me disse que eu não seria capaz de lhe dar a vida com a qual ela sempre sonhou... que inclui um marido capaz de amá-la.

– E você não seria capaz disso?

– É claro que não. Isso não existe.

Winterborne inclinou a cabeça e o encarou com curiosidade.

– O amor não existe?

– Não mais do que o dinheiro.

Agora Winterborne estava estupefato.

– O dinheiro não existe?

Em resposta, Tom enfiou a mão no bolso do paletó, tateou por um momento, então tirou uma cédula.

– Me diga quanto isto vale.

– Cinco libras.

– Não, o pedaço de papel em si.

– Cinquenta centavos – arriscou Winterborne.

– Sim. Mas este pedaço de papel de 50 centavos vale 5 libras porque todos concordamos em fingir que sim. Agora, vamos ao casamento...

– *Yr Duw* – murmurou Winterborne em galês, percebendo o rumo que a conversa estava tomando.

– O casamento é um acordo econômico – continuou Tom. – As pessoas podem se casar sem amor? É claro que sim. Somos capazes de produzir descendentes sem ele? Obviamente. Mas fingimos acreditar nessa coisa mítica e impalpável, que ninguém pode ouvir, ver ou tocar, quando na verdade o amor não passa de um valor artificial que atribuímos a um relacionamento.

– E os filhos? – contra-argumentou Winterborne. – O amor deles também é um valor artificial?

Tom guardou a nota de 5 libras no bolso antes de responder.

– O que as crianças sentem como amor é instinto de sobrevivência. É uma forma de incentivar os pais a cuidarem delas até que elas mesmas possam fazer isso.

A expressão de Winterborne era de perplexidade.

– Meu Deus, Tom. – Ele colocou na boca uma garfada da salada de caranguejo e mastigou metodicamente antes de prosseguir. – O amor é real, sim. Se você já tivesse experimentado...

– Eu sei, eu sei – interrompeu Tom, sem paciência. – Sempre que cometo o erro de ter essa conversa, esse é o argumento usado por todos. Mas, mesmo que o amor fosse real, por que eu iria querê-lo para mim? As pessoas tomam decisões irracionais por amor. Algumas até morrem por isso. Estou muito mais feliz sem ele.

– Está mesmo? – perguntou Winterborne em dúvida, e ficou em silêncio quando a garçonete se aproximou com a jarra de cerveja. Só depois que ela encheu as canecas vazias e se afastou foi que ele voltou a falar: – Minha mãe me dizia: *"Atribulados são os que querem o mundo, atribulados são os que conseguem o mundo."* Eu sabia que ela devia estar errada, afinal, como poderia um homem que conquistou o mundo ser tudo menos feliz? Mas, depois que fiz a minha fortuna, finalmente entendi o que ela queria dizer. As coisas que nos ajudam a chegar ao topo são as mesmas que nos impedem de apreciar a vista quando chegamos lá.

Tom estava prestes a protestar e dizer que *estava* apreciando a própria vida. Mas Winterborne, maldito fosse, estava absolutamente certo. Tom vinha se sentindo infeliz havia meses... Que inferno. Será que o resto da vida dele seria assim?

– Não há esperança para mim, então – comentou Severin em um tom sombrio. – Não consigo acreditar em nada de que não tenha evidências. Não dou saltos no escuro.

– Mais de uma vez eu vi você tomar a decisão errada por pensar demais. Mas se conseguir sair desse labirinto que é o seu cérebro pelo tempo necessário para descobrir o que quer... não o que *decidiu* que deve querer, mas o que a sua intuição lhe diz... talvez acabe descobrindo o que sua alma deseja.

– Eu não tenho alma. Isso não existe.

Parecendo achar graça e ao mesmo tempo exasperado, Winterborne perguntou:
– Então o que mantém seu cérebro funcionando, seu coração batendo?
– Os impulsos elétricos. Um cientista italiano chamado Galvani provou isso há cem anos, com um sapo.
– Não posso falar pelo sapo – retrucou Winterborne com firmeza –, mas você tem alma, e eu diria que é hora de começar a prestar atenção nela.

~

Depois do almoço, Tom voltou para seu escritório na Hanover Street. Era um dia fresco de outono, com súbitas rajadas de vento vindas de todas as direções possíveis. Luvas perdidas, tocos de charuto, jornais e panos arrancados de varais passavam rolando ao longo da rua e da calçada.

Tom parou em frente ao prédio que abrigava os escritórios centrais de suas cinco empresas. A uma curta distância, um menino recolhia diligentemente tocos de charutos da sarjeta. Mais tarde, o tabaco seria retirado dos tocos e transformado em charutos baratos, vendidos por 2 centavos cada.

A entrada imponente do prédio tinha 6 metros de altura e era encimada por um maciço frontão curvo. Os cinco primeiros andares eram cobertos por pedra de Portland branca, enquanto os dois mais altos eram de tijolos vermelhos com elaboradas esculturas brancas em pedra. No interior, uma ampla escadaria ocupava um saguão que se estendia até uma claraboia de vidro no telhado.

Parecia um lugar aonde pessoas importantes se dirigiam para fazer um trabalho importante. Durante anos Tom sentira um estremecimento de satisfação toda vez que se aproximava daquele prédio.

Agora, nada lhe dava prazer.

A não ser... por mais absurdo que fosse... consertar a caldeira no Priorado Eversby. Naquele momento, ele voltara a experimentar um pouco daquela antiga sensação de propósito e realização. Trabalhando com as mãos, contando com as habilidades que adquirira quando era um aprendiz de 12 anos, com a vida toda ainda pela frente.

Era feliz naquela época. Suas ambições juvenis tinham sido elogiadas e estimuladas por seu antigo mentor, Chambers Paxton, que se tornara a figura paterna de que Tom precisava. Naqueles dias, parecia possível encontrar a resposta para qualquer pergunta ou problema. Mesmo as limitações de Tom tinham sido uma vantagem: quando um homem não precisava se preocupar com amor, honra ou qualquer tolice desse tipo, era livre para fazer fortuna. Tinha sido um prazer imenso para ele.

Recentemente, porém, algumas de suas limitações começaram a parecer apenas limitações. A felicidade – ao menos do jeito que ele sentia antes – se fora.

O vento dançava e vinha de todas as direções. Uma rajada particularmente forte arrancou o chapéu preto da sua cabeça. O chapéu saiu rolando pela calçada, até ser resgatado pelo pequeno caçador de tocos de charuto. Segurando o chapéu, o menino olhou para Tom com desconfiança. Avaliando a distância entre os dois, Tom concluiu que não fazia sentido correr atrás do menino. Ele escaparia facilmente, desaparecendo no labirinto de becos e cavalariças atrás da rua principal. *Pode ficar com o chapéu*, pensou Tom, e seguiu em direção ao prédio. Se o chapéu fosse revendido por uma fração do preço original, renderia uma pequena fortuna para o menino.

Tom foi até sua sala particular, no quinto andar. Seu assistente e secretário pessoal, Christopher Barnaby, se adiantou na mesma hora para pegar o sobretudo preto de lã.

Barnaby pareceu curioso com a ausência do chapéu.

– O vento – explicou Tom bruscamente, já se dirigindo à escrivaninha grande com tampo de bronze.

– Devo sair e procurá-lo, senhor?

– Não. Já se foi de vez há muito tempo. – Ele se sentou à sua mesa, com pilhas de livros contábeis e correspondência. – Café.

Barnaby se apressou com uma agilidade que contrariava o que sugeria seu corpo atarracado.

Três anos antes, Tom havia recrutado o contador iniciante para trabalhar como seu secretário e assistente pessoal até encontrar alguém apropriado para a posição. Normalmente, jamais teria considerado alguém como Barnaby, que vivia com as roupas amarrotadas e ansioso, seus cachos castanhos revoltos oscilando ao redor da cabeça. Na verdade, mesmo depois que Tom mandara o rapaz procurar seu alfaiate na Savile Row e gastara uma fortuna com ele mandando fazer algumas camisas elegantes, três gravatas de seda e dois ternos sob medida, Barnaby ainda assim parecia ter se vestido com o conteúdo do cesto de roupa suja mais próximo. A aparência de um assistente pessoal deveria refletir a do patrão, mas Barnaby rapidamente provara seu valor, demonstrando habilidades tão excepcionais para priorizar detalhes e cuidar de todos eles que Tom não já não ligava mais para isso.

   Depois de voltar trazendo café com leite, Barnaby parou diante da escrivaninha de Tom com um caderninho na mão.

   – Senhor, a delegação japonesa confirmou que vai chegar em dois meses para comprar escavadeiras a vapor e perfuratrizes. Eles também querem consultá-lo sobre questões de engenharia da construção da linha Nakasendo através de regiões montanhosas.

   – Vou precisar de cópias dos mapas topográficos e dos levantamentos geológicos deles o mais rápido possível.

   – Sim, senhor.

   – Além disso, contrate um professor de japonês.

   Barnaby o encarou, espantado.

   – Quis dizer um intérprete, senhor?

   – Não, um professor. Prefiro entender o que eles estão dizendo sem intermediários.

   – Mas, senhor – disse o assistente, confuso –, certamente não está pretendendo se tornar fluente em japonês em dois meses...

   – Não seja ridículo, Barnaby.

   – É claro, senhor. É que por um instante pareceu... – começou o assistente, com um sorrido tímido.

   – Vou levar um mês e meio, no máximo.

   Com sua memória excepcional, Tom era capaz de aprender idiomas com muita facilidade – embora, reconhecidamente, seu sotaque em geral deixasse um pouco a desejar.

   – Agende aulas diárias a partir de segunda-feira.

   – Sim, senhor. – Barnaby fez anotações em seu caderninho. – Nosso próximo item é bastante empolgante. A Universidade de Cambridge decidiu lhe conceder o prêmio Alexandrian por suas equações hidrodinâmicas. O senhor será o primeiro não graduado em Cambridge a recebê-lo. – Barnaby sorriu para ele. – Parabéns!

   Tom franziu a testa e esfregou os cantos dos olhos.

   – Tenho que fazer um discurso?

   – Sim, haverá uma grande cerimônia em Peterhouse.

   – Não posso receber o prêmio sem o discurso?

Barnaby balançou a cabeça.

– Recuse o prêmio, então.

Barnaby balançou a cabeça outra vez.

– Está me dizendo não? – perguntou Tom, surpreso.

– O senhor não pode recusar – insistiu Barnaby. – Existe a chance de algum dia o senhor ganhar um título de cavaleiro por causa dessas equações, mas não se recusar o prêmio Alexandrian. E o senhor quer um título de cavaleiro! Já disse isso!

– Não me interesso por isso agora – murmurou Tom. – Não me importa.

O assistente se tornou obstinado.

– Estou colocando na agenda. E escreverei um discurso sobre como o senhor aceita com humildade a honra de ser um dentre os muitos intelectuais que promovem a glória do império de Sua Majestade...

– Pelo amor de Deus, Barnaby. Tenho apenas cinco sentimentos, e "humildade" não é um deles. Além disso, eu nunca me referiria a mim mesmo como "um dentre os muitos". Você já conheceu alguém como eu? Não, porque existe apenas um. – Tom suspirou brevemente. – Eu mesmo vou escrever o discurso.

– Como desejar, senhor. – O assistente esboçou um sorriso discreto mas estava obviamente satisfeito. – Esses são os únicos itens na agenda por ora. Precisa de mais alguma coisa antes que eu volte para a minha mesa?

Tom assentiu, baixou os olhos para a xícara vazia de café e passou o polegar ao longo da borda fina de porcelana.

– Sim. Vá até a livraria e compre um exemplar de *A volta ao mundo em oitenta dias*.

– De Júlio Verne – completou Barnaby, o rosto se iluminando.

– Você já leu?

– Sim, é uma ótima história.

– Que lição Phileas Fogg aprende? – Ao ver o olhar vazio no rosto do assistente, Tom acrescentou, impaciente: – Ao longo de todas as viagens. O que ele descobre no decorrer do caminho?

– Eu não poderia estragar o prazer da leitura – disse o jovem, muito sério.

– Você não vai estragar nada. Só preciso saber a que conclusão chegaria uma pessoa normal.

– É bastante óbvio, senhor – assegurou Barnaby. – O senhor descobrirá quando ler.

Barnaby deixou a sala de Tom, mas voltou apenas um ou dois minutos depois. Para a surpresa de Tom, o assistente segurava nas mãos o chapéu perdido.

– O porteiro trouxe isto – disse Barnaby. – Um moleque da rua devolveu. Não pediu nenhuma recompensa. – Ele examinou com um olhar crítico a aba do chapéu e acrescentou: – Vou cuidar para que esteja limpo e escovado até o final do dia, senhor.

Pensativo, Tom se levantou e foi até a janela. O menino voltara à sarjeta para retomar sua busca por tocos de charuto descartados.

– Vou sair por um minuto – anunciou.

– É algo que o senhor gostaria que eu fizesse?

– Não, eu mesmo cuidarei disso.

– Seu sobretudo... – começou Barnaby, mas Tom passou direto por ele.

Tom foi até a calçada e estreitou os olhos para protegê-los de uma rajada carregada de poeira. O menino parou o que estava fazendo, mas permaneceu agachado ao lado da sarjeta. Levantou os olhos, desconfiado, quando Tom se aproximou. Era magro e estropiado, com uma aparência desnutrida que dificultava avaliar sua idade, mas não podia ter mais de 11 anos. Talvez 10. Os olhos castanhos estavam sujos nos cantos e a pele tinha a textura áspera de uma galinha depenada. As longas mechas de cabelo preto não eram escovadas havia dias.

– Por que não ficou com ele? – perguntou Tom sem preâmbulos.

– Não sou ladrão – respondeu o menino, e pegou outro toco de charuto. Suas mãos pequenas estavam grossas de sujeira.

Tom tirou 1 xelim do bolso e estendeu para ele.

O menino não aceitou.

– E não preciso de caridade.

– Não é caridade – disse Tom, divertido e irritado ao mesmo tempo pela demonstração de orgulho de uma criança que não podia se permitir isso. – É uma recompensa por um serviço prestado.

O menino deu de ombros, pegou a moeda e deixou cair na mesma bolsa em que estava guardando os tocos de charuto.

– Qual é o seu nome? – perguntou Tom.

– Jovem Bazzle.

– E o seu primeiro nome?

O menino encolheu os ombros de novo.

– Jovem Bazzle é o que sempre fui. Meu pai era o velho Bazzle.

O bom senso aconselhava Tom a encerrar o assunto ali. Não havia nada de especial naquele menino. Embora ajudar uma única criança pudesse satisfazer um impulso benevolente, não adiantava nada para as milhares que viviam na sujeira e na pobreza. Tom já doara grandes somas – o mais ostensivamente possível – para uma série de instituições de caridade de Londres. Já era o suficiente.

Ainda assim alguma coisa o incomodava, provavelmente por causa do sermão de Winterborne. Sua intuição lhe dizia para fazer algo por aquele moleque – o que era um bom exemplo de por que em geral tentava ignorá-la.

– Bazzle, preciso de alguém para varrer e limpar meus escritórios. Você quer o emprego?

O menino olhou para ele, desconfiado.

– Está querendo me enganar?

– Eu não engano as pessoas. E me chame de "Sr. Severin" ou de "senhor". – Tom entregou outra moeda ao menino. – Vá comprar uma vassoura pequena para você e apareça no meu escritório amanhã de manhã. Vou avisar ao porteiro que o espere.

– A que horas devo aparecer, senhor?

– Às nove em ponto. – Enquanto Tom se afastava, resmungou para si mesmo: – Se ele me roubar, vou mandar a conta para você, Winterborne.

CAPÍTULO 7

Um mês depois, Tom pegou o trem para a estação Saffron Walden, em Essex, e depois alugou uma carruagem para a propriedade dos Clares. Era uma grande mudança em relação ao conforto e ao isolamento do vagão particular. Ele preferia visitar as pessoas sem se colocar à mercê delas, mantendo sua liberdade de ir e vir como desejasse, de comer quando e o que sentisse vontade, de tomar banho com seu sabonete favorito e de dormir sem ser perturbado pelo barulho de outras pessoas.

Por ocasião do casamento de West Ravenel, no entanto, Tom estava tentando algo novo. Ele se reuniria aos outros convidados. Ficaria em um quarto onde as criadas entrariam em alguma hora ímpia da manhã para mexer na lareira. Desceria para tomar café da manhã com os outros hóspedes e se juntaria obedientemente a eles em caminhadas para admirar a vista das colinas, árvores e lagoas. A casa estaria infestada de crianças, as quais ele ignoraria ou toleraria. As noites seriam ocupadas com jogos de salão e entretenimentos amadores, dos quais ele fingiria gostar.

A decisão de se sujeitar à provação que o aguardava era resultado direto do conselho de Rhys Winterborne para seguir sua intuição. Até então, não dera muito certo. Mas Tom estava tão cansado depois de passar tantos meses se sentindo entorpecido e vazio que mesmo esse arsenal de desconfortos parecia uma alternativa melhor.

Ao longe, avistou a casa em estilo georgiano clássico, com colunas brancas, no alto de uma colina suave, as paredes baixas cobertas de hera e de sempre-vivas. A fumaça ondulava de uma fileira bem ordenada de chaminés, erguendo-se no céu de novembro. As árvores no bosque próximo tinham perdido as folhas e exibiam apenas os galhos fortes e ramos negros entrelaçados. A névoa pesada da noite começava a se espalhar sobre os campos cultivados a distância.

A carruagem alugada parou diante do pórtico principal. Um trio de criados a cercou, abrindo as portas envernizadas, pousando o degrau para que Severin descesse e descarregando a bagagem. Tom pisou o caminho de cascalho e respirou fundo o ar com aroma de folhas molhadas e geada. Tinha que admitir que os aromas eram melhores no campo do que na cidade.

Fileiras de janelas de guilhotina lhe deram o vislumbre de um grande número de pessoas nos salões de entrada. Música e risadas abundantes eram pontuadas pelos gritos felizes das crianças. Muitas crianças, ao que parecia.

– Apenas família e poucos amigos uma ova... – murmurou Tom enquanto subia os degraus da frente.

Quando chegou ao hall de entrada, um mordomo pegou seu chapéu, o casaco e as luvas.

O interior da casa dos Clares era espaçoso e arejado, pintado em tons suaves de branco, azul-claro e verde-claro. Sabiamente, alguém havia escolhido decorar a casa de acordo com a fachada neoclássica limpa em vez de abarrotar os cômodos com uma avalanche de estatuetas de porcelana e almofadas bordadas.

Em um ou dois minutos, West Ravenel e Phoebe, lady Clare, apareceram para recebê-lo. Os dois formavam um belo par – o alto e sempre bronzeado West e a esbelta viúva ruiva. Um laço invisível e misterioso parecia uni-los, uma espécie de vínculo que não tinha nada a ver com proximidade ou com o casamento. Intrigado e interessado, Tom se deu conta de que o amigo não era mais um ser completamente independente, mas a metade de uma entidade nova.

Phoebe se curvou em uma mesura graciosa.

– Seja bem-vindo, Sr. Severin.

A mulher passara por uma notável transformação desde a última vez que Tom a vira, no casamento de Pandora. Ele a considerara bonita na época, mas havia um toque de rigidez em sua compostura, algo de frágil e melancólico. Agora ela estava relaxada e radiante.

West trocou um aperto de mão vigoroso com Tom.

– Estamos felizes por você ter vindo – disse ele com simplicidade.

– Quase não vim – respondeu Tom. – Tira toda a diversão ir a algum lugar a que fui convidado.

West sorriu.

– Desculpe, mas tive que incluí-lo na lista de convidados. Ainda estou em dívida com você pelo que fez por mim no verão passado.

– Consertar a caldeira?

– Não, outra coisa. – Ao ver a expressão perplexa de Tom, West esclareceu: – Quando me ajudou a tirar meu amigo de Londres às escondidas.

– Ah, aquela bobagem. Não foi nada.

– Você assumiu um grande risco nos ajudando com Ransom – completou West. – Se as autoridades descobrissem, você teria tido problemas.

Tom esboçou lentamente um sorriso.

– O risco era pequeno, Ravenel.

– Poderia ter perdido seus contratos com o governo e até terminado na cadeia.

– Não com todos os políticos comendo na minha mão – disse Tom, com um toque de presunção na voz. Diante das sobrancelhas erguidas de West, ele explicou: – Tive que molhar a mão de mais lordes e comuns do que a quantidade de pelos que você tem no queixo. As chamadas despesas parlamentares fazem parte do orçamento de todos os construtores de ferrovias. Suborno é a única maneira de fazer um projeto de lei passar pelo comitê de processos e conseguir as autorizações necessárias.

– Ainda assim, você se arriscou – insistiu West. – E estou mais em dívida com você do que imagina. Eu não podia contar antes, mas Ethan Ransom tem laços estreitos com a família Ravenel.

Tom olhou para ele em alerta.

– Que tipo de laços?

– Ele é filho natural do velho conde... o que o torna meio-irmão de Cassandra e Pandora. Se fosse o filho legítimo, o título e o patrimônio seriam dele por direito, não do meu irmão.

– Interessante – murmurou Tom. – E ainda assim você não o vê como uma ameaça?

A expressão de West era irônica.

– Não, Severin. Ransom não tem nenhum interesse na propriedade. Na verdade, ele é tão discreto a respeito da ligação que tem com os Ravenels que precisei persuadi-lo e intimidá-lo a participar de um evento de família. Ele está aqui só porque a esposa quis vir. – Ele fez uma pausa. – Você se lembra da Dra. Gibson, tenho certeza.

– A Dra. Garrett Gibson? – perguntou Tom. – Ela se casou com ele?

West sorriu diante da surpresa do amigo.

– Quem você acha que cuidou de Ransom enquanto ele estava se recuperando na propriedade?

Ao reparar na expressão perturbada de Tom, Phoebe perguntou gentilmente:

– O senhor tinha interesse na Dra. Gibson, Sr. Severin?

– Não, mas...

Tom fez uma pausa. Garrett Gibson era uma mulher extraordinária. Tornou-se a primeira médica licenciada na Inglaterra depois de se diplomar pela Sorbonne. Apesar de muito jovem, era uma cirurgiã altamente qualificada, treinada em técnicas antissépticas por seu mentor, sir Joseph Lister. Como era amiga dos Winterbornes e estabelecera uma clínica médica ao lado da loja de departamento deles, na Cork Street, para uso dos empregados da loja, Tom se encontrara com ela em algumas ocasiões, e a estimava imensamente.

– A Dra. Gibson é uma mulher de uma praticidade revigorante – comentou Tom. – Ransom tem a sorte de ter uma esposa com os dois pés no chão, que não dá importância a tolices românticas.

West sorriu e balançou a cabeça.

– Lamento arruinar suas ilusões, Severin, mas a Dra. Gibson é profundamente apaixonada pelo marido e adora as tolices românticas dele.

West continuaria falando, mas foi interrompido quando um garotinho veio correndo na direção de Phoebe e colidiu com ela. Em um ato reflexo, West estendeu a mão para manter o equilíbrio dos dois.

– Mamãe! – exclamou a criança, ofegante e agitada.

Phoebe baixou os olhos para o filho, preocupada.

– Justin, o que houve?

– A Galocha me trouxe um rato morto. Ela soltou o rato no chão bem na minha frente!

– Ah, querido. – Phoebe ajeitou os cabelos escuros e revoltos do filho com ternura. – Receio que seja isso que os gatos fazem. Ela deve ter achado que era um ótimo presente.

– A babá não quer tocar no rato, a empregada gritou e eu briguei com o Ivo.

Embora o irmão mais novo de Phoebe, Ivo, fosse tecnicamente tio de Justin, os meninos eram próximos o suficiente em idade para brincar e brigar juntos.

– Por causa do rato? – perguntou Phoebe com simpatia.

– Não, antes do rato. O Ivo disse que vai haver uma lua de mel e que eu não posso ir porque é para adultos. – O menino inclinou a cabeça para trás para olhar para a mãe, o lábio inferior tremendo. – Mas você não iria para a lua de mel sem mim, não é, mamãe?

– Querido, ainda não fizemos planos para viajar. Temos muitas coisas para resolver aqui e precisamos de tempo para nos estabelecermos. Talvez na primavera...

– O meu pai não iria gostar de me deixar para trás. Eu sei que não!

No silêncio pesado que se seguiu, Tom voltou rapidamente os olhos para West, que parecia pálido e assustado. Phoebe se agachou devagar, até seu rosto estar no mesmo nível que o do filho.

– Está falando do tio West? – perguntou gentilmente. – É assim que vai chamá-lo agora?

Justin assentiu.

– Não quero que ele seja meu tio... eu já tenho muitos tios. E se eu não tiver um pai, nunca vou aprender a amarrar os cadarços.

Phoebe sorriu.

– Então por que não o chama de papai? – sugeriu.

– Porque, se eu fizer isso, você nunca vai saber de qual dos dois estou falando – explicou Justin, com bom senso. – Se do que está no céu ou do que está aqui embaixo.

Phoebe deu uma risadinha bem-humorada.

– Meu espertinho. Você tem razão.

Justin levantou os olhos para o homem alto a seu lado com um toque de insegurança.

– Posso chamar você só de pai... não posso? Gosta desse nome?

O rosto de West se transformou nesse momento, um rubor intenso o coloriu e pequenos músculos se contorceram como resultado de uma poderosa emoção. Ele levantou Justin no colo, uma das mãos grandes segurando a cabeça do menino enquanto beijava seu rosto.

– Amo esse nome – disse West, a voz embargada. – Amo.

O menino passou os braços ao redor do pescoço dele.

Tom, que odiava cenas sentimentais, se sentiu terrivelmente desconfortável. Ele olhou ao redor do saguão de entrada, perguntando-se se poderia apenas se afastar e encontrar seu quarto mais tarde.

– Podemos ir à África na nossa lua de mel, pai? – Tom ouviu Justin perguntar.

– Sim – respondeu West com a voz abafada.

– Posso ter um crocodilo de estimação, pai?

– Sim.

Phoebe sacou um lenço aparentemente do nada e enfiou-o com discrição na mão de West.

– Eu cuido do Sr. Severin – sussurrou – se você tomar alguma providência em relação ao rato morto.

West assentiu com um som rouco enquanto Justin reclamava que estava sendo esmagado.

Phoebe se virou para Tom com um sorriso incandescente.

– Venha comigo – convidou.

Aliviado por escapar da cena comovente, Tom foi andando ao lado dela.

– Por favor, desculpe a intromissão do meu filho – disse Phoebe enquanto os dois atravessavam o saguão de entrada. – O conceito de momento inconveniente não existe para as crianças.

– Imagine, não precisa se desculpar – falou Tom. – Como se trata de um casamento, eu já esperava um pouco de choro e drama. Só não achei que tudo isso viria do noivo.

Phoebe sorriu.

– Meu pobre noivo mergulhou de cabeça na paternidade, sem preparação prévia. Mas está se saindo esplendidamente bem. Meus meninos o adoram.

– Eu não conhecia esse lado de West – admitiu Tom, e fez uma pausa, pensativo. – Nunca percebi que ele gostaria de ter uma família. West sempre afirmou que nunca se casaria.

– "Eu nunca vou me casar" é o lema de todo libertino e a bandeira de todo sedutor. No entanto, a maioria acaba sucumbindo ao inevitável. – Phoebe lançou um olhar travesso, meio de esguelha, para Tom. – Talvez você seja o próximo.

– Nunca fui um libertino ou um sedutor – retrucou Tom com ironia. – Essas são palavras para homens de sangue azul e com fundos de investimento. Mas estou aberto à possibilidade do casamento.

– Interessante. Alguma candidata em mente?

Tom a encarou com atenção, tentando discernir se estava zombando dele. Sem dúvida West comentara com a esposa sobre o interesse dele por Cassandra. Mas não havia qualquer sinal de malícia nos olhos cinza-claros, apenas uma curiosidade camarada.

– Não no momento – respondeu ele. – Recomendaria alguém?

– Tenho uma irmã, Seraphina, mas temo que talvez seja jovem demais para o senhor. Que tipo de mulher o agradaria?

Uma voz feminina interrompeu a conversa.

– O Sr. Severin deseja uma esposa prática e independente. Agradável sem ser efusiva... inteligente, mas não tagarela. Uma que vai se afastar quando o marido quiser e retornar também ao seu comando, e que nunca vai reclamar quando ele não aparecer em casa para o jantar. Não é isso, Sr. Severin?

Tom parou de repente quando viu Cassandra se aproximando, vindo do extremo oposto do saguão. Estava absurdamente bela em um vestido de veludo cor-de-rosa, com a saia puxada para trás acompanhando o contorno da cintura e dos quadris. Na frente, a barra era uma cascata de babados de seda que ondulava a cada passo. Ele sentiu a boca seca de desejo. O coração se apertou e se contorceu, como uma coisa viva que tivesse sido presa dentro da gaveta de uma cômoda.

— Não exatamente — retrucou ele, o corpo imóvel à medida que Cassandra caminhava em sua direção. — Eu não me casaria com um autômato.

— Mas seria conveniente, não acha? — murmurou ela, parando a menos de um passo dele. — Uma esposa mecânica jamais o aborreceria, jamais seria uma inconveniência para o senhor — continuou a jovem. — Não seria exigido amor de nenhuma das partes. E mesmo com os gastos de manutenção e pequenos reparos, o custo-benefício seria muito bom.

O tom dela continha a frieza delicada do orvalho congelado. Obviamente, Cassandra ainda estava descontente com a maneira abrupta com que ele partira do Priorado Eversby.

Apenas uma pequena parte do cérebro de Tom estava funcionando normalmente. O resto estava ocupado colecionando detalhes: o azul intenso dos olhos, o cheiro de pó perfumado na pele dela. E ele nunca vira uma pele como a de Cassandra, fresca e levemente leitosa, como um copo de leite com uma luz rósea brilhando através dele. Seria assim por todo o corpo? Tom pensou nas pernas e curvas sob os babados do vestido de Cassandra e se viu dominado por uma sensação que era como quando a água gelada às vezes parece quente, ou como quando uma queimadura pode provocar um calafrio.

— Soa como algo de um romance de Júlio Verne — conseguiu dizer Tom. — A propósito, li o livro que a senhorita recomendou.

Cassandra cruzou os braços em um gesto de aborrecimento que empurrava as curvas voluptuosas de seus seios um pouco mais para cima e que o deixou de joelhos bambos.

— Como isso é possível se o senhor deixou o livro no Priorado Eversby?

— Pedi ao meu assistente que comprasse um exemplar.

— Por que não pegou o que eu lhe dei?

— Por que está presumindo que deixei o livro para trás de propósito? — defendeu-se Tom. — Posso ter esquecido.

— Não, o senhor nunca esquece nada. — Ela não estava disposta a facilitar as coisas para ele. — Por que não pegou?

Embora pudesse arrumar facilmente uma resposta evasiva, Tom decidiu contar a verdade. Afinal, até ali ele não fora nada sutil sobre seu interesse por ela.

— Eu não queria pensar na senhorita — disse sem rodeios.

Phoebe, que olhava de um para o outro, descobriu um interesse repentino por um arranjo de flores em um aparador em um ponto mais distante no corredor. Dedicou-se a ajeitar as flores, tirando uma samambaia de um lado e colocando do outro lado do arranjo.

Algo na expressão de Cassandra ficou mais suave, os lábios menos rígidos.

– Por que o senhor leu?

– Eu estava curioso.

– E gostou?

– Não o bastante para justificar quatro horas de leitura. Uma página teria sido suficiente para explicar o objetivo do romance.

Cassandra inclinou levemente a cabeça e, com um olhar encorajador, perguntou:

– E qual é?

– Quando Phileas Fogg viaja para o leste, ele ganha quatro minutos cada vez que cruza uma longitude, uma coordenada geográfica. Quando ele voltar ao ponto de partida, estará um dia inteiro adiantado, o que lhe permitirá ganhar a aposta. A lição óbvia é que quando se viaja acompanhando a rotação da Terra em movimento progressivo, os ponteiros do relógio consequentemente devem ser empurrados para trás... portanto, o tempo é atrasado.

Ponto para mim, pensou ele, presunçoso.

Mas Tom ficou confuso quando Cassandra balançou a cabeça e sorriu.

– Essa é a reviravolta da história – disse ela –, mas não é a mensagem. Não tem nada a ver com o que Phileas Fogg compreende sobre si mesmo.

– Ele estabeleceu uma meta e a alcançou – retrucou Tom, irritado com a reação dela. – O que há para entender além disso?

– Uma coisa muito importante – declarou Cassandra, claramente se divertindo.

Tom não estava habituado a se enganar sobre nada e disse com frieza:

– A senhorita está rindo de mim.

– Não, estou rindo *com* o senhor, mas de uma forma um pouco superior.

O olhar dela era provocador. Como se estivesse flertando com ele. Como se Tom fosse um jovem pretendente em vez de um homem experiente e que conhecia todas as táticas do jogo que ela tentava jogar. Mas Tom estava acostumado com parceiros experientes que operavam segundo estratégias precisas e identificáveis. Ele não conseguia identificar qual era o objetivo dela.

– Que coisa importante? – insistiu ele, em tom de ordem.

Cassandra franziu o nariz de um jeito encantador.

– Acho que não vou dizer. Vou deixar que descubra sozinho.

Tom manteve o rosto sem expressão, mas por dentro sentia-se derreter com um sentimento totalmente novo. Era parecido com beber champanhe (uma das coisas de que mais gostava) enquanto equilibrava a estrutura de aço de uma ponte ferroviária elevada (uma das coisas de que menos gostava).

– A senhorita não é tão doce quanto todos pensam – comentou Tom, carrancudo.

– Eu sei. – Cassandra sorriu e olhou por cima do ombro para Phoebe, que havia rearrumado pelo menos metade das flores ali por perto. – Não vou mais atrasá-la, Phoebe. Você estava levando o Sr. Severin para o chalé de convidados?

– Sim, estamos hospedando alguns cavalheiros solteiros lá.

– Vou me sentar ao lado do Sr. Severin no jantar? – perguntou Cassandra.

– Fui instruída a manter vocês dois o mais longe possível um do outro – confessou Phoebe em tom irônico. – Agora estou começando a entender por quê.

– Bobagem – zombou Cassandra. – O Sr. Severin e eu nos comportaríamos de forma totalmente civilizada. Na verdade... – Ela olhou para Tom com um meio-sorriso convidativo antes de continuar – ... acho que deveríamos ser amigos. Gostaria disso, Sr. Severin?

– Não – disse ele com sinceridade.

Surpresa, Cassandra o encarou com uma expressão que se tornara fria.

– Isso facilita as coisas, então.

Enquanto ela se afastava, Tom acompanhou-a com os olhos, hipnotizado pelos movimentos de seu corpo e pelo farfalhar do intrincado drapeado da saia.

Quando finalmente voltou os olhos na direção de Phoebe, notou seu olhar especulativo.

– Milady – começou a dizer ele com cautela –, se pudesse lhe pedir que não mencionasse...

– Nem uma palavra – prometeu Phoebe, que, parecendo pensativa, seguia pelo corredor a passo lento. – Devo alterar os arranjos dos assentos – perguntou abruptamente – e colocá-lo ao lado de Cassandra?

– Meu Deus, não. Por que sugere isso?

Phoebe respondeu com ironia e uma ponta de constrangimento.

– Não faz muito tempo, senti uma atração repentina por um homem que não poderia ser mais inadequado. Foi como uma daquelas tempestades elétricas de verão que caem sem aviso prévio. Decidi evitar esse homem, mas então nos sentamos um ao lado do outro em um jantar e esse acabou sendo um dos maiores golpes de sorte da minha vida. Agora mesmo, vendo o senhor com Cassandra, pensei que talvez...

– Não. Somos incompatíveis.

– Entendo... – Depois de uma longa pausa, Phoebe voltou a falar. – Mas alguma coisa pode mudar. Nunca se sabe. Posso recomendar ao senhor um livro excelente chamado *Persuasão*...

– Outro romance? – perguntou Tom, fitando-a com uma expressão sofrida.

– O que há de errado com romances?

– Nada, desde que não sejam usados como manuais de conselhos.

– Se o conselho for bom – respondeu Phoebe –, importa de onde veio?

– Milady, não há nada que eu queira aprender com pessoas fictícias.

Eles saíram do prédio principal da casa e atravessaram o jardim por uma trilha pavimentada que levava à casa de hóspedes de tijolos vermelhos.

– Vamos brincar de faz de conta – sugeriu Phoebe. – Só um pouquinho. – Ela aguardou o assentimento relutante de Tom antes de continuar. – Recentemente, uma boa amiga minha, Jane Austen, me contou que sua vizinha, Anne Elliot, acabara de se casar com um cavalheiro chamado capitão Frederick Wentworth. Eles haviam sido noivos sete anos antes, mas Anne foi convencida pela família a romper o compromisso.

– Por quê?

– O rapaz não tinha fortuna nem influência.

– Moça de mente fraca – zombou Tom.

– Foi um erro – admitiu Phoebe –, mas Anne sempre fora uma filha obediente. Então os anos se passaram e eles voltaram a se encontrar quando o capitão Wentworth já havia se tornado um homem bem-sucedido. Nesse momento, ele percebeu que ainda a amava, mas, infelizmente, Anne estava sendo cortejada por outro homem.

– O que Wentworth fez? – perguntou Tom, interessado mesmo contra vontade.

– Ele escolheu ficar calado e esperar por ela. Então, quando a hora certa chegou, Wentworth escreveu uma carta para expressar seus sentimentos e deixou ao acaso que ela a encontrasse.

Tom fitou-a com uma expressão sombria.

– Não estou impressionado com qualquer pessoa nessa história.

– O que o capitão Wentworth deveria ter feito?

– Deveria ter insistido – disse ele enfaticamente. – Ou decidido que estaria melhor sem ela. Qualquer coisa, menos esperar em silêncio.

– Mas a insistência às vezes não requer paciência? – perguntou Phoebe.

– Em matéria de negócios, sim. Mas eu jamais desejaria tanto uma mulher a ponto de esperar por ela. Sempre haverá outras mulheres.

Phoebe parecia estar achando graça.

– Ah, o senhor é um caso difícil, não? Acho que deveria ler *Persuasão* para descobrir o que pode ter em comum com o capitão Wentworth.

– Provavelmente não muito – afirmou Tom –, já que eu existo e ele não.

– Leia mesmo assim – insistiu Phoebe. – Pode ajudá-lo a entender o que Cassandra quis dizer sobre Phileas Fogg.

Tom franziu a testa, confuso.

– Ele também está nesse livro?

– Não, mas... – Phoebe deu uma gargalhada. – Meu Deus, o senhor sempre entende tudo no sentido literal?

– Sou engenheiro – retrucou Tom, na defensiva, e seguiu-a até a casa de hóspedes.

CAPÍTULO 8

– Por que está andando assim? – perguntou Pandora enquanto ela e o marido, Gabriel, desciam as escadas para jantar, acompanhando Cassandra.

– Assim como? – disse Cassandra.

– Como fazíamos quando éramos pequenas, nas batalhas de bailarinas.

Aquilo provocou um sorriso em Gabriel.

– O que é uma batalha de bailarinas?

– Um jogo para ver quem consegue ficar mais tempo na ponta dos pés – explicou Pandora – sem nos apoiarmos nos calcanhares e sem cair para a frente. Cassandra sempre vencia.

– Não me sinto uma vencedora no momento – comentou Cassandra, abatida. Ela parou na lateral do corredor, apoiou as costas contra a parede e levantou a bainha do vestido até os tornozelos. – Estou andando assim por causa dos sapatos novos.

Pandora se abaixou para examinar os pés da irmã, a saia do vestido de seda lilás inflando e abaixando como as pétalas de uma gigantesca petúnia.

Os sapatos de cetim azul eram estreitos, afunilando nos dedos, e enfeitados com pérolas e contas. Infelizmente, por mais que Cassandra os tivesse usado com frequência em casa para amaciá-los, o couro rígido não cedia.

– Ah, que lindos! – exclamou Pandora.

– São mesmo, não é?

Cassandra deu um pulinho de empolgação, seguido por uma careta de desconforto. A noite ainda nem começara e já havia bolhas estourando em seus dedos e nos calcanhares.

– Os saltos são muito altos – observou Pandora, franzindo a testa.

– Estilo Luis XV – disse Cassandra à irmã. – Encomendamos de Paris, por isso tenho que usá-los.

– Mesmo sendo desconfortáveis? – indagou Gabriel enquanto ajudava Pandora a ficar de pé.

– Foram caros demais para serem desconfortáveis – resmungou Cassandra. – Além do mais, a modista disse que saltos altos me fariam parecer mais esguia.

– Por que ainda está se preocupando com isso? – perguntou Pandora.

– Porque todos os meus vestidos estão muito justos e seria uma grande perda de tempo e de dinheiro ter que reformá-los. – Ela suspirou. – Além do mais, ouvi por aí como os homens falam sobre as mulheres nos bailes ou festas. Eles comentam sobre todos os aspectos físicos e debatem se ela é alta ou baixa demais, se a pele é lisa o bastante ou se os seios são adequados.

Pandora ficou irritada.

– Por que *eles* não têm que ser perfeitos?

– Porque são homens.

Pandora pareceu enojada.

– Assim é a temporada social de Londres para os desavisados: moças desfilando diante de suínos. – Ela se virou para o marido e perguntou: – Os homens realmente falam desse jeito das mulheres?

– Homens não – respondeu Gabriel. – Imbecis, sim.

~

Três horas depois, Cassandra entrou mancando na estufa vazia e silenciosa. Ondas suaves de luz se refletiam a partir do córrego que passava ali por dentro, destacando as sombras de samambaias e folhas de palmeira. Parecia a sala de um palácio submerso.

Ela caminhou com dificuldade até os degraus de uma pequena ponte de pedra e se sentou sobre a ondulação espalhafatosa da saia de organza de seda azul. As pequenas contas de cristal que haviam sido espalhadas entre as camadas de tecido delicado projetavam cintilações minúsculas no chão. Cassandra se acomodou com um gemido de alívio e estendeu a mão para tirar o sapato do pé esquerdo, que latejava.

O jantar tinha sido adorável, em uma atmosfera cheia de inteligência e bom humor. Todos estavam sinceramente felizes por West e Phoebe, que por sua vez pareciam estar em um transe de contentamento. A comida em si tinha sido espetacular, começando com preciosos anéis de foie gras sobre pedaços de gelo dispostos no centro da mesa muito longa. Uma procissão interminável de pratos conseguira atingir a combinação perfeita de sal, manteiga, um toque de defumado e muito sabor.

Porém, durante toda a refeição extravagante, Cassandra se sentira cada vez mais desconfortável com as bordas dos sapatos que machucavam seu calcanhar, chegando até a rasgar as meias. Não resistiu a tirar os sapatos por baixo da mesa. Precisava deixar o ar circular ao redor dos pés, que latejavam e ardiam.

Felizmente, estava sentada ao lado de lorde Foxhall, cuja companhia envolvente a ajudara a se distrair do desconforto. O homem era um excelente partido e muito agradável... mas não despertava o interesse dela mais do que ela despertava o dele.

Por outro lado, Tom Severin e todas as suas complexidades pareciam ter capturado a atenção dela, grudado em seus pensamentos como um carrapato. Ele estava sentado perto da outra extremidade da mesa, ao lado de lady Grace, uma das belíssimas filhas de lorde e lady Westcliff. A jovem tinha cabelos pretos brilhantes, um sorriso amplo de dentes muito brancos, e se mostrava bastante encantada com Severin, rindo sem parar e demonstrando um interesse óbvio na conversa.

Severin estava magnífico no traje formal de noite. O homem era como uma lâmina... elegante e rígido, o olhar afiado de inteligência. Mesmo em uma sala cheia de homens talentosos e poderosos, ele se destacava. Severin não olhou nem uma vez na direção de Cassandra, mas ela teve a sensação de que ele estivera o tempo todo ciente da presença dela e que a ignorara deliberadamente.

Toda vez que Cassandra olhava para os dois, a comida em sua boca ficava amarga e era difícil engolir. Seu humor, que já não estava especialmente bom para começo de conversa, murchou como um suflê frio.

A indignidade máxima ocorreu quando o jantar finalmente, *finalmente*, terminou e Cassandra tentou calçar outra vez aqueles sapatos odiosos. Um deles tinha sumido. Ela então deslizou o corpo alguns centímetros para baixo na cadeira, tentando agir do modo mais discreto possível, mas a maldita coisa havia desaparecido.

Por um instante, Cassandra pensou em pedir ajuda a lorde Foxhall. Mas provavelmente ele não resistiria à tentação de contar aquilo para alguém depois – quem poderia culpá-lo? –, e ela não suportava a ideia de ser motivo de piada.

Ao considerar seu dilema, no entanto, Cassandra se deu conta de que era inevitável: ela *seria* ridicularizada. Se deixasse o salão de jantar sem o sapato, um criado o encontraria e contaria aos outros criados, que por sua vez contariam aos seus patrões e patroas, e então *todos* saberiam.

Ela tateou freneticamente por todo o chão com os dedos dos pés.

– Lady Cassandra – perguntou lorde Foxhall em voz baixa. – Algo a está incomodando?

Ela olhou naqueles olhos escuros tão agradáveis e se forçou a dar um sorriso.

– Receio não ser a melhor pessoa para esses jantares longos, por ter que ficar imóvel por tanto tempo.

Isso não era verdade, é claro, mas ela certamente não poderia contar a ele o problema.

– Nem eu – comentara Foxhall prontamente. – Vamos dar um passeio para esticar as pernas?

Cassandra manteve o sorriso no rosto enquanto a mente buscou uma resposta adequada.

– É um convite muito gentil. Mas as damas vão se reunir para tomar chá, e eu não gostaria que minha ausência provocasse comentários.

– É claro.

Foxhall aceitara galantemente a desculpa e se levantara para ajudá-la a se levantar também.

Com um dos pés descalço, a única solução que Cassandra encontrou foi continuar na ponta dos pés, como uma bailarina, e torcer para que a saia volumosa escondesse o sapato ausente. Ela caminhou suavemente em direção à porta, tentando parecer composta, mas suando de ansiedade.

Enquanto estremecia e se encolhia em meio à aglomeração de convidados que saía do salão ao mesmo tempo, Cassandra sentiu um toque sutil na pele do cotovelo. Ao dar meia-volta, deu de cara com Tom Severin.

– O que houve? – perguntou ele em voz baixa, frio e firme, um homem capaz de consertar as coisas.

Sentindo-se meio boba e desestabilizada, Cassandra sussurrou:

– Perdi um dos sapatos debaixo da mesa.

Severin registrou a informação sem sequer piscar.

– Encontro a senhorita na estufa.

E agora ela estava ali sentada, esperando.

Cassandra puxou com cuidado a meia de seda, grudada na parte de trás do calcanhar, que doeu e ardeu. A meia estava um pouco manchada de sangue. Ela fez uma careta, enfiou as mãos por debaixo da saia, desabotoou as ligas e tirou as meias arruinadas. Então, dobrou-as e enfiou no bolso oculto do vestido.

Com um suspiro, Cassandra pegou o sapato que sobrou e fez uma careta. As pérolas e miçangas intrincadas cintilaram sob um raio de luar. Tão bonito e ainda assim tão incompetente na função de sapato!

– Eu tinha tanta esperança em você...

Cassandra jogou o sapato longe, sem violência, mas com força bastante para atingir uma palmeira plantada e fazer soltar várias contas.

A voz irônica de Tom Severin cortou o silêncio.

– Acho que não é uma boa ideia arremessar sapatos dentro de um lugar envidraçado.

CAPÍTULO 9

Constrangida, Cassandra ergueu os olhos quando Tom Severin entrou na estufa.

– Como o senhor sabia que havia alguma coisa errada? – perguntou. – Eu estava sendo tão óbvia assim?

Severin parou a poucos metros dela.

– Não, a senhorita disfarçou bem. Mas se encolheu quando levantou da cadeira e saiu andando em um passo mais lento que o normal.

Alguma parte do cérebro de Cassandra registrou surpresa por ele ter percebido esses detalhes, mas ela estava preocupada demais para dar atenção ao fato.

– O senhor encontrou o meu sapato perdido? – perguntou, apreensiva.

Ele simplesmente enfiou a mão no bolso interno do paletó e tirou o sapato.

Cassandra sentiu uma onda de alívio.

– Ah, *obrigada*. Como o encontrou?

– Eu disse a um dos criados que precisava olhar embaixo da mesa porque uma das extensões não estava bem nivelada.

Cassandra ergueu as sobrancelhas.

– O senhor mentiu por minha causa?

– Não. Durante o jantar, reparei que o vinho e água nos copos estavam ligeiramente inclinados. De fato a extensão estava desalinhada, então aproveitei para ajustá-la enquanto estava lá embaixo.

Cassandra sorriu e estendeu a mão para pegar o sapato.

– O senhor realizou duas boas ações, então.

Mas Severin fez uma pausa antes de entregar o sapato a ela.

– Vai jogar este longe também?

– Talvez – admitiu ela.

– Acho melhor mantê-lo comigo, então, até ter certeza de que posso confiá-lo à senhorita sem causar maiores estragos.

Cassandra afastou a mão lentamente e encarou os olhos cintilantes dele. Estar ali, com o Sr. Severin, o luar e as sombras brincando ao redor dos dois, causava a sensação de estarem em um tempo fora do tempo. Como se fossem as duas únicas pessoas no mundo, livres para fazerem ou dizerem o que quisessem.

– Quer se sentar aqui ao meu lado? – perguntou ela, atrevendo-se.

Severin hesitou por um instante inexplicavelmente longo, olhando ao redor como se estivesse no meio de um campo minado. Então assentiu e caminhou na direção dela.

Cassandra juntou a saia para abrir espaço no degrau onde estava sentada, mas um pouco da seda azul brilhante se derramou sobre a perna da calça de Severin quando ele se sentou. Ele tinha um aroma fresco de sabonete e goma, e um toque maravilhoso de um aroma doce, seco e resinoso.

– Como estão seus pés? – perguntou Severin.

– Doloridos – confessou Cassandra com uma careta.

Severin examinou o sapato de forma crítica, virando-o de um lado e do outro.

– Não é de surpreender. O modelo deste sapato é um desastre de engenharia. O salto é tão alto que desloca o centro de gravidade da pessoa.

– O centro de gravidade?

– Além disso – continuou ele –, nenhum pé humano tem esse formato. Por que ele afunila no lugar onde os dedos devem se encaixar?

– Porque é elegante.

O Sr. Severin parecia sinceramente perplexo.

– O sapato não deveria ser adaptado ao pé, em vez de o pé ter que se adaptar ao sapato?

– Suponho que sim, mas é preciso estar na moda. Ainda mais agora que a temporada social começou.

– Já?

– Não oficialmente – admitiu Cassandra –, mas o Parlamento está em sessão outra vez, então haverá bailes particulares e eventos, e não posso perder nenhum deles.

Severin pousou o sapato com cuidado excessivo e se virou para encará-la de frente.

– Por que não pode perder nenhum?

– É a minha segunda temporada. Preciso encontrar um marido este ano. Se eu for para uma terceira temporada, as pessoas vão achar que há alguma coisa errada comigo.

A expressão dele era insondável.

– Case-se com lorde Foxhall, então. Não encontrará um partido melhor, neste ano ou em qualquer outro.

Mesmo que ele estivesse certo, a sugestão a enervou. Cassandra teve a sensação de que tinha acabado de ser rejeitada e descartada.

– Nós não combinamos – retrucou ela, seca.

– Vocês dois conversaram durante todo o jantar. Pareciam estar se dando bastante bem.

– O senhor e lady Grace também.

Severin pensou a respeito.

– Ela é uma companheira de jantar divertida.

Irritada em segredo, Cassandra comentou:

– Talvez o senhor devesse cortejá-la.

– E ter lorde Westcliff como sogro? – perguntou ele, em um tom irônico. – Eu não gostaria de viver controlado por ele.

Cassandra ouviu a música exuberante de uma orquestra de câmara que entrava por uma tela de malha de arame na janela. Estava inquieta e abatida.

– Que chateação – murmurou. – Gostaria de poder voltar lá para dançar.

– Calce outro par de sapatos – sugeriu Severin.

– Com essas bolhas não vai dar. Vou ter que enfaixar os pés e ir para a cama. – Ela franziu a testa para os dedos dos pés descalços que espreitavam por baixo da bainha da saia. – Convide lady Grace para uma valsa.

Ela ouviu a risada abafada dele.

– Está com ciúme?

– Que tolice – retrucou Cassandra, rígida, e puxou os pés para trás. – De jeito nenhum. Não tenho nenhum direito à sua atenção exclusiva. Na verdade, fico feliz que tenha feito amizade com ela.

– É mesmo?

Ela se forçou a responder honestamente.

– Bem, não *especialmente* feliz, mas não me importo se gosta dela. É só...

Severin a encarou com uma expressão interrogativa.

– Por que o senhor não quer ser *meu* amigo? – perguntou Cassandra.

A pergunta saiu em um tom melancólico, quase infantil. Ela olhou para baixo e rearrumou as dobras da saia, agitando as contas de cristal.

– Milady – murmurou ele, mas Cassandra se recusou a encará-lo.

Severin levou uma das mãos ao rosto dela e inclinou-o para cima.

Era a primeira vez que a tocava.

Seus dedos eram fortes mas gentis, levemente frios contra o rosto quente de Cassandra. A sensação foi tão incrivelmente boa que ela estremeceu.

Cassandra não conseguia se mexer nem falar, apenas encarar aquele rosto magro, levemente lupino. A luz do luar havia tornado iridescentes os olhos azul-esverdeados dele.

– A senhorita precisa mesmo perguntar...

O polegar de Severin roçou a pele dela em um toque lento, e a respiração de Cassandra parou por um instante e recomeçou muito rápido, quase como um soluço. Impossível não notar como o toque dele era experiente e provocou calafrios que desceram da nuca por toda a extensão das costas.

– Realmente quer que sejamos amigos?

A voz dele agora era suave como veludo.

– Sim – conseguiu dizer Cassandra.

– Não, a senhorita não quer.

Naquele silêncio carregado de tensão, Severin puxou-a mais para perto e seu rosto ficou bem próximo do dela. O coração de Cassandra disparou quando ela sentiu o sopro quente do hálito dele contra o queixo. Severin pousou a outra mão na base da nuca de Cassandra fazendo uma pressão suave. Ele ia beijá-la, pensou ela, o estômago se contraindo de empolgação, as mãos se agitando entre os corpos dos dois como mariposas em pânico.

Cassandra já havia sido beijada antes, beijos roubados em bailes ou saraus. Tinham sido beijos escondidos e apressados, e nenhum havia durado mais que o tempo de um batimento cardíaco. Mas nenhum daqueles pretendentes a tocara daquele jeito, com as pontas dos dedos explorando suavemente a curva do rosto e do maxilar dela. Cassandra começou a sentir uma fraqueza, um ardor inédito pareceu disparar por sua corrente sanguínea, e ela ficou grata pelo apoio do braço que ele deslizou ao redor dela. Os lábios de Severin pareciam firmes e suaves ali tão próximo aos dela.

Para a consternação dela, no entanto, o beijo esperado não aconteceu.

– Cassandra – murmurou Severin –, já fui motivo de infelicidade de algumas mulheres no passado. Nunca de propósito. Mas, por alguma razão com a qual não estou preparado para lidar no momento, não quero fazer isso com você.

– Um beijo não mudaria nada – protestou ela, e enrubesceu ao se dar conta de como aquilo soava desavergonhado.

Severin recuou o necessário para olhá-la nos olhos enquanto as pontas de seus dedos brincavam com as mechas finas de cabelo na nuca dela. A carícia delicada provocou outro calafrio.

– Se você se desviar do curso apenas um grau de navegação – falou Severin –, então, quando tiver avançado 100 metros, seu desvio será de cerca de 1,50 metro. Dois quilômetros depois, terá se desviado aproximadamente 30 metros de sua trajetória original. Se tivesse partido de Londres em direção a Aberdeen, você provavelmente se veria no meio do mar do Norte. – Diante da expressão de Cassandra, que parecia não entender nada, Severin explicou: – De acordo com a geometria básica, um beijo pode mudar sua vida.

Cassandra se desvencilhou dele e respondeu, irritada:

– O senhor talvez não saiba disto, mas falar de matemática já elimina qualquer possibilidade de ser beijado.

O Sr. Severin sorriu.

– Sim, eu sei. – Ele ficou de pé e estendeu a mão para ela. – Se contentaria com uma dança?

Seu tom era calmo e camarada, e deixava claro que ele não se deixava afetar pelo luar nem por momentos românticos ou jovens impulsivas.

Cassandra se sentiu bastante tentada a recusar, a deixar claro que pouco se importava com qualquer coisa que o Sr. Severin estivesse disposto a oferecer. Mas estava tocando uma valsa de Strauss ao fundo, e a melodia leve e nostálgica reverberava perfeitamente nas emoções que a dominavam até a medula. Ah, como queria dançar com ele! Porém, mesmo que estivesse disposta a sacrificar o próprio orgulho, ainda havia o problema dos sapatos. Ela não conseguiria calçá-los de novo.

– Não posso – disse Cassandra. – Estou descalça.

– E por que isso seria um empecilho? – Uma pausa deliberada. – Ahh. Entendo. Todas essas regras que a senhorita gosta de seguir... Estaria quebrando muitas de uma vez. Sozinha com um homem, sem acompanhante, sem sapatos...

– Não é que eu *goste* de seguir as regras, mas não tenho escolha. Além do mais, o prazer temporário não valeria o risco.

– Como sabe, se nunca dançou comigo?

Cassandra soltou uma risada agitada.

– Ninguém dança tão bem assim.

Ele olhou para ela, a mão ainda estendida.

– Experimente.

O riso se dissolveu na garganta de Cassandra.

Ela sentia uma inquietação por dentro, algo parecido com uma revoada de pássaros. Então estendeu a mão, os dedos trêmulos, e Severin a puxou com firmeza. Ele assumiu a posição da valsa, a mão direita pressionando o centro das costas dela. Automaticamente, a mão esquerda de Cassandra pousou em seu ombro, e ela descansou o braço com suavidade sobre o dele. Severin a segurava mais junto ao corpo do que ela estava acostumada, os quadris um pouco projetados, de modo que seu primeiro passo para a frente deslizasse precisamente entre os pés de Cassandra.

Depois que Severin se adiantou, a pressão nas costas dela diminuiu e ele a conduziu ao longo da primeira volta. Ele era mesmo *muito* bom naquilo, o corpo perfeitamente posicionado, guiando-a de forma tão clara que Cassandra conseguia acompanhar sem qualquer esforço. Também ajudava o fato de os ombros do paletó dele não serem acolchoados, como era o caso de tantos cavalheiros, assim ela conseguia sentir os músculos se flexionando ao início de cada volta.

Foi empolgante e um pouco constrangedor sentir o chão com os dedos dos pés nus enquanto ele a girava em uma sequência deliciosa de voltas. Claro, a sensação de dançar com os pés descalços não era inteiramente nova para Cassandra: ela já havia dançado sozinha no quarto algumas vezes, imaginando-se nos braços de algum pretendente desconhecido. Mas parecia muito diferente quando o parceiro de dança era um homem de carne e osso. Cassandra relaxou e se abandonou à sensação da valsa, seguindo a condução dele sem esforço, sem precisar pensar.

Embora tivessem começado lentamente, o Sr. Severin tinha acelerado o ritmo para acompanhar a música. A valsa era fluida e rápida, fazendo a saia de Cassandra girar em redemoinhos de seda e brilho. Era como voar.

Ela sentiu um frio na barriga, a sensação de estar em um balanço de jardim, subindo um tanto alto demais e descendo em um arco vertiginoso. Não se sentia tão livre desde que era menina, correndo sem preocupações por Hampshire Downs com a irmã gêmea. O mundo se resumia a luar e música enquanto os dois giravam pela estufa vazia com a fluidez da névoa soprada por uma brisa do mar.

Cassandra não tinha ideia de quanto tempo havia se passado quando se viu ofegando com o esforço da dança, os músculos ardendo e precisando de uma pausa. O Sr. Severin começou a desacelerar o ritmo.

Ela protestou, agarrando-se a ele, relutante em permitir que o feitiço se quebrasse.

– Não, não pare.
– A senhorita está cansada – argumentou Severin, parecendo achar graça da reclamação dela.
– Quero continuar dançando – insistiu Cassandra, mesmo já cambaleando.

Severin firmou-a com uma risada baixa e a manteve segura em seus braços. Ao contrário dela, ele mal fora afetado pelo exercício.

– Vamos esperar até que recupere o fôlego.
– Não pare – ordenou Cassandra, puxando a frente do paletó dele.
– Ninguém me dá ordens – murmurou ele, mas o tom era provocador, e o toque, suave quando ele afastou um cacho que havia caído sobre o olho dela.

Rindo sem fôlego, Cassandra conseguiu dizer:
– O senhor deveria dizer: seu desejo é uma ordem.
– E qual é a sua ordem?
– Dance comigo e não pare nunca.

O Sr. Severin não respondeu e manteve o olhar fixo no rosto corado dela. Cassandra ainda estava em seus braços. Estavam bem próximos, no que inegavelmente se tornara um abraço. Mesmo com as camadas e camadas de seda e chiffon entre eles, Cassandra sentiu a firmeza do corpo de Severin, o apoio inabalável do braço dele. Aquilo era algo que ela sempre desejara mas nunca se dera conta: ser abraçada, ancorada, desejada... exatamente daquele jeito. A sensação de leveza cedeu e Cassandra agora percebia os membros frouxos e agradavelmente pesados.

Quando se deu conta da doçura submissa do corpo dela, Severin soltou o ar, a respiração parecendo alterada. Seu olhar atento deslizou para a boca de Cassandra. Uma nova tensão tomou os músculos dos braços e do peito dele, como se estivesse lutando contra um impulso poderoso demais para resistir.

Cassandra viu o momento em que ele cedeu, quando o desejo de beijá-la se tornou forte demais para que se importasse com qualquer outra coisa. Quando Severin baixou a cabeça e sua boca encontrou a dela, Cassandra fechou os olhos para receber aquele toque cuidadoso e sedutor. Ele levou delicadamente a mão até a nuca dela enquanto sua boca se movia com uma leveza erótica... um momento após outro... uma respiração após outra. Cassandra sentiu um calor ardente se espalhar pelo corpo, como se sua corrente sanguínea estivesse cheia de faíscas.

Deixou escapar um leve gemido quando os lábios de Severin se afastaram dos dela e desceram até o pescoço. A pele áspera do queixo dele a arranhou, provocando uma sensação eletrizante enquanto afundava o nariz na pele macia dela. A boca de Severin continuou a descer, buscando a pulsação frenética na base do pescoço. As mãos grandes deslizavam para cima e para baixo nos braços nus dela, acalmando os arrepios, e seus dentes se fecharam suavemente contra o músculo sensível do ombro. Severin deixou a ponta da língua tocá-la levemente ali, como se saboreasse um doce.

Desorientada e sem equilíbrio, Cassandra se deixou cair contra o corpo dele e encostou a cabeça no braço que a apoiava. A boca de Severin voltou a encontrar a dela, quente, pressionando-a e persuadindo-a a se abrir para ele. Ela arquejou ao sentir a língua sedosa e íntima invadir lentamente o interior da sua boca, até que um nó de prazer apertou seu estômago.

Severin pressionou o corpo dela com força contra o dele por alguns segundos abrasadores.

– É por isso que não podemos ser amigos – disse ele em um sussurro áspero. – É isso que quero fazer toda vez que vejo você. Quero sentir seu sabor... quero a sensação de ter você em meus braços. Não consigo olhar para você sem pensar que você é minha. A primeira vez que a vi... – Ele parou, o maxilar cerrado. – Meu Deus, eu não quero isso. Se pudesse, esmagaria isso como uma fagulha de brasa debaixo da bota.

– De que está falando? – perguntou Cassandra, abalada.

– Desse... *sentimento*. – Ele pronunciou a palavra como se fosse uma blasfêmia. – Não sei o que é. Mas você é uma fraqueza que não posso me permitir.

Cassandra sentia os lábios muito sensíveis, um pouco inchados, como se tivessem sofrido uma leve queimadura.

– Sr. Severin, eu...

– Me chame pelo meu primeiro nome – interrompeu ele, como se não conseguisse se conter. – Só uma vez. – Após um longo momento de hesitação, acrescentou, mais suavemente: – Por favor.

Ambos estavam imóveis, a não ser pelo ritmo acelerado de suas respirações.

– É... Thomas? – perguntou ela, hesitante.

Ele balançou a cabeça, o olhar fixo no dela.

– Apenas Tom.

– Tom. – Em um gesto ousado, ela tocou gentilmente o rosto magro. Um sorriso melancólico curvou seus lábios. – Acho que nunca mais vamos dançar juntos, não é?

– Não.

Ela não queria parar de tocá-lo.

– Foi maravilhoso. Mas... talvez você tenha arruinado as minhas próximas valsas.

O rosto dele, taciturno e melancólico, poderia pertencer a um daqueles semideuses em um reino bem abaixo do Olimpo. Poderoso, reservado, enigmático. Tom virou a cabeça até seus lábios roçarem a palma da mão de Cassandra. De algum modo ela soube que a ternura daquele gesto era reservada somente a ela.

Depois de se certificar de que Cassandra estava firme, Tom a soltou e foi pegar o sapato que ela jogara longe mais cedo.

Com a sensação de que estava acordando de um sonho, Cassandra tentou se arrumar um pouco, alisando a saia e prendendo de volta um cacho que escapara do penteado.

Tom foi até ela com os dois sapatos e ela esticou a mão para pegá-los. Eles ficaram parados daquele jeito, unidos por aquele objeto de cetim, couro, madeira e contas.

– Vai voltar para o seu quarto descalça? – perguntou Tom.

– Não tenho escolha.

– Há alguma coisa que eu possa fazer para ajudá-la?

Cassandra balançou a cabeça.

– Posso subir discretamente. – Ela soltou uma risadinha rápida. – Como uma Cinderela sem a abóbora.

Ele inclinou a cabeça com aquele jeito curioso tão típico dele.

– Cinderela tinha uma abóbora?

– Meu Deus, você nunca leu a história?

– Minha infância não teve muitos contos de fadas.

– A abóbora se transforma na carruagem da Cinderela – explicou Cassandra.

– Eu teria recomendado um veículo com um prazo de validade maior.

Cassandra sabia que nem adiantaria tentar explicar a mágica de um conto de fadas a um homem tão pragmático.

– Cinderela não tinha outra forma de transporte – disse apenas. – Nem de calçado, a pobre moça. Tenho certeza de que aqueles sapatos de cristal deviam ser um sofrimento.

– É preciso estar na moda – Tom lembrou a ela.

Cassandra sorriu para ele.

– Mudei de ideia sobre sapatos desconfortáveis. Por que mancar por aí quando se pode dançar?

Mas Tom não retribuiu o sorriso, apenas a encarou com uma expressão deprimida e balançou ligeiramente a cabeça.

– O que foi? – sussurrou ela.

A resposta dele foi hesitante e brusca.

– A perfeição é impossível. A maior parte das verdades matemáticas não pode ser provada. A maioria das relações matemáticas também não. Mas você... parada aqui, descalça, neste vestido... você é perfeita.

Ele se inclinou na direção dela, beijando-a com um anseio capaz de derreter os ossos. Um choque de prazer a percorreu, o som distante da melodia sendo abafado pelo latejar intenso da sua pulsação. Os sapatos caíram dos dedos trêmulos. Ela se apoiou nele, grata pela firmeza dos braços fortes que a puxaram e a abraçaram com força.

Quando Tom finalmente afastou a boca, libertando-a, Cassandra deixou a testa repousar no ombro dele. A maciez do tecido do paletó absorveu a fina camada de transpiração da pele dela. O som da respiração dele, forte e entrecortada, penetrava em seus ouvidos.

– Nunca vou conseguir esquecer isso – disse Tom depois de algum tempo. Ele não parecia nada satisfeito. – Vou ter que passar o resto da vida com você espreitando em minha mente.

Cassandra quis tranquilizá-lo de alguma forma, mas tentar pensar era como arrastar os pés em uma poça de mel.

– Você vai encontrar alguém – disse, a voz soando estranha aos próprios ouvidos.

– Sim – retrucou ele com veemência. – Mas não será você.

Aquilo soou como uma acusação.

Ele a soltou enquanto ainda era capaz e deixou-a na estufa, com os sapatos de noite descartados aos seus pés.

CAPÍTULO 10

De qualquer ponto de vista, Tom esteve insuportável durante a maior parte do outono. Ele sabia disso. Mas paciência e tolerância exigiam muito esforço. Ele era grosseiro e mal-humorado com Barnaby, com seus secretários particulares, seus contadores, advogados e chefes de departamentos executivos. Só o trabalho importava. Tom não tinha tempo para os amigos e recusava qualquer convite, a menos que tivesse a ver com os negócios. Houve cafés da manhã com políticos e almoços com investidores que concordaram em custear uma extensão de sua linha de trens subterrânea.

Perto do meio de outubro, Tom havia fechado a compra de uma propriedade ao norte de Londres, de 100 hectares. O vendedor era lorde Beaumont, um visconde afogado em dívidas, como boa parte da nobreza fundiária naqueles tempos. Já que poucas pessoas tinham condições de adquirir grandes extensões de terra, Tom adquiriu a propriedade por um preço muito baixo, com a intenção de construir ali lojas e acomodações para aproximadamente 30 mil pessoas. Ele sempre quis ter a própria cidade. Seria gratificante vê-la sendo planejada e organizada.

Obviamente, a família do visconde desprezava Tom por ter comprado as terras que estavam na família havia gerações. No entanto, o desdém não os impediu de apresentá-lo a uma das filhas mais novas do visconde, Srta. Adelia Howard, na esperança de que ele se casasse com ela e reabastecesse os cofres da família.

Tom achava divertido o óbvio esforço que a família fazia para suportá-lo, pensando em tê-lo como genro, e aceitou um convite para jantar. A refeição foi longa, pomposa e formal, mas a bem-educada Adelia o impressionou. Ela parecia compartilhar da ideia de que o casamento deveria ser uma parceria comercial, um acordo em que os papéis de cada um eram separados e bem definidos. Ele ganharia dinheiro e pagaria as contas. Ela teria os filhos e administraria a casa. Depois que um número suficiente de filhos tivesse sido produzido, cada um iria atrás dos próprios prazeres por conta própria e fingiria não saber o que o outro estava fazendo. Nenhuma tolice romântica sobre chalés aconchegantes e andar de mãos dadas pelos prados. Sem poesia, sem frescura.

Sem valsas ao luar.

– Sou a melhor perspectiva que o senhor terá – dissera Adelia com uma admirável ausência de melodrama quando conversaram em particular na casa da família dela. – A maioria das famílias como a minha não sonharia em misturar o bom sangue com um sangue plebeu.

– Mas a senhorita não se importaria? – perguntou Tom, cético.

– Eu me importaria muito menos do que se me casasse com um homem pobre e tivesse que morar em uma casinha apertada com apenas dois ou três criados. – Adelia o encarou com frieza. – O senhor é rico e bem-vestido e parece que não vai ficar careca. Isso o coloca acima da maioria dos meus pretendentes em potencial.

Tom havia percebido que, como um pêssego, a suavidade exterior da jovem ocultava um núcleo duro e resistente – o que fez com que gostasse ainda mais dela. Eles se sairiam bem juntos.

Era uma oportunidade que não surgiria de novo tão cedo, se é que voltaria a surgir.

Ainda assim, Tom não se convencera a pedi-la em casamento, porque não conseguia parar de desejar lady Cassandra Ravenel. Maldita fosse.

Talvez ele tivesse arruinado as valsas para ela, mas ela havia arruinado muito mais do que isso para ele.

Pela primeira vez na vida, Tom realmente havia se esquecido de alguma coisa: de como era beijar outras mulheres. Só restava a lembrança dos lábios de Cassandra, doces e maleáveis, as curvas exuberantes de seu corpo encaixando-se perfeitamente no dele. Como uma melodia que se repete em uma sinfonia, ela se tornara uma *idée fixe*, assombrando-o, estivesse ele acordado ou dormindo.

Tudo dentro de Tom exigia que fosse atrás de Cassandra, que fizesse o que fosse necessário para conquistá-la. Mas, se conseguisse o que desejava, acabaria destruindo tudo o que fazia Cassandra valer a pena.

Incapaz de resolver o paradoxo sozinho, Tom decidiu consultar a autoridade reconhecida nesses assuntos: Jane Austen. Comprou um exemplar de *Persuasão*, como Phoebe recomendara, esperando encontrar ali uma resposta sobre como lidar com aquele dilema pessoal.

Ao ler o romance, Tom descobriu, para seu alívio, que a escrita da Srta. Austen não era floreada demais nem melosa. Ao contrário, seu tom era seco, irônico e sensato. Infelizmente, ele não conseguiu suportar a história ou qualquer um dos personagens. Teria odiado o enredo se tivesse sido capaz de encontrar um, mas o que viu foram capítulos sucessivos de pessoas conversando.

A suposta heroína, Anne Elliot, que tinha sido persuadida pela família a romper seu compromisso com o capitão Wentworth, era espantosamente passiva e reprimida. Wentworth, por sua vez, era compreensivelmente arredio.

Tom teve que admitir, no entanto, que se identificara com Anne em alguns momentos, com a dificuldade da jovem em reconhecer e expressar seus sentimentos. Ele sabia muito bem como era aquilo.

Então Tom chegou à parte em que Wentworth jorrava suas emoções em uma carta de amor: *Você perfura minha alma. Sou metade agonia, metade esperança.* Por algum motivo, Tom sentiu uma genuína sensação de alívio quando Anne descobriu a carta e percebeu que Wentworth ainda a amava. Mas como era possível estar experimentando um sentimento real em relação a alguém que nunca existira e a eventos que nunca haviam acontecido? A pergunta o deixou intrigado e fascinado.

O significado mais profundo do romance, no entanto, permaneceu um mistério. Pelo que Tom entendeu, o objetivo de *Persuasão* era demonstrar que os pais nunca devem interferir em um noivado.

No entanto, logo se viu indo outra vez à livraria e pedindo recomendações ao livreiro. Voltou para casa com *Dom Quixote*, *Os miseráveis* e *Um conto de duas cidades*, embora não soubesse por que se sentira impelido a lê-los. Talvez tivesse sido por causa da sensação de que todos continham pistas para um segredo que lhe escapava. De repente, se ele lesse muitos romances sobre os problemas de pessoas fictícias, poderia acabar encontrando alguma pista para resolver o próprio.

~

– Bazzle – chamou Tom distraidamente enquanto lia contratos em sua mesa –, pare com essa esfregação dos infernos.

– Sim, senhor – foi a resposta obediente.

O menino continuou varrendo o canto da sala com uma vassoura e uma pá de lixo.

Tom descobrira muitas coisas para apreciar em Bazzle ao longo das últimas semanas. Não que o menino fosse particularmente inteligente – não tinha estudo e só sabia o suficiente de matemática para contar uns trocados. Bazzle também não era bonito; além do maxilar curto, tinha a palidez de quem mora nos cortiços. Mas o caráter do menino era ouro puro, um milagre para alguém que vinha de uma área da cidade tão perigosa e assolada por doenças.

A vida não tinha sido gentil com Bazzle, mas ele encarava cada dia com determinação e mantinha uma espécie de alegria obstinada que Tom apreciava muito. O menino nunca se atrasava, ficava doente ou era desonesto. Ele não pegaria nem uma migalha de pão para si se achasse que pertencia a outra pessoa. Mais de uma vez, Barnaby, o assistente de Tom, saíra, apressado, para resolver algum assunto urgente e deixara os restos do seu almoço para trás – uma metade de sanduíche, uma torta pequena ou alguns pedaços de pão e queijo –, à mostra, em sua escrivaninha. Tom achava aquele hábito extremamente irritante, já que comida não consumida tendia a atrair insetos. Ele odiava insetos e roedores desde seus tempos de vendedor no trem, quando o único quarto pelo qual podia pagar era um barraco infestado de pragas.

– Coma o resto do almoço de Barnaby – tinha sugerido Tom uma vez a Bazzle, cujo corpo magro precisava de mais sustância. – Não vale a pena desperdiçar.

– Não sou ladrão – respondera o menino, depois de fitar rapidamente com os olhos fundos a comida descartada.

– Não é roubo se eu estou dizendo para você pegar.

– Mas é do Sr. Barnaby.

– Barnaby sabe muito bem que qualquer comida que ele deixar para trás será descartada antes que retorne. Ele seria o primeiro a dizer para você ficar com ela. – Como o menino continuava a hesitar, Tom dissera secamente: – Ou vai para a lixeira ou para a sua barriga, Bazzle. Você decide.

Bazzle começou a devorar a torta tão rápido que Tom teve medo de que ele acabasse engasgando.

Em outra ocasião, Tom tentou sem sucesso dar ao menino um pedaço de sabonete embrulhado em papel, tirado do armário de suprimentos próximo a um dos banheiros.

Bazzle olhou para o sabonete como se fosse uma substância perigosa.

– Não preciso disso, senhor.

– Eu lhe garanto enfaticamente que precisa, menino. – Quando viu Bazzle cheirando a própria axila, Tom acrescentara, impaciente: – Ninguém consegue detectar o próprio odor, Bazzle. Vai ter que aceitar a minha palavra de que, com os olhos fechados, eu poderia facilmente confundi-lo com uma daquelas carroças puxadas por jumentos no cais.

O menino continuou se recusando a tocar no sabonete.

– Se eu me lavar hoje, vou me sujar de novo amanhã.

Tom o encarou com o cenho franzido.

– Você *nunca* se lava, Bazzle?

O menino encolheu os ombros.

– Eu passo correndo embaixo da bomba d'água em um estábulo ou me molho com a água de alguma calha.

– Quando foi a última vez que fez isso? – Ao ver o esforço que Bazzle fazia para encontrar uma resposta, Tom revirou os olhos. – Não pense tanto. Você está prestes a tirar alguma coisa do lugar dentro dessa cabeça.

Depois desse dia, Tom estivera ocupado com vários projetos, então tinha sido fácil ignorar a questão da higiene da Bazzle.

Naquela manhã, no entanto, depois de ouvir outra explosão de esfregadas furtivas e furiosas, Tom levantou a cabeça e perguntou:

– Bazzle, você está com algum problema?

– Não, senhor – respondeu o menino com calma. – Só alguns piolhos.

Tom ficou paralisado enquanto sentia um terrível pavor percorrê-lo.

– Pelo amor de Deus, não se mexa.

Bazzle ficou em silêncio, vassoura na mão, encarando-o sem entender.

Tom saiu de trás da mesa e foi examinar o menino.

– Não existe essa história de alguns piolhos – falou, virando com cuidado a cabeça de Bazzle de um lado para outro e reparando nos pequenos pontos vermelhos espalhados pelo pescoço magro e pela linha do cabelo do menino. Como ele esperava, inúmeras lêndeas cobriam o emaranhado de cabelos.

– Inferno. Se piolhos fossem pessoas, sua cabeça abrigaria a população de Southwark.

Confuso, o menino repetiu:

– Se piolhos fossem pessoas...?

– Analogia – disse Tom secamente. – Uma maneira de tornar um assunto mais claro comparando uma coisa com outra.

– Nada fica claro quando alguém diz que piolhos são pessoas.

– Deixe para lá. Coloque a vassoura apoiada na parede e venha comigo.
– Tom passou pela mesa de recepção no saguão e foi até a sala do assistente.
– Barnaby, pare o que estiver fazendo. Tenho uma tarefa pra você.

O assistente, que estava polindo os óculos com um lenço, olhou ao redor com os olhos estreitados. Estava cercado por uma torre de livros, folhas de papel, mapas e plantas.

– Senhor?

– Este menino está cheio de piolhos – anunciou Tom. – Quero que o leve a uma casa de banho pública para que se lave.

Parecendo horrorizado, Barnaby coçou reflexivamente a própria massa exuberante de cachos castanhos.

– Não vão deixar ele usar a casa de banho se estiver com piolhos.

– Não vou a casa de banho nenhuma – disse Bazzle, indignado. – Vou levar um desses sabonetes para um estábulo e me lavar lá.

– Nenhum estábulo permitiria que você entrasse – informou o assistente. – Acha que eles querem que os cavalos peguem piolhos?

– Encontre um lugar para lavá-lo – disse Tom ao assistente, sem rodeios.

Barnaby se levantou, puxou o colete por cima da barriga roliça e endireitou os ombros.

– Sr. Severin – falou, em um tom determinado –, como sabe, já fiz muitas coisas que não constavam dos requisitos do meu cargo, mas isso...

– Os requisitos do seu cargo são os que eu disser que são.

– Sim, mas... – Barnaby fez uma pausa para pegar uma pasta sanfonada e enxotar Bazzle para longe. – Menino, você poderia ficar um pouco mais longe da minha mesa?

– São só alguns piolhos – protestou Bazzle. – Todo mundo tem piolho.

– Eu não tenho – disse Barnaby –, e gostaria de continuar assim. – Seu olhar se voltou para Tom. – Sr. Severin, eu me esqueci de mencionar isso antes, mas... Vou ter que sair do escritório mais cedo hoje. Agora, na verdade.

– É mesmo? – disse Tom, estreitando os olhos. – Por quê?

– É a minha... avó. Ela está com uma febre que não cede. Preciso ir para casa para cuidar dela.

– Por que a sua mãe não pode fazer isso? – perguntou Tom.

Barnaby pensou por um momento.

– Ela também está com febre.

– Ela foi picada por algum inseto? – perguntou Bazzle, desconfiado.

Tom lançou um olhar ameaçador para o assistente.

– Barnaby, você sabe o que a mentira tem em comum com as touradas?

– Não, senhor.

– Se você não é bom nisso, é melhor nem tentar.

O assistente pareceu envergonhado.

– Sr. Severin, a verdade é que eu tenho pavor de piolhos. Só de ouvir falar já me dá coceira por toda parte. Uma vez tive caspa achando que eram lêndeas e fiquei tão perturbado que minha mãe teve que me dar um sedativo. Acho que meu problema começou quando...

– Barnaby – interrompeu Tom bruscamente –, você está falando sobre seus sentimentos. Sou eu, lembra-se?

– Ah, sim. Perdão, Sr. Severin.

– Eu mesmo vou cuidar do menino. Enquanto isso, certifique-se de que todos os cômodos deste andar sejam completamente higienizados e cada centímetro de carpete seja esfregado com benzeno.

– Imediatamente, senhor.

Tom olhou para Bazzle.

– Venha – disse, e saiu da sala.

– Não vou tomar banho – declarou o menino, ansioso, enquanto o seguia. – Eu me demito!

– Lamento, mas quem trabalha para mim é obrigado a dar quinze dias de aviso-prévio. Por escrito. Só então pode se demitir.

Aquilo era extrapolar um pouco as margens da política de Tom de estrita honestidade, mas ele faria uma exceção para um menino que estava sendo comido vivo por parasitas.

– Não posso fazer isso – protestou o menino.

– Terá que fazer.

– Mas não sei escrever.

– Ah – disse Tom. – Nesse caso, Bazzle, parece que você vai trabalhar para mim para sempre.

~

O menino reclamou e protestou a cada passo do caminho até Cork Street. A maior parte da avenida era ocupada pela loja de departamentos de Winterborne, com sua fachada de mármore e as enormes vitrines exibindo itens luxuosos. A famosa rotunda central da loja, com a deslumbrante cúpula de vitrais, cintilava com opulência contra o céu cinzento de novembro.

Eles seguiram para um prédio bem menor e mais discreto no final da rua. Era uma clínica de medicina e cirurgia, estabelecida para o benefício dos cerca de mil empregados da Winterborne's.

Dois anos antes, Rhys Winterborne havia contratado a Dra. Garrett Gibson para fazer parte da equipe médica da Winterborne's, apesar da desconfiança das pessoas, que muitas vezes achavam que uma mulher não era adequada para exercer uma profissão tão exigente. Garrett havia se dedicado a provar que essas pessoas estavam erradas e, em pouco tempo, se destacara como uma cirurgiã e médica extremamente habilidosa e talentosa. Ela ainda era considerada uma novidade, é claro, mas sua reputação se espalhava e a quantidade de pacientes aumentava sem parar.

Quando já se aproximavam da entrada da clínica, o menino parou e cravou os calcanhares no chão.

– O que é isto?

– Uma clínica médica.

– Não preciso ser operado – declarou Bazzle, alarmado.

– Sim, eu sei. Só estamos aqui para usar as instalações. Mais especificamente, o chuveiro. – A clínica foi o único lugar em que Tom conseguiu pensar. Haveria salas revestidas de ladrilhos, água quente, remédios e desinfetantes. Melhor ainda, Garrett não ousaria rejeitá-los depois do favor que Tom fizera ao marido dela.

– O que é um chuveiro? – perguntou Bazzle.

– É um cubículo pequeno, com uma cortina ao redor. A água cai como chuva de um mecanismo no teto.

– A chuva não vai assustar os piolhos – informou Bazzle.

– Uma boa esfregada com sabão de bórax vai.

Tom empurrou a porta e conduziu o menino para dentro. Manteve a mão no ombro de Bazzle para evitar qualquer tentativa de fuga. Ao ser abordado pela recepcionista na sala de espera, uma matrona de modos bruscos e profissionais, Tom disse:

– Queremos uma consulta com a Dra. Gibson.

– Receio que a agenda da Dra. Gibson esteja cheia hoje. No entanto, o Dr. Havelock pode ter um encaixe, se quiserem esperar.

– Sou ocupado demais para esperar – retrucou Tom. – Diga à Dra. Gibson que estou aqui, por favor.

– Seu nome, senhor?

– Tom Severin.

A testa franzida da recepcionista deu lugar a uma expressão próxima da reverência, os olhos arregalados.

– Ah, *Sr. Severin*, seja bem-vindo à clínica! Gostei muito da feira e da exibição de fogos de artifício que o senhor organizou para o povo quando a sua ferrovia subterrânea foi aberta.

Tom sorriu para ela.

– Fico muito feliz.

Como ele pretendia, pagar pelas celebrações por toda a cidade não apenas havia melhorado a sua imagem como também distraído o povo das inúmeras perturbações que o projeto de construção ferroviária causara.

– O senhor fez muito por Londres – continuou a mulher. – É um grande benfeitor público, Sr. Severin.

– É muita gentileza sua, senhorita…

– Sra. Brown – corrigiu a mulher, radiante. – Com licença, senhor. Vou buscar a Dra. Gibson imediatamente.

Enquanto a mulher se afastava às pressas, Bazzle olhou para Tom, curioso.

– O senhor é o homem mais importante de Londres? – perguntou, coçando a cabeça.

– Não. Esse seria o editor-chefe do *The Economist*. Estou mais abaixo na lista, em algum lugar entre o comissário de polícia e o primeiro-ministro.

– Como o senhor sabe quem está acima e abaixo?

– Quando dois animais se encontram na selva, eles precisam decidir qual dos dois mataria o outro em uma briga. O vencedor é o mais importante.

– Analogia – disse Bazzle.

Aquilo arrancou um sorriso surpreso de Tom.

– Sim.

Talvez o menino fosse mais esperto do que ele pensara.

Antes que outro minuto se passasse, Garrett Gibson chegou à sala de espera. O vestido escuro dela estava coberto por um guarda-pó de cirurgiã, impecavelmente branco, os cabelos castanhos esticados para trás em um penteado trançado elegante. Garrett tinha uma expressão vibrante e sorridente quando estendeu a mão para Severin, como um homem faria.

– Sr. Severin.

Ele sorriu para ela e apertou a mão estendida com firmeza.

– Dra. Garrett Gibson – disse Tom –, este jovem camarada, Bazzle, é um dos meus empregados. Ele precisa da sua atenção profissional.

– Senhor Bazzle – murmurou Garrett, inclinando a cabeça em um cumprimento rápido.

O menino a olhou com espanto, coçando a lateral da cabeça e o pescoço.

– Bazzle – disse Tom –, incline o corpo para cumprimentar a dama... desta forma.

Bazzle obedeceu sem entusiasmo, ainda encarando Garrett.

– Ela é quem opera? – perguntou ele a Tom, cético.

– Atualmente, a única médica mulher licenciada na Inglaterra – informou Tom.

Garrett sorriu, o olhar atento examinando Bazzle enquanto ele se coçava.

– O motivo da sua visita rapidamente se tornou aparente. – Ela olhou para Tom. – Vou pedir a uma enfermeira que traga os itens necessários e explique como desinfestá-lo em casa...

– Tem que ser aqui – interrompeu Tom. – Ele vive em um cortiço, então nada pode ser feito lá.

– Por que não faz isso na sua casa? – sugeriu Garrett.

– Por Deus, mulher, não permitirei que ele passe da minha porta da frente.

– São só alguns piolhos – protestou Bazzle. Ele deu um tapa no antebraço e acrescentou: – Talvez algumas pulgas também.

– Pulgas? – repetiu Tom, recuando e passando a mão nas próprias mangas em um reflexo. – Você está com pulgas?

Garrett o encarou com uma expressão sardônica.

– Muito bem, vou pedir a uma enfermeira que venha até aqui pegá-lo. Temos uma sala azulejada, com chuveiro e uma pia, onde ele pode ser totalmente...

– Não, quero que a doutora mesma faça isso, assim saberei que foi feito devidamente.

– Eu? – Ela franziu a testa. – Estou prestes a sair para almoçar com a minha cunhada.

– É uma emergência – apelou Tom. – O menino está sofrendo. *Eu* estou sofrendo. – Ele fez uma pausa. – E se eu fizer uma grande doação para a instituição de caridade da sua escolha? Basta dizer o nome do local e deixarei uma ordem de pagamento antes de ir embora.

– Sr. Severin – falou Garrett, irritada –, o senhor parece achar que seu dinheiro é uma panaceia para todos os problemas, não é mesmo?

– Não uma panaceia, mas um bálsamo. Um maravilhoso bálsamo calmante, especialmente quando aplicado em uma camada espessa.

Antes que Garrett pudesse responder, uma nova voz se juntou à conversa, vindo de trás de Tom.

– Podemos atrasar nosso almoço, Garrett, ou almoçar juntas outro dia. Isso é mais importante.

Tom sentiu um arrepio percorrer todo o seu corpo. Incrédulo, ele se virou e viu lady Cassandra Ravenel de pé, atrás dele. Ela havia acabado de entrar na clínica e se aproximado da área de recepção enquanto um criado dos Ravenels esperava ao lado da porta.

Ao longo das últimas semanas, Tom havia tentado se convencer de que sua memória a embelezara além da realidade. Mesmo o cérebro dele, por mais preciso que fosse, podia alterar sutilmente a percepção dos fatos.

Mas Cassandra era ainda mais impressionante do que ele se lembrava. Sua beleza dourada e solar iluminava o ambiente estéril da clínica. Estava belíssima em um vestido de veludo verde e uma capa com capuz combinando, debruada de pele branca. Os cabelos, tão brilhantes que pareciam ouro derretido, estavam presos em um penteado complexo e cobertos por um chapeuzinho muito pequeno. A presença dela foi como um choque, todos os nervos do corpo de Tom pareceram vibrar.

– Milady – conseguiu dizer Tom, ciente de ter sido pego em desvantagem.

Tom ficou sem graça por estar sendo visto no meio de um dia de trabalho, ocupado com uma criança esfarrapada e que não parava de se coçar quando deveria estar se dedicando a algo digno e profissional.

– Não sabia que a senhorita... eu não a privaria do seu almoço... – começou a se justificar e se interrompeu, amaldiçoando-se silenciosamente por estar gaguejando feito um idiota.

Mas não havia zombaria ou desaprovação no olhar de Cassandra quando ela se aproximou. Estava sorrindo, como se estivesse feliz em vê-lo. Ela estendeu a mão esbelta e enluvada, em um gesto de familiaridade.

E instantaneamente aquele dia se transformou no melhor dia que ele tivera em semanas. O coração batia alegre com a proximidade dela. A mão de Cassandra se encaixava na dele como se cada articulação e músculo, como se cada ligamento delicado tivesse sido projetado para um alinhamento perfeito. O mesmo acontecera quando valsaram, seus corpos se encaixando, se movendo juntos em uma sincronia mágica.

– Como vai? – perguntou Tom, segurando a mão dela por alguns segundos a mais antes de soltá-la.

– Muito bem, obrigada. – O olhar cintilante de Cassandra pousou em Bazzle. – Não vai me apresentar ao seu acompanhante?

– Lady Cassandra, este é... – Tom se interrompeu quando o menino se escondeu atrás dele. – Bazzle, volte e faça uma reverência para cumprimentar a dama.

O menino não se mexeu.

Tom conseguia entender. Ele se lembrou de como se sentira assombrado diante do primeiro vislumbre da beleza preciosa e iluminada de Cassandra. Ela provavelmente não se parecia com nenhum ser humano que Bazzle tivesse visto antes.

– Melhor assim – disse Tom a Cassandra. – A senhorita deve manter distância dele.

– Estou com piolhos – confessou a voz abafada de Bazzle, ainda atrás de Tom.

– Que desagradável – comentou Cassandra com simpatia. – Mas saiba que pode acontecer com qualquer um.

Sem resposta.

Cassandra continuou falando com Tom, embora as palavras claramente fossem dirigidas ao menino.

– O senhor o trouxe ao lugar certo. A Dra. Gibson é uma dama muito gentil e sabe exatamente o que fazer para resolver esse problema.

Bazzle inclinou o corpo de maneira cautelosa.

– Está coçando muito – reclamou ele.

– Pobrezinho. – Cassandra se agachou para nivelar o rosto ao dele e sorriu. – Vai se sentir muito melhor em breve. – Ela tirou a luva e estendeu a mão. – Sou lady Cassandra. Você apertaria a minha mão, Bazzle? – Os dedos gentis se fecharam ao redor da mão imunda do menino. – Pronto... Agora somos amigos.

Tom, que estava morrendo de medo de que Cassandra pudesse pegar alguma coisa daquele viveiro mirim de pragas ambulante, se virou para Garrett.

– Ela deveria estar tocando nele?

Ao mesmo tempo, seu olhar implorava e ordenava: *Faça alguma coisa*.

Garrett suspirou e perguntou a Cassandra:

– Você se importaria se remarcássemos o almoço? Preciso cuidar disso, e imagino que vá levar algum tempo.

– Eu vou ficar e ajudar – ofereceu Cassandra, levantando-se e continuando a sorrir para o menino.

– *Não* – disse Tom, horrorizado com a ideia.

– Seria ótimo – disse Garrett a Cassandra. – Vou começar a cuidar de Bazzle, e você poderia ir até a Winterborne's com o Sr. Severin e ajudá-lo a escolher algumas roupas de menino. Vamos precisar jogar fora as que ele está vestindo.

– Não preciso de ajuda para isso – falou Tom.

– Lady Cassandra está familiarizada com a disposição dos departamentos na Winterborne's – explicou Garrett a ele – e vai saber exatamente de que Bazzle precisa. Se o senhor for sozinho, só Deus sabe quanto tempo vai demorar.

Cassandra passou os olhos pelo corpo pequeno de Bazzle, já pensando nas roupas.

– O tamanho das crianças é determinado por idade. Acho que de 7 a 9 anos vai servir.

– Mas eu tenho 14 – reclamou Bazzle, a voz triste.

Quando os olhares dos três adultos se fixaram no rosto dele, o menino deu um sorrisinho, para mostrar que tinha sido uma brincadeira. Aquela foi a primeira vez que Tom o viu sorrir. O efeito era cativante, embora tenha revelado a necessidade urgente de uma aplicação de dentifrício e de uma boa escovação.

Garrett riu.

– Venha comigo, seu malandrinho. Vamos nos livrar desses convidados indesejados.

~

– Não precisa me acompanhar – murmurou Tom enquanto ele e Cassandra atravessavam o departamento de roupas da Winterborne's. – Sou perfeitamente capaz de pedir a um vendedor que encontre roupas para Bazzle.

Tom sabia que estava sendo um imbecil grosseiro quando deveria estar aproveitando ao máximo a oportunidade para tentar cativá-la. Mas não queria que Cassandra o associasse àquele embaraço.

Na última vez em que haviam estado juntos, tinham valsado em uma estufa. Agora, estavam cuidando da infestação de piolhos em um moleque de rua.

Não poderia se descrito exatamente como um progresso.

Além do mais, aquela situação faria Tom parecer ainda pior em comparação com os cavalheiros bem-educados que, sem dúvida, a cortejavam.

Não que ele estivesse competindo por ela. Mas um homem tinha o seu orgulho.

– Fico feliz em ajudar – garantiu Cassandra, com uma animação irritante. Ela parou diante de uma mesa com mercadorias expostas e começou a examinar as pilhas de pequenas peças dobradas. – Posso perguntar como conheceu Bazzle?

– Ele estava recolhendo tocos de charuto na sarjeta, do lado de fora do prédio da minha empresa. O vento arrancou meu chapéu da cabeça, e ele me devolveu o chapéu em vez de fugir com ele. Eu o contratei para varrer e tirar a poeira dos meus escritórios.

– E agora você está cuidando dele – observou Cassandra, radiante.

– Não exagere – murmurou Tom.

– Está usando um tempo valioso de trabalho para levá-lo pessoalmente ao médico – argumentou ela.

– Só porque meu assistente se recusou a fazê-lo. Estou apenas tentando minimizar a quantidade de pragas no meu local de trabalho.

– Não importa o que diga, a verdade é que você está ajudando uma criança necessitada, e acho isso fantástico.

Enquanto a seguia pelo departamento de roupas, Tom teve que admitir que Cassandra sabia o que estava fazendo. Ela passou rapidamente por balcões e prateleiras, se dirigiu aos empregados da loja pelo nome e localizou o que queria sem hesitação.

– Você compra com muita eficiência – reconheceu ele com má vontade.

– Prática – foi a resposta graciosa.

Ela selecionou uma calça, uma camisa de algodão, um paletó de lã, meias grossas de tricô, um gorro de lã e um cachecol. Um par de sapatos de couro resistente foi adicionado à pilha depois que Cassandra estimou o tamanho e decidiu que seria melhor errar para mais do que para menos.

– Srta. Clark, poderia embrulhar tudo imediatamente, por favor? – pediu a uma balconista. – Estamos com um pouco de pressa.

– Agora mesmo, lady Cassandra! – respondeu a jovem.

Enquanto a balconista anotava os itens em um recibo de venda e somava os valores, Cassandra lançou um olhar melancólico para a escada.

– O departamento de brinquedos fica bem aqui embaixo – comentou com Tom. – Gostaria que tivéssemos tempo para comprar um brinquedo para ele.

– Ele não precisa de brinquedos – disse Tom.

– Toda criança precisa de brinquedos.

– Bazzle mora em um cortiço em St. Giles. Qualquer brinquedo que déssemos a ele seria roubado imediatamente.

A alegria de Cassandra murchou.

– Ele não tem família para cuidar dos seus pertences?

– Ele é órfão. Mora com um bando de crianças e um homem que eles chamam de tio Batty.

– Você está ciente disso e ainda assim permite que ele volte para esse lugar?

– Ele estará melhor lá do que em um reformatório ou um orfanato.

Cassandra assentiu, parecendo perturbada.

Tom decidiu mudar de assunto.

– Como tem sido a temporada social até agora?

A expressão de Cassandra se suavizou, como ele previra.

– Sinto falta do sol – disse ela em um tom suave. – Estou seguindo horários de morcego. Os jantares nunca começam antes das nove, as recepções, nunca antes das dez, e as danças, quase sempre às onze. Então volto para casa ao amanhecer, durmo a maior parte do dia e acordo atordoada.

– Já tem alguém em vista?

O sorriso de Cassandra não chegou aos olhos.

– São todos iguais. Exatamente como no ano passado.

Tom tentou se solidarizar com ela. Mas não conseguiu evitar sentir uma pontada primitiva de alívio, o coração pulsando em um ritmo satisfeito... *Ainda é minha... ainda é minha.*

Eles voltaram para a clínica levando as compras. Uma enfermeira os conduziu a um cômodo revestido de azulejos brancos, com um chuveiro de aço, uma banheira de pés de ferro e uma pia, além de macas de aço, armários de suprimentos e um ralo no chão. Um cheiro forte de desinfetante pairava no ar, junto aos inconfundíveis aromas de bórax e sabão carbólico.

Bazzle estava debruçado sobre uma pia no canto enquanto Garrett enxaguava a cabeça dele com uma mangueira de borracha acoplada à torneira, com um bocal na ponta que soltava a água em jatos.

– Encharquei o couro cabeludo dele com uma solução química – explicou Garrett, secando a cabeça do menino com uma toalha. – Vou precisar de ajuda para cortar esse cabelo... Receio que essa não seja uma das minhas habilidades.

– Eu posso fazer isso – disse Cassandra.

Garrett indicou com a cabeça o armário de suprimentos.

– Batas, aventais e luvas de borracha ficam ali. Pode usar qualquer tesoura da bandeja, mas tome cuidado porque são todas extremamente afiadas.

– Quão curto você quer?

– Cerca de um dedo de comprimento deve servir.

– Não quero cortar nada – disse Bazzle, a voz abafada pela toalha.

– Sei que não é um processo agradável. – Garrett se dirigiu ao menino em um tom respeitoso. – Mas você se comportou muito bem, e isso ajudou as coisas a correrem mais rápido.

Ela sentou Bazzle em um banquinho de metal enquanto Cassandra vestia um avental branco comprido. Quando se aproximou de Bazzle e viu o rosto do menino franzido de preocupação, ela sorriu e estendeu a mão para afastar delicadamente algumas mechas para trás.

– Vou ter muito cuidado – prometeu. – Gostaria de ouvir uma música enquanto corto seu cabelo? Eu e minha irmã Pandora certa vez compusemos uma chamada "Porco na casa".

Bazzle assentiu, parecendo intrigado.

Cassandra começou então a cantar uma música totalmente absurda, sobre as travessuras de duas irmãs tentando esconder o porco de estimação delas do fazendeiro, do açougueiro, do cozinheiro e de um proprietário de terras que gostava particularmente de bacon. Enquanto cantava, ela movia a tesoura pela cabeça de Bazzle, cortando longos cachos e deixando-os cair em um balde que Garrett segurava para ela.

Bazzle ouvia como se estivesse enfeitiçado, rindo de vez em quando da letra tola. Assim que a música terminou, ele exigiu outra, e ficou quieto enquanto Cassandra continuava com "Meu cachorro acha que é uma galinha", seguida de "Por que as rãs são escorregadias e os sapos são secos".

Se Tom fosse capaz de se apaixonar, teria sido naquele exato momento, enquanto observava lady Cassandra Ravenel fazer uma serenata para um moleque de rua ao cortar os cabelos dele. Ela era tão habilidosa, inteligente e adorável que o peito dele doía. Era uma pressão calorosa que ameaçava fraturar algo.

– Ela tem um jeito incrível com crianças – murmurou Garrett para ele em certo momento, claramente encantada com a situação.

Cassandra tinha um jeito incrível com todo mundo. Especialmente com ele. Tom nunca se sentira inebriado daquele jeito.

Era intolerável.

Depois que Cassandra terminou de aparar e pentear os cabelos de Bazzle, ela recuou para avaliar o resultado.

– O que acham? – perguntou.
– Perfeito! – exclamou Garrett.
– Meu Deus – disse Tom. – Havia um menino por baixo de tudo aquilo.

A massa de mechas desgrenhadas e embaraçadas tinha sido cortada, revelando uma cabeça bem modelada, um pescoço magro e orelhas pequenas. Os olhos de Bazzle pareciam duas vezes maiores agora que não espiavam através dos cachos densos.

Bazzle deixou escapar um suspiro que parecia carregar o cansaço do mundo.

– E o que vem agora? – perguntou.
– O banho de chuveiro – respondeu Garrett. – Vou ajudar você a se lavar.
– O quê? – O menino pareceu indignado com a sugestão. – A senhora não pode me ajudar.
– Por que não?
– Porque a senhora é menina! – Ele lançou um olhar indignado para Tom. – Eu nunca deixei uma menina ver meu pipi.
– Sou médica, Bazzle – disse Garrett gentilmente –, não sou menina.
– Ela tem peitos – insistiu Bazzle com Tom, com a impaciência de alguém que estava tendo que explicar um fato óbvio. – Isso faz dela uma menina.

Tom se esforçou para conter um sorriso ao ver a expressão no rosto de Garrett.

– Eu vou ajudá-lo – disse ele, e despiu o paletó.
– Vou abrir a água – avisou Garrett, e foi para o outro lado do cômodo.

Depois de tirar o colete, Tom procurou um lugar para deixar as roupas.

– Pode me dar – falou Cassandra, se adiantando.

– Obrigado. – Ele entregou o paletó e o colete a ela e começou a desatar o nó da gravata. – Espere... pegue isto também.

Os olhos de Cassandra se arregalaram quando ele começou a desabotoar os punhos da camisa.

– Que outras peças você pretende remover? – indagou ela, parecendo desconfortável.

Tom sorriu, percebendo o olhar de soslaio interessado que Cassandra lançou sobre o corpo dele.

– Estou só enrolando as mangas da camisa. – Ele fez uma pausa e levou as mãos ao botão superior do colarinho. – Mas se você insiste...

– Não – apressou-se a dizer Cassandra, ruborizando com a provocação dele. – Isso basta.

O vapor quente começou a se espalhar pelo cômodo, deixando os azulejos brancos cheios de gotículas. A pele de Cassandra parecia luminosa com a umidade. Alguns fios de cabelo em sua testa haviam se enrolado em cachos delicados e Tom sentiu muita vontade de brincar com eles.

Em vez disso voltou sua atenção para Bazzle, que tinha no rosto a expressão de um prisioneiro diante da forca.

– Tire a roupa ali atrás da cortina, Bazzle.

Relutante, o menino ficou parado dentro do cubículo cercado pela cortina e começou a tirar a roupa, peça por peça. Seguindo as instruções de Garrett, Tom pegou cada peça esfarrapada e jogou em um balde com solução carbólica, tampando-o.

O corpo pálido e magro de Bazzle era surpreendente em sua fragilidade. Ao vê-lo, Tom sentiu uma pontada de uma emoção que não lhe era familiar... culpa?... preocupação?... Quando o menino entrou debaixo da água que caía do chuveiro, Tom puxou a cortina circular e fechou-a completamente.

A exclamação do menino ecoou no banheiro.

– Nossa, é mesmo igual a chuva!

Tom recebeu de Garrett uma escova de banho, esfregou as cerdas em um pedaço de sabão e entregou a Bazzle através da abertura da cortina.

– Comece a esfregar sua carcaça com isso. Pode deixar que eu esfrego os lugares que você não conseguir alcançar.

Depois de um instante, ele ouviu a voz preocupada de Bazzle vindo de trás da cortina.

– Minha pele está caindo.

– Não é pele – avisou Tom. – Continue lavando.

Nem dez segundos se passaram antes que Bazzle dissesse:

– Já acabei.

– Você mal começou – respondeu Tom, exasperado.

Quando Bazzle tentou sair de debaixo do chuveiro, Tom levou-o de volta para dentro e pegou a escova.

– Você está imundo, Bazzle. Precisa ser esfregado, talvez até descamado.

– Amanhã vou estar sujo de novo – protestou o menino, cuspindo água e olhando para Tom com uma expressão infeliz.

– Sim, você já disse isso antes. Mas um homem tem que se manter limpo, Bazzle. – Tom apoiou a mão em um dos ombros esqueléticos e escorregadios do menino e esfregou suas costas em círculos suaves mas firmes. – Primeiro, porque é bom para sua saúde. Segundo, é um gesto de caridade por aqueles que precisam ficar perto de você. Terceiro, as mulheres não gostam quando você tem a aparência e o cheiro de um cadáver. Sei que não se importa com isso agora, mas um dia... Pelo amor de Deus, Bazzle, fique quieto. – Irritado, Tom gritou através da cortina: – Cassandra, você conhece uma música para banho?

Na mesma hora, ela começou a cantar uma chamada "Alguns patos não gostam de poças". Para o alívio de Tom, Bazzle se acalmou.

Depois de esfregar e enxaguar a criança três vezes, Tom lavou o cabelo dele com xampu de bórax até as mechas escuras estarem estalando de limpas. Ao chegar ao fim da empreitada, a parte da frente de Tom estava completamente molhada e seu cabelo pingava. Ele embrulhou o corpo agora rosado e branco de Bazzle em uma toalha seca, levantou-o no colo e o levou até o banquinho.

– Tenho a sensação de ter acabado de lutar com um bando de macacos – desabafou Tom, respirando com esforço.

Garrett riu enquanto usava uma toalha para secar os cabelos do garoto.

– Parabéns, Sr. Severin.

– E quanto a mim? – protestou Bazzle – Eu era o macaco!

– Parabéns para você também – falou Garrett. – Agora vai precisar ter um pouco mais de paciência enquanto passo um pente fino pelos seus cabelos.

– Doarei mais mil libras à causa de caridade de sua escolha – disse Tom a Garrett – se também escovar os dentes dele.

– Combinado.

Tom se virou, passou as mãos pelos cabelos encharcados e balançou a cabeça como um cachorro molhado.

– Espere – disse Cassandra, com um toque de humor na voz.

Ela correu até ele com algumas toalhas limpas e secas.

– Obrigado.

Tom pegou uma toalha e esfregou rapidamente nos cabelos.

– Meu Deus, você está quase tão molhado quanto Bazzle.

Cassandra usou outra toalha para secar o rosto e o pescoço de Tom. Sorrindo, ela estendeu a mão para passar os dedos nos cabelos úmidos dele.

Tom ficou parado. Parte dele queria aproveitar as pequenas atenções, que pareciam quase... de uma esposa. Mas o aperto em seu peito havia piorado e seu corpo estava fumegando nas roupas molhadas. Começava a se sentir não muito civilizado. Quando olhou para Garrett por cima da cabeça de Cassandra, viu que a médica não estava prestando atenção neles, muito concentrada em passar meticulosamente o pente pelos cabelos de Bazzle.

O olhar de Tom voltou ao rosto de Cassandra, que o assombraria até seu último minuto de vida. Ele vinha colecionando cada sorriso dela, cada beijo, para guardar como joias em um baú do tesouro. Aqueles poucos segundos com ela eram tudo o que tinha, ou jamais teria.

Tom se inclinou rapidamente e pressionou a boca sobre a dela, com gentileza e urgência ao mesmo tempo. Não havia tempo para paciência.

Cassandra prendeu a respiração. Seus lábios se abriram timidamente.

Tom a beijou por todas as madrugadas e manhãs que nunca compartilhariam. Beijou-a com toda a ternura que nunca seria capaz de expressar em palavras e sentiu a reação dela em seu sangue, como se a doçura de Cassandra tivesse lhe chegado à medula. Sua boca sugou suavemente a dela, experimentando com ardor aquele gosto uma última vez... e então se moveu.

A pele do rosto de Cassandra estava úmida e doce, como se ela tivesse acabado de pegar chuva. Tom deixou os lábios roçarem nas pálpebras fechadas dela, sentindo a textura frágil e sedosa, os cílios cheios parecendo plumas.

Ele a soltou cegamente, então se virou e começou a andar de um lado para outro, sem rumo, até que viu o paletó e o colete dobrados em cima de uma maca. Tom se vestiu sem dizer uma palavra e se esforçou para recuperar o autocontrole.

À medida que o desejo ardente esfriava, crescia sua amargura.

A sensação era de que Cassandra o havia desmontado e remontado de uma forma diferente. Por fora, tudo parecia funcionar bastante bem, mas Tom não se sentia o mesmo por dentro. Só o tempo diria de que maneiras ela o transformara. Ele tinha certeza de que não fora para melhor.

Tom forçou a mente de volta ao que deveria ser seu foco: os negócios. Ele lembrou que precisaria comparecer a uma reunião à tarde – e que primeiro teria que passar em casa para vestir roupas secas. Olhou para o relógio de bolso e franziu a testa.

– Meu tempo é curto – disse a Garrett bruscamente. – Pode penteá-lo mais rápido?

– Pergunte isso de novo – respondeu Garrett no mesmo tom – e este pente em breve estará alojado em um local a que não estava destinado.

Bazzle riu, obviamente entendendo o que ela quis dizer.

Tom enfiou as mãos nos bolsos e ficou andando ao redor da sala azulejada. Não se arriscava a olhar para Cassandra.

– Acho que é hora de ir andando – anunciou ela, a voz hesitante.

– Você foi um anjo – disse Garrett para Cassandra. – Vamos tentar almoçar juntas novamente amanhã?

– Vamos, sim.

Cassandra foi até Bazzle, ainda empoleirado no banquinho. Sorriu para o rosto dele, que estava quase na altura do dela.

– Foi um prazer conhecê-lo, Bazzle. Você é um bom menino e muito bonito também.

– Adeus – sussurrou Bazzle, olhando para ela com os olhos escuros arregalados.

– Vejo você lá fora – disse Tom rispidamente ao menino.

Cassandra ficou em silêncio até eles deixarem a sala azulejada e fecharem a porta.

– Tom – arriscou ela a dizer enquanto seguiam em direção à recepção –, o que vai fazer em relação a Bazzle?

– Vou mandá-lo para a casa dele, em St. Giles – respondeu Tom, como se fosse óbvio.

– Se mandá-lo de volta, ele logo vai ficar infestado de piolhos de novo.

– O que quer que eu faça? – perguntou Tom secamente.

– Que o leve para casa e assuma a guarda dele, talvez.

– Existem milhares de crianças por aí em situação igual ou pior que a dele. Por quantos órfãos você acha que eu deveria me responsabilizar?

– Só por um. Só por Bazzle.

– Por que você não faz isso?

– Porque não estou em posição para isso. Ainda não tenho minha própria casa, nem terei acesso ao meu dote até me casar. Você tem os meios e a capacidade de ajudá-lo, e vocês dois são... – Cassandra se interrompeu, evidentemente pensando melhor sobre o que iria dizer.

Mas Tom sabia. E se sentia mais ofendido a cada momento que passava. Ele a deteve no corredor, pouco antes de chegarem à recepção, na frente da clínica.

– Você daria a mesma sugestão a um de seus pretendentes da classe alta? – perguntou bruscamente.

Cassandra pareceu atordoada.

– Se eu... está se referindo a... pedir a guarda de uma criança? Sim, eu...

– Não, não *uma* criança. *Esta* criança. Este menino magro, mordido por pulgas, analfabeto e com o sotaque carregado do East End. Você pediria a lorde Foxhall que o acolhesse e criasse?

Surpresa com a pergunta e com os sinais de aborrecimento dele, Cassandra piscou rapidamente.

– O que lorde Foxhall tem a ver com isso?

– Responda.

– Eu não sei.

– A resposta é não – disse Tom, tenso –, você não pediria. Mas sugeriu que eu fizesse isso. Por quê?

– Você e Bazzle têm origens semelhantes. – Ela o encarou, confusa. – Você está em posição de compreendê-lo e ajudá-lo mais que qualquer outra pessoa. Achei que se solidarizaria com ele.

– Solidariedade não é um dos meus sentimentos – retrucou Tom. – Maldição! Eu tenho um nome, sabia? Não é um nome nobre, mas não sou um bastardo e nunca fui imundo. Independentemente do que você pensa, Bazzle e eu não somos farinha do mesmo saco.

Cassandra assimilou aquilo na pausa que se seguiu, e suas sobrancelhas se ergueram quando ela pareceu chegar a uma conclusão.

– Você tem, sim, algumas coisas em comum com Bazzle – argumentou ela calmamente. – Acho que ele faz você se lembrar de coisas que prefere esquecer, coisas que o deixam desconfortável. Mas nada disso tem nada a ver comigo. Não tente me fazer parecer uma esnobe. Eu nunca disse que você não era bom o suficiente para mim... Deus sabe que nunca pensei isso! As circunstâncias do seu nascimento, ou do meu, não são o problema. *Este* é o problema. – Encarando-o com raiva, Cassandra bateu com a mão no centro do peito dele e a manteve ali. – Seu coração está congelado porque quer que esteja assim. É mais seguro para você não permitir que ninguém entre. Então que assim seja. – Ela recolheu a mão. – Pretendo encontrar alguém com quem eu possa ser feliz. Quanto ao pobre Bazzle... ele precisa de mais do que uma gentileza eventual da sua parte. Ele precisa de um lar. E, como não posso dar isso ao menino, serei obrigada a deixar o destino dele com a sua consciência.

Então ela se afastou dele, pisando firme, em direção ao criado que a esperava perto da porta.

E mais tarde naquele dia, Tom – que não tinha consciência – mandou o menino de volta para St. Giles.

CAPÍTULO 11

Embora o calendário social do outono não oferecesse eventos da mesma magnitude que a temporada social propriamente dita, ainda havia uma animada variedade de jantares e festas com a presença de cavalheiros da sociedade. A Sra. Berwick havia traçado uma estratégia para que começassem cedo, assim Cassandra poderia conhecer novos solteiros, os mais promissores, enquanto muitas das outras moças ainda estariam nas propriedades de suas famílias durante a temporada de caça de outono.

A temporada social parecia muito diferente naquele ano, agora que Pandora não estava mais participando. Sem o companheirismo e o humor travesso da irmã gêmea, os jantares, saraus e bailes infindáveis já haviam começado a parecer um sacrifício para Cassandra. Quando ela comentara a respeito com Devon e Kathleen, eles foram bastante compreensivos e solidários.

– Esse processo de caçar um marido me parece antinatural – comentou Devon. – Você é lançada em um ambiente com uma seleção limitada de homens e sempre com uma acompanhante perto demais para permitir interações genuínas. Depois de um período determinado, espera-se que escolha um desses homens para ser seu parceiro para o resto da vida.

Kathleen serviu mais chá, muito concentrada.

– O processo tem suas armadilhas – concordou ela, a expressão pensativa.

Cassandra sabia exatamente no que Kathleen estava pensando.

Parecia que já se passara uma vida desde que Kathleen se casara com o irmão de Cassandra, Theo, após ele cortejá-la por um curtíssimo espaço de tempo. Theo morrera tragicamente em um acidente de equitação alguns dias depois do casamento. Aquele curto espaço de tempo, no entanto, fora o bastante para Kathleen descobrir que o jovem charmoso que a cortejara com tanto galanteio durante a temporada tinha outro lado. Um lado volátil e abusivo.

Devon se inclinou para pressionar um beijo discreto entre os cachos ruivos macios da esposa.

– Nenhuma mulher dessa família jamais será deixada à mercê de um homem que não a trate bem – disse ele em voz baixa. – Eu lutaria até a morte por cada uma de vocês.

Kathleen virou o rosto para sorrir com ternura para o marido e acariciou o rosto fino com as pontas dos dedos.

– Eu sei disso, meu bem.

Cassandra se perguntava se algum dia encontraria um homem que estivesse disposto a se sacrificar por ela. Não que algum dia fosse desejar algo assim, mas parte dela queria ser amada tão intensamente, ser tão importante para alguém.

O problema era que ela começava a se sentir um pouquinho desesperada. E talvez o desespero acabasse fazendo com que perseguisse o amor como alguém correndo atrás de um porco besuntado com óleo em uma quermesse.

– *Só há uma maneira de pegar porco besuntado com óleo* – comentara West uma vez. – *Dê a ele uma razão para vir até você.*

Se ela queria amor, teria que ser paciente, calma e gentil. Teria que deixar o amor encontrá-la a seu próprio modo, em seu próprio tempo.

Já que *O amor é um porco besuntado* não era um lema particularmente digno, ela decidiu que a tradução para o latim era mais elegante: *Amor est uncta porcus.*

– E o Sr. Sedgwick? – perguntou Cassandra a lady Berwick, baixinho, no último baile de outubro.

O evento luxuoso e concorrido, com o objetivo de celebrar a apresentação à sociedade da sobrinha do duque de Queensberry, Srta. Percy, estava sendo realizado em uma casa grandiosa em Mayfair.

– Receio que faltem credenciais – respondeu a mulher mais velha. – Não seria bom encorajar as atenções dele.

– Mas pelo menos ele está dançando – protestou Cassandra em um sussurro. – O que não é o caso de quase nenhum dos outros solteiros.

– É uma vergonha – disse lady Berwick, aborrecida. – Vou conversar com as outras anfitriãs de Londres sobre esses patifes e garantir que os convites lhes sejam negados de agora em diante.

Ultimamente, havia se tornado hábito dos solteiros elegantes ficarem parados nos cantos e batentes de portas, com uma expressão de superioridade, recusando-se a dançar. Em vez disso, iam para o salão de jantar assim que as portas eram abertas, aproveitavam a boa comida e o vinho, então seguiam para outro baile ou sarau e faziam a mesma coisa. Nesse meio-tempo, muitas moças ficavam sem ninguém para dançar além de senhores casados ou meninos.

– São uns pavões arrogantes – disse Cassandra com ironia, examinando os grupos de jovens privilegiados.

Um espécime particularmente belo, esbelto e de cabelos dourados estava parado perto de um vaso com um arranjo de palmeiras. Mesmo imóvel, tinha um ar arrogante. Quando ele fixou os olhos em um grupo de jovens damas relegadas a um canto, sem par, seus lábios se curvaram em uma expressão de desdém divertida.

Lady Berwick voltou a falar, atraindo a atenção de Cassandra.

– Disseram-me que o Sr. Huntingdon virá esta noite. Quando ele chegar, você deve procurar agradá-lo ainda mais. Vai herdar um condado do tio que está gravemente doente e não passará deste ano.

Cassandra franziu a testa. Ela havia estado com o Sr. Huntington em duas ocasiões anteriores e o achara agradável, mas de raciocínio lento.

– Receio que ele não vá servir para mim, senhora.

– Não vai servir? O condado foi criado pela rainha Maria em 1565. Seria muito difícil encontrar uma família com uma honra mais antiga do que a dele. Está dizendo que não quer ser a senhora de uma gloriosa propriedade rural? Frequentar os melhores círculos sociais?

– Não, minha senhora.
– Então qual é o problema?
– Ele é enfadonho, sem graça. Não é divertido conversar com ele.
– Os amigos foram feitos para conversar, não os maridos.
– ... e aquela barbicha no queixo é horrível. Um homem deve se barbear ou deixar crescer uma barba adequada. Qualquer coisa no meio do caminho parece acidental.

Lady Berwick encarou Cassandra de um jeito muito sério.
– Uma moça em sua segunda temporada não pode se dar ao luxo de ser seletiva, Cassandra.

Cassandra suspirou e assentiu, perguntando-se quando o salão de jantar seria aberto.

Seguindo seu olhar, lady Berwick disse calmamente:
– Não precisa correr para encher o prato quando tocarem a campainha. Estou vendo certo excesso de gordura nas suas costas, acima do espartilho. Você pode se permitir ter apetite depois de se casar, mas não antes.

Envergonhada, Cassandra quis protestar que dificilmente poderia ser chamada de comilona. Mas, como Pandora não estava mais lá para mantê-la ocupada, era difícil perder peso se vendo obrigada a frequentar um número interminável de jantares e saraus e tendo que dormir o dia todo depois. Se ao menos ela tivesse conferido a aparência das costas no espelho antes de sair de casa... Havia mesmo um excesso de gordura?

A mente de Cassandra ficou subitamente em branco quando viu uma forma alta e morena entrar no salão de baile. Tom Severin, escoltando uma mulher esbelta, de cabelos escuros, pendurada com firmeza no braço dele. Cassandra sentiu um peso enorme no estômago, um enjoo. Nunca tinha visto Tom em um daqueles eventos antes, e só podia presumir que ele estava cortejando a mulher.

– Ah, ali está o Sr. Severin – comentou Cassandra casualmente enquanto sentia o veneno do ciúme corroê-la. – Quem é a acompanhante?

Lady Berwick olhou para o casal.
– É a Srta. Adelia Howard. Uma das filhas de lorde Beaumont. As dificuldades financeiras da família devem ser terríveis se estão dispostos a sacrificá-la a um zé-ninguém na sociedade.

Cassandra parou de respirar por um momento.
– Eles estão noivos? – conseguiu perguntar.

– Ainda não, até onde sei. Nenhum anúncio foi feito, nenhum proclama divulgado. No entanto, se ele a está acompanhando publicamente, não demorará muito.

Cassandra tentou se acalmar e assentiu.

– O Sr. Severin não é um zé-ninguém – ousou dizer. – Ele é um homem muito importante.

– Entre os da mesma espécie que ele – admitiu lady Berwick. Os olhos dela se estreitaram ao avaliar o casal, que havia se juntado a um grupo de convidados em uma conversa. – Mas, por mais socialmente incompatíveis que ele e a Srta. Howard sejam, não se pode negar que formam um par impressionante.

Era verdade, pensou Cassandra, arrasada. Ambos altos, esbeltos e de cabelos escuros, com expressões idênticas de uma discrição fria.

Tom flexionou os ombros, como se os sentisse tensos de repente, e olhou ao redor da sala. Quando avistou Cassandra, ficou encarando-a, aparentemente fascinado, até que ela desviou o olhar. Ela, por sua vez, apertou as mãos trêmulas no colo e tentou pensar em uma desculpa para ir embora do baile mais cedo. Fazia uma semana que o encontrara na clínica de Garrett Gibson e desde então estivera melancólica e frustrada. Não, ela não podia ir embora – seria uma atitude covarde e tornaria tudo mais fácil para ele naquela noite, algo que não estava disposta a fazer. Cassandra ficaria no baile e o ignoraria, fingindo estar se divertindo muitíssimo.

Do outro lado da sala, o jovem de cabelos dourados remexia no punho esquerdo da camisa. Parecia aberto sob a manga do paletó e ele não conseguia fechá-lo. A abotoadura provavelmente quebrara ou se perdera. Cassandra o observou de maneira discreta, a atenção concentrada no pequeno dilema do rapaz.

Em um impulso, decidiu fazer algo a respeito.

– Senhora – sussurrou para lady Berwick –, peço licença para ir ao toalete.

– Posso acompanhá-la... – começou a dizer a mulher mais velha, mas parou ao ver duas amigas de longa data se aproximando. – Ah, aqui estão a Sra. Hayes e lady Falmouth.

– Serei rápida – assegurou Cassandra, e escapou antes que lady Berwick pudesse responder.

Ela saiu por um dos arcos abertos e seguiu por um corredor lateral antes de voltar para o salão de baile por trás da proteção das palmeiras. Cassandra enfiou a mão no bolso oculto do vestido e pegou uma minúscula caixa de costura de madeira. Ela carregava aquilo desde um baile no ano anterior, quando um cavalheiro de idade e míope havia pisado na bainha de sua saia e rasgado um plissado.

Cassandra pegou um alfinete de segurança na caixinha, voltou a fechá-la e guardou no bolso. Aproximou-se, então, do rapaz de cabelos dourados e disse calmamente:

– Não se vire. Estique a mão esquerda para trás.

O homem ficou imóvel.

Cassandra esperou com grande interesse para ver o que ele faria. Um sorriso curvou seus lábios quando o rapaz obedeceu lentamente. Ela afastou algumas folhas de palmeira, segurou o punho frouxo e alinhou os espaços vazios onde deveria estar a abotoadura.

O homem virou a cabeça para o lado para murmurar:

– O que está fazendo?

– Estou prendendo o punho da sua camisa para que ele não fique frouxo ao redor do pulso. Não que você mereça minha ajuda. Fique parado.

Ela abriu o alfinete com habilidade e o espetou através das duas partes do tecido.

– Por que está dizendo que não mereço ajuda?

Cassandra respondeu em um tom irônico:

– Talvez tenha algo a ver com a maneira como o senhor e os outros solteiros ficam parados pelos cantos, alisando as penas. Por que comparecer a um baile se não vai dançar com ninguém?

– Eu estava esperando encontrar alguém que valesse a pena chamar para dançar.

Irritada, ela informou:

– Todas as moças neste salão merecem ser chamadas para dançar. O senhor e os outros rapazes não foram convidados para se divertirem entre si. Estão aqui para serem parceiros de dança.

– A senhorita aceitaria?

– Aceitaria o quê?

– Dançar comigo.

Cassandra deixou escapar uma risada perplexa.

– Com alguém tão cheio de si? Não, obrigada.

Ela fechou o alfinete de segurança e puxou a manga do paletó para baixo a fim de escondê-lo.

– Quem é a senhorita? – perguntou o rapaz. Como ela não respondeu, ele implorou: – *Por favor*, dance comigo.

Ela pensou por um momento.

– Primeiro, dance com algumas daquelas moças que estão no canto. Então poderá me convidar.

– Mas ninguém quer dançar com elas.

– Não é gentil falar assim.

– Mas é a verdade.

– Muito bem, então – disse Cassandra bruscamente. – Adeus.

– Não, *espere*. – Uma longa pausa. – Com quantas devo dançar?

– Avisarei quando for o suficiente. Além disso, não seja condescendente quando convidá-las. Seja amável, se é que isso é possível.

– Eu sou amável – protestou ele. – A senhorita tem uma impressão errada a meu respeito.

– Veremos.

Cassandra começou a recuar, mas ele se virou e segurou-a pelo pulso.

O rapaz afastou uma folha de palmeira para o lado e arquejou quando eles ficaram cara a cara.

A uma distância tão curta, Cassandra pôde ver que ele não era mais velho do que ela. Tinha olhos castanhos e a pele lisa como porcelana, a não ser por algumas marcas de acne recentemente curada na testa. O rosto bonito sob os cachos louros perfeitamente penteados era de alguém que ainda não passara por qualquer dificuldade ou perda. Alguém com a garantia de que todos os seus erros seriam amenizados antes que precisasse enfrentar as consequências.

– Minha nossa – sussurrou ele. – A senhorita é linda.

Cassandra fitou-o com uma expressão de reprovação.

– Agora me solte, por favor – pediu em um tom sério.

Ele a soltou imediatamente.

– Eu a vi do outro lado do salão mais cedo... Estava planejando me apresentar.

– Graças a Deus – disse ela. – Eu estava me perguntando, ansiosa, se faria isso.

Ao ouvir o tom sutil de sarcasmo na voz dela, uma expressão estupefata cruzou o rosto dele.

– A senhorita não sabe quem eu sou?

Cassandra teve que recorrer a toda a sua força de vontade para não rir.

– Receio que não. Mas todos aqui acham que é um homem que fala com vasos de plantas.

Ela deu meia-volta e se afastou.

Assim que voltou para perto de lady Berwick, Cassandra foi prontamente abordada pelo Sr. Huntingdon, que havia garantido a próxima dança no cartão de danças dela. Cassandra colocou um sorriso alegre no rosto e o acompanhou ao piso principal. Dançaram uma valsa de Chopin, e então ela foi reivindicada pelo próximo cavalheiro em seu cartão de danças, e logo depois pelo seguinte. Cassandra foi de um par de braços a outro, rindo e flertando.

Era nada menos do que exaustivo.

Durante todo o tempo, porém, ela estivera ciente da presença de Tom. E também dolorosamente ciente de que nada daquilo era nem de longe comparável à noite na estufa dos Clares, quando Tom valsara com ela nas sombras e sob o luar como se tivesse asas. Cassandra jamais experimentara, antes ou depois, aquela fluidez, quase um êxtase de movimento. Seu corpo ainda se lembrava do toque das mãos de Tom, tão hábeis e gentis, guiando-a sem empurrar ou puxar. Sem parecer fazer qualquer esforço.

Ela estava tentando tanto sentir alguma coisa, *qualquer coisa*, por algum daqueles homens agradáveis e solteiros. Mas não conseguia.

Era tudo culpa dele.

Quando finalmente chegou a um espaço em branco em seu cartão de danças, Cassandra recusou outros convites, alegando um cansaço que logo passaria. Ela voltou para onde estava lady Berwick para um momento de descanso. Enquanto abanava o rosto e o pescoço suados, viu que a atenção de sua acompanhante estava concentrada em alguém no meio da aglomeração de convidados.

– Para quem está olhando, senhora? – perguntou Cassandra.

– Venho observando lorde Lambert – respondeu lady Berwick. – Um dos solteiros de quem reclamei mais cedo.

– Qual é ele?

– O cavalheiro louro que acabou de dançar uma valsa com a pequena e tímida Srta. Conran. Eu me pergunto o que o inspirou a convidá-la.

– Não faço ideia.

A mulher mais velha lhe lançou um olhar irônico.

– Teria algo a ver com o que você disse a ele enquanto estava atrás dos vasos de palmeiras?

Cassandra arregalou os olhos e ficou com o rosto vermelho de culpa.

A expressão de lady Berwick era ligeiramente presunçosa.

– Posso ser velha, criança, mas não sou cega. Você foi na direção oposta ao toalete.

– Só me ofereci para prender o punho solto da manga dele – apressou-se a explicar Cassandra. – A abotoadura havia se perdido.

– Ousada demais – declarou a acompanhante, erguendo uma sobrancelha grisalha. – O que disse a ele?

Cassandra relatou a conversa e, para seu alívio, lady Berwick pareceu achar divertido e não a reprovou.

– Ele está vindo para cá agora – disse a mulher mais velha. – Vou ignorar sua pequena caçada, pois parece ter surtido efeito.

Cassandra abaixou a cabeça para esconder um sorriso.

– Não foi uma caçada. Eu só estava curiosa a respeito dele – admitiu.

– Como herdeiro do marquês de Ripon, lorde Lambert é altamente qualificado. A família é respeitável e bem relacionada, e a propriedade de seus ancestrais possui um dos melhores bosques para caça de tetrazes de toda a Inglaterra. Eles estão pressionados por dívidas, como todos na boa sociedade nesses dias, portanto o marquês ficaria satisfeito se o filho se casasse com uma dama com um dote como o seu.

– Lorde Lambert é muito jovem para o meu gosto – comentou Cassandra.

– Isso não é necessariamente um defeito. Para mulheres na nossa posição, a única escolha importante na vida que temos permissão de fazer é qual homem nos governará. É mais fácil manter o controle sobre um marido jovem do que sobre alguém já estabelecido na vida.

– Senhora, me perdoe, mas essa é uma maneira desagradável de expor a situação.

Lady Berwick sorriu com um humor um tanto sombrio.

– A verdade geralmente é desagradável.

Ela parecia querer dizer mais, mas naquele momento Lambert as alcançou e se apresentou com uma mesura elegante.

– Roland, lorde Lambert, ao seu dispor.

Roland. Combinava perfeitamente com ele, o nome de um príncipe de conto de fadas ou de um intrépido cavaleiro em uma missão. Ele era alguns centímetros mais alto do que Cassandra, o corpo esbelto e firme. Apesar da mesura bem treinada e da postura confiante, algo no modo como olhou para ela fez Cassandra pensar em um cachorrinho à espera do petisco após ter realizado um truque novo.

Depois que lady Berwick apresentou Cassandra e gentilezas foram trocadas, Lambert perguntou:

– A senhorita me daria o prazer da próxima dança?

Cassandra hesitou antes de responder.

A verdade assustadora era que ela não se importava se dançaria com ele ou não. Por que era tão difícil ter algum interesse por aquele rapaz e sua beleza jovial? Talvez fosse aquele ar de pessoa extremamente privilegiada que ele exalava, como se fosse uma colônia forte demais. Talvez fosse a sensação de que tanto fazia se ela acabasse se casando com Lambert, ou Huntingdon e sua barbicha, ou qualquer dos outros solteiros ali. Nenhum deles mexia com ela. Certamente nenhum lhe dava qualquer vontade de permitir que governasse sua vida.

Mas o lampejo de insegurança nos olhos castanhos de Lambert a comoveu. *Seja justa com ele*, disse a si mesma. *Seja gentil e dê a ele uma chance.*

Sorrindo com o máximo de entusiasmo que conseguiu, Cassandra pousou levemente a mão no braço dele.

– Eu adoraria – falou, e deixou que ele a guiasse até o centro do salão.

– Cumpri minha penitência – observou lorde Lambert. – Na verdade, escolhi dançar com as moças mais sem graça dentre as que estavam sentadas no canto.

– Que bom para elas – retrucou Cassandra, estremecendo por dentro quando se deu conta de como soara rabugenta. – Desculpe – disse ela antes que o rapaz pudesse reagir. – Não costumo ter a língua tão afiada.

– Está tudo bem – assegurou Lambert na mesma hora. – Eu esperaria isso de uma mulher com a sua aparência.

Cassandra o encarou, surpresa.

– Como?

– Foi um elogio – apressou-se ele a dizer. – Digo... quando uma mulher é tão bonita quanto a senhorita... não há necessidade de ser...

– Agradável? Educada?

Ele entreabriu os lábios, consternado, um rubor colorindo a pele muito clara.

Cassandra balançou a cabeça e riu de repente.
— Vamos dançar, milorde, ou simplesmente ficar parados aqui, insultando um ao outro?
Lambert pareceu aliviado.
— Vamos dançar — disse ele, e puxou-a para uma valsa.

~

— Ora, ora, vejam só — comentou, maravilhado, um dos cavalheiros do grupo de Tom. — Um casal dourado.
Tom seguiu o olhar do outro até o centro do salão de baile, onde Cassandra dançava com um homem louro excepcionalmente bonito. Mesmo sem saber quem era o sujeito, Tom não tinha dúvida de que era nobre de nascença. Parecia o resultado de gerações de procriação seletiva, produzindo cada vez mais requinte e qualidade, até enfim chegarem ao espécime ideal.
— Lambert e lady Cassandra — comentou outra pessoa no grupo, o Sr. George Russell. E acrescentou com ironia: — O par é perfeito demais. Não deve jamais ser separado.
Tom olhou, atento, para o homem, reconhecendo o nome. O pai de Lambert era o marquês de Ripon, um dos homens de negócios mais corruptos da Câmara dos Lordes, com investimentos pesados no ramo ferroviário.
— No entanto, a dama é exigente — continuou Russell. — Cinco pedidos de casamento na última temporada social, pelo que eu soube, e ela recusou todos. Pode ser que Lambert não tenha melhor sorte.
— Uma *belle* assim pode ser tão exigente quanto quiser — disse alguém.
Adelia falou então, a voz como notas musicais inscritas à navalha:
— Ela é o que todos vocês querem — disse em tom acusatório aos cavalheiros do grupo, rindo. — Os homens podem até dizer que desejam uma jovem modesta e sensata, mas nenhum resiste a cortejar uma loura namoradeira, curvilínea, toda covinhas e risadinhas… Não estão nem aí para a cabecinha oca dela.
— Culpado da acusação — admitiu um dos homens, e todos riram.
— Ela não tem a cabeça oca — retrucou Tom, incapaz de ficar calado.
Adelia lhe lançou um olhar penetrante, o sorriso muito firme no lugar.
— Ah, eu havia me esquecido… Você conhece bem a família. Não me

diga que lady Cassandra é secretamente uma intelectual? Um gênio não reconhecido dos nossos tempos modernos?

Outra rodada de risadas, agora mais moderada.

– Ela é extremamente inteligente – retrucou Tom com frieza – e de raciocínio rápido. Além de ser muitíssimo gentil. Nunca a ouvi falar mal de ninguém.

Adelia enrubesceu diante da indireta sutil.

– Talvez você devesse cortejá-la – disse ela em um tom leve. – Se achar que ela o aceitaria.

– Vamos dar a ela o crédito de ter mais discernimento do que isso – disse Tom, e todo o grupo riu.

Ele dançou com Adelia depois e comportou-se educadamente como acompanhante dela até o final da noite, ambos fingindo que a discussão nunca havia acontecido. Mas, por dentro, sabiam que qualquer possibilidade de ele cortejá-la oficialmente havia sido estilhaçada por algumas palavras duras.

~

Pelo restante daquela noite e ao longo do mês seguinte, Lambert quase afogou Cassandra em um dilúvio de atenções. Esteve presente em todos os eventos sociais a que ela compareceu, visitava frequentemente a casa Ravenel e enviava buquês de flores extravagantes e doces em latas douradas. As pessoas começaram a comentar sobre a crescente familiaridade entre eles e faziam piadinhas sobre como formavam um belo par. Cassandra se deixou levar, porque não parecia haver qualquer boa razão para não fazer isso.

Roland, lorde Lambert, era tudo o que ela deveria querer, ou estava bem perto disso. Cassandra não tinha qualquer objeção significativa a ele, apenas alguns detalhes que a fariam parecer bastante mesquinha se os tivesse mencionado em voz alta. O modo como ele se referia a si mesmo como membro da "classe dominante", por exemplo; e quando dizia que esperava voltar sua atenção para a diplomacia algum dia – embora não tivesse a menor qualificação para gerenciar relações internacionais.

Sendo sincera, havia muito a gostar em lorde Lambert: ele era educado, bem articulado e contava histórias divertidas sobre as experiências de seu *grand tour* pela Europa no ano anterior. Também era capaz de ser gentil e afetuoso, como demonstrou quando contou a ela sobre a morte da mãe, três anos antes. Cassandra gostou do modo carinhoso com que ele se referia à mãe e de como parecia próximo das duas irmãs. Ele descreveu o pai, o marquês de Ripon, como um homem severo mas não cruel, um pai que sempre quis o melhor para ele.

Lambert pertencia à mais alta sociedade, dos cavalheiros com o sangue mais azul, os coletes mais brancos e os narizes mais empinados. As regras intrincadas dessa casta eram tão naturais para ele quanto respirar. Casando-se com ele, permaneceriam na cidade durante a temporada social e passariam o resto do ano na propriedade em Northumberland, com todos aqueles lindos bosques intocados na fronteira com a Escócia. Era incrivelmente longe da família dela, mas de trem a viagem poderia ser feita em bem menos tempo. As manhãs seriam movimentadas, e as noites, tranquilas. Os ritmos familiares da vida no campo – arar, plantar, as colheitas sazonais – ditariam seus dias.

Haveria intimidade conjugal, é claro. Cassandra não tinha certeza de como se sentia a respeito. Certa tarde, quando deixara lorde Lambert lhe roubar um beijo depois de um passeio de carruagem, a pressão dos lábios dele havia sido tão entusiasmada – forte, de fato – que não havia sobrado espaço para que ela retribuísse. Mas, independentemente de como aquela parte do relacionamento se desenvolvesse, haveria compensações. Filhos, em particular.

– Casamento primeiro e amor depois – dissera a Pandora durante uma conversa a sós. – Muitas pessoas fazem as coisas nessa ordem. Suponho que serei uma delas.

Pandora pareceu perturbada e perguntou:

– Você se sente *alguma* atração por lorde Lambert? Borboletas no estômago?

– Não, mas... gosto da aparência dele...

– Não importa se ele é bonito – disse a irmã, com autoridade.

Cassandra deu um sorriso irônico.

– Pandora, você não se casou exatamente com um troll.

A irmã deu de ombros e abriu um sorriso tímido antes de voltar a falar.

– Eu sei, mas, mesmo que Gabriel não fosse bonito, eu ainda iria querer dividir a cama com ele.

Cassandra assentiu, o vinco na testa franzida cada vez mais profundo.

– Pandora, já senti isso antes. O nervosismo, a empolgação e as borboletas no estômago. Mas... não com lorde Lambert.

Pandora arregalou os olhos.

– Com quem?

– Não importa. Ele não está disponível.

A voz de Pandora saiu agora em um sussurro dramático.

– Ele é *casado*?

– Meu Deus, não. Ele é... bem, é o Sr. Severin.

Cassandra suspirou e esperou a irmã tecer algum comentário cômico ou provocador.

Pandora piscou várias vezes e levou algum tempo para assimilar a informação. E surpreendeu Cassandra ao dizer em um tom pensativo:

– Consigo entender por que você gostaria dele.

– Consegue?

– Sim, ele é muito bonito, e tem traços diferentes e interessantes de personalidade. E ele é um homem, não é um menino.

Era bem típico de Pandora identificar com tamanha precisão os motivos que faziam Cassandra achar Tom Severin tão atraente e lorde Lambert tão... outra coisa.

Lambert havia nascido em uma situação privilegiada e, sob vários aspectos, seu caráter ainda estava em formação. Ele nunca tivera necessidade de abrir o próprio caminho na vida e provavelmente nunca teria. Tom Severin, por outro lado, começara com nada além de inteligência e determinação, e se tornara poderoso pelos padrões de qualquer pessoa. Lorde Lambert desfrutava de uma vida de facilidade lânguida, ao passo que Tom enfrentava dificuldades com uma energia implacável. Mesmo o lado frio e calculista de Tom era empolgante. Estimulante. Não havia praticamente qualquer dúvida na mente de Cassandra de que seria mais fácil conviver com Lambert... mas se alguém perguntasse com quem ela preferiria compartilhar a cama...

– Por que ele não está disponível? – perguntou Pandora.

– O coração dele está congelado.

– Pobre homem – comentou Pandora. – Deve realmente ser um bloco de gelo se ele não é capaz de se apaixonar por você.

Cassandra sorriu e se inclinou para abraçar a irmã.

– Lembra quando éramos pequenas – perguntou Pandora por cima do ombro – e você arranhava a canela ou batia com o dedo do pé e eu fingia que me machucava exatamente no mesmo lugar?

– Lembro. E saiba que era um pouco irritante ver você mancar quando era eu que estava machucada.

Pandora riu e se afastou.

– Se você sentia dor, eu queria compartilhá-la com você. É isso que as irmãs fazem.

– Ninguém precisa se sentir mal – disse Cassandra com uma animação determinada. – Pretendo ter uma vida muito feliz. Realmente não faz diferença se eu desejo lorde Lambert ou não porque, seja como for, dizem que a atração diminui com o tempo.

– Talvez isso aconteça em alguns casamentos, mas não em todos. Não acho que tenha diminuído no caso dos pais de Gabriel. E, mesmo que ela algum dia desapareça, você não gostaria de ao menos começar o casamento sentindo essa atração? – Ao ver a indecisão no rosto de Cassandra, Pandora respondeu à própria pergunta com firmeza: – Sim, você gostaria. Imagine que horror dormir com um homem que você não deseja.

Cassandra esfregou as têmporas distraidamente.

– É possível obrigar meus sentimentos a fazerem o que eu quero que eles façam? Posso me convencer a desejar alguém?

– Não sei – respondeu Pandora. – Mas, se eu fosse você, procuraria descobrir antes de tomar uma decisão que afetaria minha vida para sempre.

CAPÍTULO 12

Depois de muito refletir, Cassandra decidiu que, embora não soubesse bem o que sentia por lorde Lambert, não tinha certeza de que *não* o desejava. E devia a ele e a si mesma descobrir se havia ao menos o mínimo lampejo de compatibilidade entre eles.

A oportunidade logo apareceu: o banquete de uma instituição de caridade, que estava sendo chamado de o evento do mês, seria realizado na casa de lorde Delaval, em Belgravia.

A noite incluía uma exposição de arte fechada e um leilão em prol do Fundo Beneficente dos Artistas. Recentemente, um pintor de paisagens talentoso mas de sucesso moderado chamado Erskin Gladwine havia falecido, deixando esposa e seis filhos sem meios para se sustentar. O produto da venda da exposição seria destinado a um fundo para os Gladwines e outras famílias de artistas falecidos.

Como lady Berwick havia tirado uma merecida noite de folga de seu papel de acompanhante, Cassandra compareceu ao evento de caridade com Devon e Kathleen.

– Vamos tentar fazer um bom trabalho cuidando de você – dissera Kathleen com falsa preocupação –, mas temo que não seremos rigorosos o suficiente, já que, sem dúvida, nós mesmos precisamos de uma acompanhante.

– Somos Ravenels – lembrou Devon. – Ninguém acreditaria se fôssemos bem-comportados demais.

Logo após a chegada deles, Cassandra ficou desconcertada ao descobrir que o pai de lorde Lambert, o marquês de Ripon, também estava presente. Embora ela soubesse que o encontraria mais cedo ou mais tarde, ainda não se sentia preparada. Se tivesse sido avisada da presença dele, no mínimo teria usado um vestido mais lisonjeiro em vez do de seda moiré, que era um dos que menos gostava. O peso extra que havia ganhado a obrigara a alargá-lo na cintura, mas o decote quadrado do corpete não poderia ser alterado sem arruinar o vestido; desse modo, as curvas de seus seios ficavam bem à mostra. E o tecido de efeito "ondulado", em um tom de marrom-dourado, lhe dava a aparência infeliz de um corte de madeira.

Lambert apresentou-a ao pai, o marquês, que parecia mais jovem do que ela esperava. Ele era tão moreno quanto o filho era louro, os cabelos uma mistura de preto acinzentado e prata, os olhos da cor de chocolate amargo. O marquês tinha feições bonitas mas duras; a pele, um mármore desgastado pelo tempo. Quando Cassandra ergueu o corpo depois de se abaixar para cumprimentá-lo com uma mesura, ficou bastante surpresa ao flagrá-lo olhando de relance para os seus seios.

– Milady – disse o marquês de Ripon –, os relatos de sua beleza não foram de forma alguma exagerados.

Cassandra sorriu em agradecimento.

– É uma honra conhecê-lo, milorde.

O marquês a estudou com um olhar calculista.

– A senhorita é amante da arte, lady Cassandra?

– Sei pouco sobre arte, mas espero aprender mais. Vai dar um lance por alguma pintura hoje à noite, milorde?

– Não. Pretendo fazer uma doação, mas o trabalho do pintor não é nada além de medíocre. Eu não o penduraria nem na minha despensa.

Embora ficasse desconcertada com o desprezo em relação ao trabalho do falecido Sr. Gladwine – quando estavam exatamente em um evento de caridade em benefício da viúva e dos filhos dele –, Cassandra tentou não demonstrar reação alguma.

Ao perceber como o pai soara cruel, Lambert intercedeu às pressas.

– Meu pai é um grande conhecedor de arte, principalmente de pinturas de paisagens.

– Pelo que vi até agora – comentou Cassandra –, admiro o talento do Sr. Gladwine em reproduzir luz... uma cena iluminada pela lua, por exemplo, ou o brilho do fogo.

– Truques visuais não são o mesmo que mérito artístico – retrucou o marquês com desdém.

Ela sorriu e encolheu ombros.

– Seja como for, aprecio o trabalho dele. Talvez um dia o senhor possa me fazer a gentileza de explicar o que torna uma pintura digna de valor e então saberei avaliar melhor.

O marquês a encarou com admiração.

– Seus modos são belos, minha cara. É admirável da sua parte desejar escutar as opiniões de um homem e assimilar seus pontos de vista. – Seus lábios se curvaram levemente quando ele acrescentou: – É uma pena eu não tê-la conhecido antes de meu filho. Por acaso também estou procurando por uma esposa.

Embora o marquês parecesse ter a intenção de fazer um elogio, Cassandra achou bastante estranho ele dizer aquilo, especialmente na frente de lorde Lambert. Perturbada, ela se esforçou para encontrar uma resposta adequada.

– Tenho certeza de que qualquer mulher se sentiria honrada por receber suas atenções, milorde.

– Até agora não encontrei nenhuma digna delas. – Ele a examinou de cima a baixo. – A senhorita, no entanto, seria um acréscimo encantador à minha casa.

– Como *minha* noiva – disse Lambert, rindo. – Não sua, pai.

Cassandra se calou. Ficou ao mesmo tempo irritada e preocupada ao se dar conta de que ambos, pai e filho, consideravam o casamento entre Lambert e ela um *fait accompli*, como se não fosse necessário cortejá-la ou receber o consentimento formal para isso.

A maneira como o marquês olhava para ela era perturbadora. Algo naqueles olhos duros fazia com que Cassandra se sentisse ao mesmo tempo desarrumada e ordinária.

Lorde Lambert lhe ofereceu o braço.

– Lady Cassandra, vamos ver o restante dos quadros?

Ela fez uma reverência ao marquês e se afastou com Lambert. Foram caminhando devagar pelo circuito de salões abertos ao público, no piso principal da casa, onde as obras de arte estavam dispostas. Quando pararam diante de uma pintura do Vesúvio em erupção, uma fúria vermelha e amarela, lorde Lambert disse casualmente:

– Não se incomode com a sinceridade do meu pai. Ele não mede palavras quando se trata de expressar suas opiniões. O importante é que ele a aprova.

– Milorde – retrucou Cassandra em voz baixa, ciente de que havia pessoas passando atrás deles –, me parece que, de alguma forma, chegamos a um mal-entendido... uma suposição... de que um compromisso entre nós é uma conclusão certa.

– E não é? – perguntou ele, parecendo achar aquilo divertido.

– *Não*. – Ao ouvir o tom de aborrecimento na própria voz, Cassandra se controlou antes de continuar com mais calma. – Não formalizamos a corte. A temporada propriamente dita nem sequer começou. Não estarei pronta para consentir nada antes de nos conhecermos melhor.

– Entendi.

– Entendeu?

– Entendi o que quer.

Cassandra relaxou, aliviada por ele não parecer ter se ofendido. Eles continuaram ao longo da sequência de quadros... uma vista das ruínas de um castelo à noite... o incêndio do antigo teatro Drury Lane... o estuário de um rio ao luar. No entanto, Cassandra não conseguia se concentrar nas obras de arte. Sua mente estava perturbada com a constatação de que, quanto mais via lorde Lambert, menos gostava dele. A possibilidade de que ela pudesse ter seus próprios pensamentos e sonhos não parecia ter ocorrido a ele. Lambert esperava – como dissera o pai – que Cassandra assimilasse seus pontos de vista. Como ele poderia amá-la se não tinha interesse em quem ela realmente era?

Mas, Deus, se ela rejeitasse aquele homem, aquele descendente da aristocracia, universalmente visto como perfeito... As pessoas diriam que ela estava louca. Diriam que não havia como agradá-la. Que a culpa não era dele, mas dela.

E talvez estivessem certas.

Abruptamente, lorde Lambert puxou-a para fora do circuito dos salões principais e levou-a para um corredor.

Cassandra quase tropeçou e soltou uma risada, surpresa.

– O que está fazendo?

– Já vai ver.

Ele a empurrou para dentro de uma saleta particular, um refúgio pequeno e aconchegante, e fechou a porta.

Desorientada pela escuridão repentina, Cassandra estendeu a mão cegamente para se equilibrar. E prendeu a respiração ao sentir os braços de lorde Lambert a envolverem.

– Agora – disse ele, a voz lenta, o tom arrogante –, vou dar o que você pediu.

Irritada, mas ainda achando um tanto divertida a situação, Cassandra argumentou:

– Não pedi para ser arrastada para uma sala escura e tratada com brutalidade.

– Você disse que queria me conhecer melhor.

– Não foi *isso* que eu quis dizer – protestou ela, mas a boca de Lambert se colou à dela com muita força, os lábios se contorcendo com uma pressão cada vez maior.

Pelo amor de Deus, ele não tinha entendido que ela simplesmente queria passar algum tempo conversando com ele para descobrir gostos em comum? Aquele rapaz tinha *algum* interesse nela como pessoa?

A força do beijo de Lambert era dolorosa, quase beligerante, e Cassandra levou as mãos ao rosto dele e o acariciou suavemente, na esperança de acalmá-lo. Ao ver que não funcionava, ela afastou o rosto e arquejou:

– Milorde... Roland... não com tanta força. Seja gentil.

– Eu serei. Meu bem... Meu bem...

A boca do rapaz encontrou novamente a dela, a pressão apenas um pouco mais suave.

Cassandra enrijeceu o corpo e ficou parada, suportando os beijos dele em vez de apreciá-los. Tentou se forçar a sentir algum tipo de prazer, qualquer coisa que não fosse aquela sensação crescente de aversão. Os braços de Lambert a esmagavam como cordas. No estado de agitação em que se encontrava, a superfície do peito dele bombeava como um fole de lareira.

A cena estava se tornando ridícula, na verdade, como uma pantomima de um bufão apaixonado impondo-se à virgem indignada. Digna de Molière. Não havia uma cena assim em *Le dépit amoureux*? Ou talvez fosse *Tartufo*...

O fato de ela estar pensando em um dramaturgo do século XVII naquele momento não era um bom sinal.

Concentre-se, ordenou Cassandra a si mesma. A boca de Roland não era desagradável em si. Como pode a sensação do beijo de um homem ser tão diferente da de outro? Ela queria muito gostar daquele, mas não estava sendo nada parecido com o da noite na estufa... o ar fresco da noite com perfume de sombras e de samambaias... ela com os pés descalços, buscando a pressão deliciosa da boca de Tom Severin... sensível mas urgente... e a onda de calor que a invadira.

Mas então lorde Lambert forçou os lábios dela a se separarem e sua língua molhada encheu a boca de Cassandra.

Um pouco engasgada, ela afastou a cabeça para trás.

– Não... espere... *não*. – Ela tentou empurrá-lo para longe, mas ele a segurava com muita força e Cassandra não conseguiu enfiar as mãos entre eles. – A minha família deve estar procurando por mim.

– Eles não chamarão atenção para a sua ausência.

– Me solte. Não estou gostando disto.

Os dois lutaram brevemente, e Lambert a prendeu contra a parede.

– Só mais um minuto ou dois – disse ele, ofegando de excitação. – Eu mereço, depois das flores e presentes que lhe enviei.

Mereço?

– Você achou que estava me comprando com aquelas coisas? – perguntou Cassandra, sem acreditar.

– Eu sei que é isso que quer, não importa que finja que não. Com um corpo como o seu... todo mundo sabe o que você quer, basta olhar para você.

Um choque desagradável a percorreu.

Ele estava tateando os seios dela, puxando com força o decote e enfiando a mão dentro do corpete. Cassandra sentiu o seio ser apertado de forma bruta.

– Pare! Está me machucando!

– Nós vamos nos casar. O que importa se eu experimentar agora?

Cassandra sentiu um beliscão no mamilo, com força bastante para machucar a pele sensível.

– *Pare.*

Cassandra se viu tomada por um misto de medo e indignação. Sem pensar, agarrou os dedos dele e dobrou para trás com força. Roland soltou um grunhido de dor.

A respiração de ambos saía em arquejos na escuridão da sala. Depois de ajeitar o corpete, Cassandra disparou em direção à porta, mas ficou paralisada ao ouvir a voz composta dele.

– Antes de sair tão às pressas, pense na sua reputação. Um escândalo, mesmo que não seja responsabilidade sua, poderia arruiná-la.

O que era terrivelmente injusto. Mas a mais pura verdade. Por incrível que parecesse, todo o futuro dela dependia de sair daquela sala calmamente, com Lambert, sem dar nenhuma pista do que acabara de acontecer.

Cassandra abaixou a mão já estendida para a porta, o punho agora cerrado ao lado do corpo, e se forçou a esperar, vagamente consciente de que ele estava ajeitando as próprias roupas, fazendo alguma coisa com a frente da calça. Os lábios dela estavam ressecados e machucados. O bico do seio latejava dolorosamente. Sentia-se envergonhada, suada e infeliz.

Lorde Lambert falou em um tom leve e casual. E Cassandra sentiu arrepios ao perceber a rapidez com que ele mudava de humor.

– Aprenda uma coisa, meu bem. Um homem não aceita facilmente ser provocado a determinado estado e depois se ver frustrado.

A acusação a deixou perplexa.

– O que eu fiz para provocá-lo?

– Você sorri, flerta e rebola os quadris quando caminha...

– Eu não faço isso!

– ... e usa esses vestidos apertados com os seios empinados quase até o queixo. Você exibe os seus dotes e depois reclama quando decido dar o que você queria.

Incapaz de suportar mais, Cassandra tentou girar a maçaneta da porta e se atrapalhou. A porta se abriu suavemente e ela respirou fundo, aflita, ao sair da saleta.

Lorde Lambert se colocou ao lado dela. Pelo canto dos olhos, Cassandra viu que ele lhe oferecia o braço. Ela não aceitou. A mera ideia de encostar nele lhe dava náuseas.

Quando voltaram para os salões de uso comum, Cassandra falou sem olhar para ele, a voz apenas ligeiramente trêmula:

– Está louco se acha que vou querer qualquer coisa com você depois disso.

Quando os dois reapareceram, Kathleen estava procurando com discrição por eles. A princípio, ela pareceu aliviada ao ver Cassandra. Ao se aproximarem, no entanto, Kathleen reparou nos sinais de tensão no semblante de Cassandra e seu rosto se tornou cuidadosamente sem expressão.

– Querida – disse Kathleen em um tom leve –, há uma pintura do nascer do sol pela qual estou pensando em dar um lance, e preciso da sua opinião. – Kathleen olhou de relance para lorde Lambert e acrescentou: – Milorde, lamento, mas terei que recuperar a minha pupila, senão acabam dizendo que minhas habilidades de acompanhante são lamentavelmente negligentes.

Ele sorriu.

– Eu a entrego aos seus cuidados.

Kathleen deu o braço a Cassandra e as duas se afastaram.

– O que aconteceu? – perguntou com delicadeza. – Vocês brigaram?

– Sim – respondeu Cassandra com dificuldade. – Quero ir embora cedo. Não tão cedo a ponto de ser motivo para comentários, mas assim que for possível.

– Vou arrumar uma desculpa.

– E... não deixe que ele se aproxime de mim.

A voz de Kathleen saiu excessivamente calma quando ela pressionou com firmeza a mão de Cassandra.

– Não vou deixar.

Elas foram até onde estava lady Delaval, a anfitriã da noite, e Kathleen informou que lamentava, mas teriam que sair mais cedo, pois havia deixado o bebê com cólica e queria ver como ele estava.

Cassandra mal se dava conta do murmúrio das conversas ao seu redor. Estava atordoada, um pouco instável, como quando se levantava da cama antes de estar desperta o suficiente. Sua mente repassava sem cessar tudo o que lorde Lambert havia falado e feito.

... todo mundo sabe o que você quer... Você exibe os seus dotes...

Aquelas palavras a fizeram se sentir ainda pior do que as mãos dele apalpando-a, se é que era possível. Outros homens a viam da mesma maneira? Era aquilo que pensavam? Cassandra teve vontade de se encolher e se esconder. Suas têmporas latejavam, como se houvesse sangue demais na cabeça. Seus seios doíam nos lugares em que ele apertara e beliscara.

Agora Kathleen estava conversando com Devon, pedindo a ele que mandasse chamar a carruagem.

Ele não se deu o trabalho de fingir uma expressão socialmente agradável. Seu rosto ficou tenso e os olhos azuis se estreitaram.

– Há algo que eu deva saber agora? – perguntou ele em voz baixa, olhando do rosto da esposa para o de Cassandra.

Cassandra respondeu com um breve movimento de cabeça. Acima de tudo, não podia se arriscar a fazer uma cena. Se Devon soubesse como lorde Lambert a insultara... e Lambert estivesse por perto... as consequências poderiam ser desastrosas.

Devon lhe lançou um olhar muito severo, obviamente nada satisfeito em partir sem saber o que havia acontecido. Para o alívio dela, no entanto, ele cedeu.

– Vai me contar no caminho para casa?

– Sim, primo Devon.

Quando já estavam acomodados na carruagem e seguindo de volta à casa Ravenel, Cassandra conseguiu respirar melhor. Kathleen se sentou ao lado dela, segurando sua mão.

Devon, que ocupava o assento à frente, fitou Cassandra com a testa franzida.

– Vamos lá – disse bruscamente.

Cassandra contou tudo o que havia acontecido, inclusive como Lambert a apalpara. Embora fosse humilhante repassar os detalhes, achou que eles precisavam entender exatamente como a atitude dele fora ofensiva. Enquanto ouviam com atenção, a expressão de Devon passou de carrancuda a furiosa, enquanto Kathleen ficou muito pálida e quieta.

– Foi minha culpa não me opor com mais determinação desde o começo – lamentou-se Cassandra. – E este vestido... é muito apertado... uma dama não deveria usar um vestido assim e...

– Pelo amor de Deus. – Embora a voz de Devon saísse baixa, teve a intensidade de um grito. – Você não provocou *nada* do que ele fez. Não foi por nada que você disse ou fez, nada que estava usando.

– Você acha que eu a deixaria sair vestindo algo inapropriado? – perguntou Kathleen bruscamente. – Acontece que você é uma moça curvilínea... o que é uma bênção, não um crime. Eu gostaria de voltar e açoitar aquele desgraçado por sugerir que o que aconteceu foi culpa sua.

Como não estava acostumada a ouvir aquele tipo de linguagem de Kathleen, Cassandra a encarou com os olhos arregalados de espanto.

– Não tenha dúvida – continuou Kathleen, inflamada – de que isso foi uma amostra de como ele a trataria depois do casamento. Só que seria mil vezes pior, porque, como esposa, você estaria à mercê dele. Homens assim nunca assumem a culpa... Eles atacam e depois dizem que foram provocados a fazê-lo. "Olhe só o que você me levou a fazer." Mas a escolha é sempre deles. Eles machucam e assustam as pessoas para se sentirem poderosos.

Kathleen teria continuado, mas Devon se inclinou e pousou a mão gentilmente no joelho da esposa. Não para contê-la ou interrompê-la, mas porque pareceu sentir necessidade de tocá-la. Os olhos azul-escuros tinham uma expressão cálida quando se fixaram na esposa. Uma conversa inteira aconteceu naquele olhar que trocaram.

Cassandra sabia que ambos estavam pensando no irmão dela, Theo, o primeiro marido de Kathleen... que tinha um temperamento violento e muitas vezes atacara verbal e fisicamente as pessoas ao seu redor.

– Fui submetida ao temperamento Ravenel com frequência durante a infância – disse Cassandra com calma. – O meu pai e o meu irmão pareciam até orgulhosos disso às vezes... do modo como deixavam as pessoas nervosas. Acho que queriam ser vistos como homens poderosos.

Devon comentou, com desprezo:

– Homens poderosos não se deixam levar por seus temperamentos. Eles permanecem calmos enquanto outros gritam e explodem. – Ele se recostou no assento, respirou fundo e soltou um longo suspiro. – Graças à influência da minha esposa, aprendi a não ceder ao meu temperamento, como facilmente acontecia no passado.

Kathleen o fitou com ternura.

– O esforço e o crédito pela sua superação pessoal são todos seus, milorde. Mas, mesmo em seus piores momentos, você nunca sonharia em tratar uma mulher como lorde Lambert tratou Cassandra hoje à noite.

Cassandra ergueu os olhos para encontrar os de Devon.

– Primo, o que fazemos agora?

– Gostaria de começar dando uma surra nele – respondeu Devon, sombrio.

– Ah, por favor, não...

– Não se preocupe, querida. Isso é o que eu gostaria de fazer, não o que farei. Vou puxá-lo para um canto amanhã e deixar claro que, de agora em diante, ele deve evitar você a todo custo. Sem visitas à nossa casa, sem flores, sem interação de qualquer tipo. Lambert não ousará incomodá-la novamente.

Cassandra fez uma careta e deitou a cabeça no ombro de Kathleen.

– A temporada social ainda nem começou e já posso dizer que será péssima.

A mão pequena de Kathleen alisou seus cabelos.

– Antes cedo do que tarde para descobrir o verdadeiro caráter de lorde Lambert – murmurou. – Mas lamento muito que tenha sido assim.

– Lady Berwick vai ficar arrasada – comentou Cassandra com uma risadinha. – Ela estava com grande esperança no casamento.

– E você não? – perguntou Kathleen em voz baixa.

Cassandra balançou ligeiramente a cabeça.

– Sempre que tentava imaginar um futuro com ele, eu não sentia nada. Nada mesmo. Não consigo nem odiá-lo agora. Acho que ele é um homem horrível, mas... não importante o bastante para ser odiado.

CAPÍTULO 13

– Senhor – disse Barnaby em um tom sinistro, chegando à porta da sala de Tom sem se anunciar –, eles estão de volta.

O olhar de Tom não se desviou das páginas de cálculos de alvenaria para a construção de pontes.

– Quem está de volta? – perguntou distraidamente.

– Os piolhos.

Tom levantou a cabeça, ainda tentando entender.

– O quê?

– Os piolhos de Bazzle – esclareceu Barnaby, a expressão sombria.

– Bazzle está aqui com eles ou eles decidiram aparecer por conta própria?

O assistente estava perturbado demais para achar graça da situação.

– Eu disse a Bazzle que ele não poderia entrar. Está esperando lá fora.

Tom deixou escapar um suspiro exasperado e se levantou.

– Vou cuidar disso, Barnaby.

– Se me permite, senhor – ousou dizer Barnaby –, a única maneira de se livrar dos piolhos é se livrando de Bazzle.

Tom lhe lançou um olhar severo.

– Qualquer criança, rica ou pobre, pode ser contaminada por piolhos.

– Sim, mas... precisamos ter uma dessas no escritório?

Tom ignorou a pergunta e desceu a escada profundamente irritado. Aquilo tinha que parar. Ele não suportava interrupções, pragas ou crianças, e Bazzle combinava as três coisas. Naquele momento, outros homens em sua posição estavam cuidando de seus negócios, como ele deveria estar fazendo. Daria algumas moedas ao menino e lhe diria para não voltar mais. Bazzle não era problema dele. O menino não se sairia melhor ou pior do que milhares de outros pequenos encrenqueiros que vagavam pelas ruas.

Quando Tom atravessou o saguão revestido em mármore, viu um funcionário em uma escada alta enfeitando as molduras e os caixilhos das janelas com ramos de sempre-vivas amarrados com laços de fita vermelhos.

– Para que é isso? – indagou Tom.

O funcionário olhou para ele com um sorriso.

– Bom dia, Sr. Severin. Estou montando a decoração de Natal.

– Quem lhe mandou fazer isso?

– O administrador do prédio, senhor.

– Mas ainda estamos em novembro, pelo amor de Deus – protestou Tom.

– A Winterborne's acaba de montar a vitrine de Natal.

– Entendi – murmurou Tom.

Com seu apetite inabalável por lucro, Rhys Winterborne estava iniciando por conta própria a temporada de compras de Natal, mais cedo do que nunca naquele ano. O que significava que Tom teria que aguentar um mês inteiro de festas, sem possibilidade de escapar. Cada casa e cada prédio estariam sufocados com sempre-vivas e decorações douradas, todas as portas teriam um ramo de visco pendurado no alto, aguardando os beijos que inspiraria. Haveria pilhas de cartões de Natal na correspondência, páginas e mais páginas de anúncios natalinos ocupando espaço nos jornais e intermináveis encenações do nascimento do menino Jesus. Bandos de cantores entoando músicas natalinas invadiriam as ruas, atacando pedestres inocentes com vozes desafinadas em troca de uma moeda.

Não que Tom odiasse o Natal. Geralmente ele o tolerava de bom grado... mas naquele ano não estava com a menor vontade de comemorar.

– Devo parar de pendurar as sempre-vivas, Sr. Severin? – perguntou o funcionário.

Tom colou um sorriso sem humor no rosto.

– Não, Meagles. Continue com seu trabalho.

– O senhor se lembrou do meu nome – anunciou o funcionário, satisfeito.

Tom se sentiu tentado a responder *Você não é especial, eu me lembro do nome de todo mundo*, mas conseguiu se conter.

O vento cortante parecia atingir os ossos quando ele pisou o lado de fora. Era o tipo de frio que encurtava a respiração e fazia os pulmões parecerem prestes a quebrar.

Ele viu a forma pequena e ossuda de Bazzle encolhida ao lado dos degraus de pedra, com uma vassoura em cima do joelho. O menino usava roupas que poderiam ter sido tiradas direto da lixeira, a cabeça coberta por um gorro esfarrapado. De costas para Tom, Bazzle levantou a mão para coçar a nuca e a cabeça em um gesto excessivamente conhecido.

Era um trapinho inconsequente de humanidade, no limiar da sobrevivência. Se Bazzle desaparecesse de repente da face da Terra, poucas pessoas se importariam ou mesmo perceberiam. Tom não tinha a menor ideia de por que o destino daquele menino deveria lhe importar.

Mas importava.

Maldição.

Ele caminhou lentamente até onde estava Bazzle e se sentou nos degraus ao lado dele.

O menino se assustou e se virou para olhá-lo. Havia algo diferente no olhar de Bazzle naquele dia, as pupilas como o centro escuro de uma janela quebrada. O vento soprou na escada e ele estremeceu, com calafrios.

– Onde estão suas roupas novas? – perguntou Tom

– O tio Batty disse que eram elegantes demais para mim.

– Ele vendeu as roupas – concluiu Tom categoricamente.

– Sim, senhor – confirmou a criança, batendo os dentes.

Antes que Tom pudesse expor sua opinião sobre o ladrão desgraçado, uma rajada gelada fez Bazzle retesar com força o corpo para não tremer.

Relutante, Tom tirou o refinado paletó de lã preta, forrado de seda, que havia sido entregue ainda na semana anterior pelo alfaiate dele, da Strickland and Sons. Era cortado no estilo da última moda, de abotoamento simples, sem nenhuma costura na cintura, com punhos profundos e fixos nas mangas. Naturalmente, ele estava usando o novo paletó naquele dia, não o mais antigo. Tom conteve um suspiro e pousou a peça de roupa luxuosa ao redor do corpo sujo do menino.

Bazzle deixou escapar um som baixo de surpresa quando o casulo quente de lã e seda o envolveu. Ele apertou o paletó ao redor do corpo e ergueu os joelhos para cobri-los também.

– Bazzle – disse Tom, com a sensação de que cada palavra estava sendo arrancada dele com uma pinça de aço –, você gostaria de vir trabalhar para mim?

– Mas eu já trabalho, senhor.

– Na minha casa. Como um aprendiz de criado. Ou podem precisar de você nos estábulos ou nos jardins. A questão é que você moraria lá.

– Com o senhor?

– Eu não diria *comigo*. Mas, sim, na minha casa.

O menino pensou a respeito.

– Quem varreria seu escritório?

– Suponho que você poderia vir para cá comigo todas as manhãs, se quiser. Na verdade, isso vai incomodar tanto o Barnaby que insistirei que venha. – Diante do silêncio do menino, Tom perguntou: – E então?

Bazzle estava sendo inexplicavelmente lento em responder.

– Eu não esperava que você pulasse de alegria, Bazzle, mas poderia pelo menos tentar parecer satisfeito.

A criança lhe lançou um olhar profundamente perturbado.

– O tio Batty não vai gostar.

– Então me leve até ele – disse Tom prontamente. – Vou conversar com esse tio Batty.

Na verdade, ele estava ansioso para ter uma chance de arrancar a pele do tal tio Batty.

– Ah, não, Sr. Severin... um cavalheiro como o senhor... eles arrancariam seu fígado em um piscar de olhos.

Um sorriso perplexo curvou os lábios de Tom. Ele havia passado a maior parte da infância em cortiços e pátios de trens, expondo-se com frequência a todo tipo de vício e imundície que a humanidade era capaz de produzir.

Brigando para se defender, lutando por comida, por trabalho... por tudo. Muito antes de Tom conseguir cultivar uma barba propriamente dita, já era tão experiente e durão quanto qualquer homem adulto em Londres. Mas é claro que o menino não tinha como saber de nada daquilo.

– Bazzle – falou Tom, olhando para ele com firmeza –, não precisa se preocupar com isso. Sei me cuidar em lugares piores do que St. Giles. E posso protegê-lo também.

O menino continuou franzindo a testa e mordeu distraidamente a lapela do paletó de lã.

– Não precisa pedir nada para o Batty. Ele não é meu tio.

– Que tipo de acordo tem com ele? Ele fica com o que você consegue ganhar em troca de casa e comida? Bem, você pode trabalhar exclusivamente para mim agora. As acomodações são melhores, você terá o suficiente para comer e poderá ficar com o dinheiro que ganha. O que acha disso?

Os olhos remelentos de Bazzle se estreitaram, desconfiados.

– O senhor não vai querer que eu abaixe as minhas calças, não é? Não faço essas coisas.

– Meus gostos não incluem crianças – retrucou Tom com acidez. – Só me interesso por mulheres. Por uma em particular.

– Então não vai querer tirar as minhas calças? – insistiu o menino, só para ter certeza.

– Não, Bazzle, você não corre o risco de ser abusado. Não tenho interesse em me aproveitar de você, nem agora nem no futuro. Você não vai ter que tirar as calças para mim na minha casa. Consegui deixar isso claro?

Ele viu um lampejo de alegria nos olhos do menino, que já voltava a se parecer mais com seu jeito habitual.

– Sim, senhor.

– Ótimo – disse Tom bruscamente, então ficou de pé e limpou o pó da parte de trás da calça. – Vou buscar meu sobretudo e iremos ver a Dra. Gibson. Tenho certeza de que ela ficará muito feliz por receber mais uma visita surpresa nossa.

Bazzle desanimou.

– Outro banho de chuveiro? – perguntou, assustado. – Como antes?

Tom sorriu.

– É melhor você se acostumar com água e sabão, Bazzle. Haverá muito disso no seu futuro.

~

Depois que Bazzle foi lavado, despiolhado e equipado com roupas e sapatos novos – mais uma vez –, Tom o levou para sua casa em Hyde Park Square. Ele havia comprado a mansão branca quatro anos antes, já com a maior parte da mobília. A casa tinha quatro andares e telhado com mansarda, além de jardins privados que ele raramente visitava. Tom mantivera a maior parte dos criados, que haviam se ajustado com relutância a servir um patrão nascido fora da aristocracia. Ele achava divertido ver como eles pareciam achar que haviam sido rebaixados, já que o patrão anterior fora um barão de North Yorkshire.

A governanta, Sra. Dankworth, era de natureza fria, eficiente e notavelmente impessoal, o que a tornava a favorita de Tom dentre todos os empregados. Ela raras vezes o incomodava e nunca parecia se surpreender com nada, mesmo quando Tom aparecia com convidados sem avisar. Não se abalara nem quando um dos conhecidos de Tom, de um laboratório de ciência industrial, realizara um experimento no salão de visitas e arruinara o tapete.

Pela primeira vez em quatro anos, no entanto, a Sra. Dankworth pareceu perturbada – ou melhor, pasma – quando Tom a apresentou a Bazzle e pediu que ela "fizesse alguma coisa com ele".

– Ele vai precisar de algum trabalho para fazer aqui durante as tardes – explicou Tom a ela. – E também de um lugar para dormir e de alguém para lhe explicar seus deveres e as regras da casa. E para lhe ensinar como escovar os dentes corretamente.

A mulher baixa e atarracada olhou para Bazzle como se nunca tivesse visto um menino antes.

– Sr. Severin – disse a Tom –, não há ninguém aqui para cuidar de uma criança.

– Ele não precisa que tomem conta dele – assegurou Tom a ela. – Bazzle é autossuficiente. Basta se certificar de que receba comida e tome banho regularmente.

– Quanto tempo ele vai ficar? – perguntou a governanta, apreensiva.

– Indefinidamente.

Tom saiu sem cerimônia e voltou ao escritório para uma reunião no fim do dia com dois membros do Conselho Metropolitano de Obras. Depois do compromisso, ignorou o desejo de voltar para casa e ver como Bazzle estava indo. Em vez disso decidiu jantar no clube do qual era membro.

No Jenner's sempre havia alguma coisa interessante acontecendo. O ambiente no lendário clube era opulento mas relaxante, nunca barulhento demais, nunca quieto demais. Todos os detalhes, desde o licor caro servido em copos de cristal às luxuosas poltronas Chesterfield, haviam sido escolhidos para fazer com que os membros se sentissem satisfeitos e privilegiados. Para conseguir ser sócio, um homem precisava apresentar referências de caráter dadas por outros membros, fornecer registros financeiros e saldo de crédito, e deixar seu nome em uma lista de espera por anos. Só abria uma vaga em caso de morte de algum membro, e quem era afortunado o bastante de ser o primeiro da fila em um caso desses certamente não reclamava da exorbitante taxa anual.

Antes de ir ao bufê do jantar, Tom entrou em um dos salões do clube para beber alguma coisa. A maioria das cadeiras estava ocupada, como sempre acontecia àquela hora da noite. Enquanto seguia pelo circuito de salões conectados, vários amigos e conhecidos acenavam para que Tom se juntasse a eles. Ele estava prestes a fazer um sinal para que um empregado arrumasse uma cadeira extra quando percebeu um pequeno distúrbio a algumas mesas de distância. Três homens discutiam em voz baixa mas intensamente, e a tensão enevoava o ar.

Tom examinou o pequeno grupo e reconheceu Gabriel, lorde St. Vincent, no meio deles. Dificilmente seria uma surpresa encontrar St. Vincent ali, já que a família dele era dona do clube e o avô materno fora o próprio Ivo Jenner. Nos últimos anos, St. Vincent havia assumido a administração do estabelecimento, que até então tinha sido de responsabilidade do pai dele. A opinião geral era de que vinha fazendo um excelente trabalho, com sua habitual calma e seu autocontrole.

Naquele momento, porém, não havia nada de calmo em relação ao homem. Ele empurrou a cadeira para trás e se levantou, largando um jornal na mesa como se o papel estivesse pegando fogo. Embora tenha feito um esforço visível para se recompor, St. Vincent flexionou várias vezes o maxilar, como se estivesse cerrando os dentes.

– Milorde – disse Tom, tranquilo, aproximando-se. – Como está?

St. Vincent se virou para ele, na mesma hora colocando no rosto uma expressão educada.

– Severin. Boa noite. – Ele estendeu a mão para cumprimentar Tom e o apresentou aos dois outros homens à mesa, que haviam ficado de pé. – Lorde Milner, Sr. Chadwick, é com prazer que lhes apresento o Sr. Severin, nosso mais novo membro.

Os dois fizeram mesuras e deram os parabéns a Tom.

– Severin – murmurou St. Vincent –, normalmente eu o convidaria a tomar um conhaque comigo, mas lamento dizer que estou indo embora neste momento. Peço que me perdoe.

– Espero que não seja uma má notícia.

St. Vincent respondeu com um sorriso apagado e sombrio, parecendo distraído.

– Sim, é uma má notícia. E só Deus sabe o que posso fazer a respeito. Provavelmente não muito.

– Posso ser útil? – perguntou Tom sem hesitar.

St. Vincent se concentrou nele então, os olhos de um azul invernal se aquecendo com a gentileza de Tom.

– Obrigado, Severin – disse com sinceridade. – Ainda não tenho certeza do que é necessário. Mas talvez recorra a você mais tarde, se for preciso.

– Se puder me dar uma ideia do problema, talvez eu tenha alguma sugestão.

St. Vincent fitou-o por um longo momento.

– Me acompanhe até a saída.

Tom respondeu com um único aceno de cabeça, a curiosidade cada vez maior.

Depois de recuperar o jornal descartado, St. Vincent murmurou para os amigos:

– Obrigado pela informação, cavalheiros. Suas bebidas e jantares são por conta da casa esta noite.

Os homens reagiram com sorrisos e murmúrios de satisfação.

Quando St. Vincent saiu com Tom, sua expressão simpática desapareceu.

– Em breve você ficará sabendo – falou. – O problema tem a ver com a irmã da minha esposa. Lady Cassandra.

Tom arquejou.

– O que aconteceu? Ela está ferida?

Pela expressão de surpresa do outro homem, ele percebeu que sua reação tinha sido intensa demais.

— Não fisicamente.

St. Vincent foi na frente até um vestíbulo espaçoso, logo depois do saguão de entrada. O cômodo, equipado com varões de níquel e prateleiras de mogno, estava cheio de sobretudos e artigos de toalete diversos. Um recepcionista se aproximou deles imediatamente.

— Milorde?

— Meu chapéu e meu casaco, Niall.

Enquanto o recepcionista desaparecia no vestíbulo, St. Vincent falou baixo com Tom.

— Lady Cassandra foi caluniada por um pretendente rejeitado. Os rumores começaram a circular dois ou três dias atrás. O homem a descreveu aos amigos como uma namoradeira promíscua e sem coração... e fez questão de fazer isso no clube que frequenta, de modo que o maior número de pessoas ouvisse. Ele alega que Cassandra permitiu livremente que ele tomasse liberdades sexuais com ela e que então o rejeitou da forma mais insensível quando ele tentou redimir a honra dela com um pedido de casamento.

Tom sempre conhecera a raiva como uma emoção escaldante. Mas o que sentiu naquele momento ia além disso... era um impulso mais frio do que o gelo.

Havia apenas uma coisa que precisava saber.

— Quem é ele?

— Roland, lorde Lambert.

Tom foi até a porta do vestíbulo.

— Também quero meu casaco — disse bruscamente na direção do recepcionista.

— Imediatamente, Sr. Severin — veio a resposta abafada.

— Onde você vai? — perguntou St. Vincent quando Tom lhe deu as costas.

— Vou encontrar Lambert — grunhiu Tom — e enfiar um mastro no traseiro dele. Então vou arrastá-lo até o pátio na frente do Guildhall e deixá-lo ali até que ele se retrate publicamente de todas as mentiras que contou sobre lady Cassandra.

St. Vincent o observou com paciência forçada.

— A última coisa de que os Ravenels precisam é que você saia por aí cheio de ódio e faça alguma coisa por impulso. Além disso, ainda não sabe de toda a história. Fica pior.

Tom empalideceu.

– Santo Deus, como poderia ficar pior?

Aos olhos da sociedade, a reputação de uma mulher era tudo. *Tudo.* Se houvesse alguma mancha na honra de Cassandra, ela seria proscrita e a desgraça recairia sobre sua família também. Suas chances de se casar com qualquer homem da mesma classe social seriam destruídas. Os antigos amigos não iriam querer ter nada a ver com ela. Os filhos que eventualmente viesse a ter seriam desprezados por seus pares. O que Lambert fizera era o auge da crueldade: ele sabia muito bem que essa vingança mesquinha arruinaria a vida de Cassandra.

St. Vincent entregou a Tom o jornal que havia colocado debaixo do braço.

– Esta é a edição noturna do *London Chronicle* – disse laconicamente. – Leia no alto da coluna social.

Tom o encarou com intensidade antes de baixar os olhos para a coluna que, como observou com desprezo, havia sido escrita por alguém disposto a se identificar apenas como "Anônimo".

Está na hora de refletirmos sobre uma espécie bem conhecida em Londres: a Namoradeira Sem Coração. Muitas dessas criaturas recentemente se abateram sobre a sociedade para renovar os prazeres da temporada, mas uma em particular serve como o exemplo mais notório do tipo.

Colecionar corações partidos como troféus é um jogo para esta determinada dama, a quem nos referiremos como "lady C". Ela recebeu mais pedidos de casamento do que qualquer jovem de boa criação deveria receber, e não há mistério quanto ao motivo. A dama brinca de seduzir, tendo aperfeiçoado os olhares de soslaio, os sussurros provocadores e outros incentivos ao ardor masculino. Tem o hábito de atrair um homem para algum canto silencioso, inflamá-lo com beijos furtivos e explorações devassas, para então acusar o pobre camarada de tirar proveito dela.

Lady C, é claro, alega inocência e afirma que suas pequenas experimentações são inofensivas. E continuará balançando seus cachos dourados e seguindo alegremente em frente, levando mais homens a fazerem papel de tolo para seu divertimento particular. Agora que a indecência do comportamento de tal dama foi exposta, cabe aos que fazem parte da boa sociedade decidir que preço, se houver, ela pagará por esses modos descarados. Que esse julgamento seja um aviso a outras jovens sedutoras de que é perverso

– *ou melhor, diabólico – brincar com os afetos de rapazes honrados e se degradarem no processo.*

Em resumo, que lady C lhes sirva de exemplo.

Tom ficou impressionado com o veneno que escorria da coluna. Era o assassinato de um caráter. Ele nunca tinha visto ou ouvido falar de um ataque público daquela virulência a uma jovem inocente. Se era uma retaliação de lorde Lambert por ter sido rejeitado, a reação era tão desproporcional que era preciso questionar a sanidade dele. E agora que o boato se tornara de domínio público, seria aceito como verdade pelas mulheres da sociedade, que em geral não eram conhecidas por demonstrar misericórdia em relação ao próprio gênero.

Antes que a semana terminasse, Cassandra seria uma pária.

– Por que o editor concordaria em publicar uma coisa dessas? – perguntou Tom, irritado, empurrando o jornal de volta para St. Vincent. – É uma difamação, pelo amor de Deus.

– Sem dúvida, ele está apostando no fato de que a família de Cassandra não vai querer submetê-la à provação de uma ação judicial. Além disso, é possível que esse "Anônimo" tenha algum tipo de poder sobre o editor ou sobre o proprietário do jornal.

– Vou descobrir quem escreveu a coluna – afirmou Tom.

– Não – disse St. Vincent na mesma hora. – Não se intrometa nesse assunto. Vou transmitir sua oferta de apoio aos Ravenels. Tenho certeza de que apreciarão muito. Mas cabe à família decidir como lidar com a situação.

O recepcionista se aproximou com o casaco de St. Vincent e o ajudou a vestir enquanto Tom pensava sobre o assunto.

Ele não poderia ficar parado e não fazer nada. Alguma coisa dentro de si parecera se libertar de uma jaula e não se deixaria prender novamente até que o mundo pagasse por magoar Cassandra.

Quando ele pensava no que ela poderia estar sentindo, em como devia estar assustada, furiosa e magoada, uma emoção estranha e terrível o dominava. Queria Cassandra em seus braços. Queria protegê-la de todo aquele horror.

O problema é que ele não tinha o direito de fazer nada no que dizia respeito a ela.

– Não vou interferir – declarou Tom rispidamente. – Mas quero a sua palavra de que vai me avisar se houver algo que eu possa fazer. Por menor que seja.

– Farei isso.

– Está indo vê-los agora?

– Sim. Vou buscar minha esposa e levá-la para a casa Ravenel. Ela vai querer ficar com Cassandra. – St. Vincent parecia ao mesmo tempo furioso e cansado do mundo. – Pobre moça. Nunca foi segredo para ninguém que o que Cassandra mais deseja é uma vida convencional. E bastaram algumas palavras maldosas para Lambert praticamente arruinar as chances dela de conseguir isso.

– Não quando esse boato for exposto como uma mentira descarada.

St. Vincent sorriu cinicamente.

– Não se pode matar um boato assim, Severin. Quanto mais fatos você apresenta para rebater uma mentira, mais as pessoas insistem em acreditar nela.

CAPÍTULO 14

Ser humilhada publicamente, pensou Cassandra, entorpecida, era como se afogar em águas profundas. Depois de desaparecer da superfície, você continua afundando.

Já haviam se passado 24 horas desde que Pandora e Gabriel estiveram na casa Ravenel. Normalmente, a visita inesperada teria sido uma deliciosa surpresa, mas no momento em que Cassandra vira o rosto muito pálido da irmã, soubera que alguma coisa muito errada estava acontecendo. Errada de um modo capaz de mudar o rumo de uma vida.

Eles haviam se reunido na sala de estar da família, com Kathleen e Devon sentados um de cada lado de Cassandra. Pandora, agitada demais para se sentar, ficou andando de um lado para outro, parando apenas de vez em quando para soltar exclamações indignadas, enquanto Gabriel explicava cuidadosamente a situação.

Quando conseguiu assimilar o que lorde Lambert fizera, Cassandra ficou gelada de choque e medo. Devon lhe serviu um conhaque e insistiu para que bebesse, as mãos grandes dele se fechando ao redor das dela para manter o copo firme enquanto Cassandra levava a bebida à boca.

– Você tem família – disse Devon, com firmeza. – Tem muitas pessoas que amam você e irão defendê-la. Vamos enfrentar isso juntos.

– Vamos começar matando lorde Lambert! – gritou Pandora, ainda pisando firme pela sala. – Da forma mais lenta e dolorosa possível. Vamos picá-lo em pedacinhos.

Enquanto a irmã gêmea continuava a esbravejar, Cassandra se abrigou nos braços de Kathleen e sussurrou:

– Seria como tentar dissipar uma fumaça. Não há como vencer.

– Lady Berwick, mais do que ninguém, poderá nos ajudar – garantiu Kathleen, com calma. – Ela será capaz de angariar simpatia e apoio das amigas, todas matronas influentes na sociedade, e vai nos aconselhar em relação à melhor forma de enfrentarmos essa tempestade.

Porém, como a maior parte das tempestades, aquela deixaria destroços pelo caminho.

– Conte com o apoio da minha família – garantiu Gabriel. – Eles não vão tolerar nenhuma ofensa contra você. E providenciarão o que for necessário.

Cassandra agradeceu com um sorriso forçado e preferiu não lembrar ao cunhado que, por mais poderosos que fossem o duque e a duquesa, não conseguiriam obrigar as pessoas a correrem o risco de arruinar a própria reputação envolvendo-se com a história dela.

Cassandra bebericou o conhaque até o fim enquanto o restante do grupo debatia o que fazer. Todos concordaram que Devon convocaria Ethan Ransom para que encontrasse lorde Lambert, provavelmente desaparecido depois do estrago que causara. St. Vincent iria até a redação do *London Chronicle* pela manhã e pressionaria o editor a revelar a identidade do colunista anônimo. Kathleen mandaria chamar lady Berwick, que organizaria uma estratégia para contra-atacar os rumores nocivos.

Embora Cassandra tentasse prestar atenção, uma onda de exaustão se abateu sobre ela. Sentia-se fraca, a cabeça e os ombros curvados.

– Cassandra está se sentindo "desanimenta" – anunciou Pandora. – Precisa descansar.

Kathleen e Pandora a acompanharam até o andar de cima enquanto Devon e Gabriel continuavam a conversar na sala.

– Não quero soar como uma coitadinha – comentou Cassandra, ainda entorpecida, sentando-se diante da penteadeira enquanto Kathleen escovava seus cabelos –, mas não consigo saber o que fiz para merecer isso.

– Você não merece isso – afirmou Kathleen, encontrando o olhar da outra através do espelho. – Como já sabe, a vida é injusta. Você teve o azar de despertar o interesse de lorde Lambert, e não tinha como saber o que ele seria capaz de fazer.

Pandora se ajoelhou ao lado da cadeira da irmã.

– Posso passar a noite aqui? Não quero ficar longe de você.

A frase fez um breve sorriso surgir nos lábios secos de Cassandra.

– Não há necessidade. O conhaque vai me fazer dormir. Agora só quero descansar. Mas vou precisar vê-la amanhã.

– Estarei de volta bem cedo pela manhã, então.

– Você tem seu trabalho – argumentou Cassandra.

Pandora havia criado sua própria empresa de jogos de tabuleiro e estava no processo de equipar uma pequena fábrica, visitando fornecedores.

– Venha mais tarde, no final do dia, depois que já tiver cuidado de suas responsabilidades – acrescentou para a irmã.

– Estarei aqui na hora do chá. – Pandora examinou Cassandra mais detidamente e comentou: – Você não está reagindo como imaginei. Eu estava aqui chorando e gritando, e você tão quieta...

– Tenho certeza de que vou chorar em algum momento. Mas agora só estou me sentindo enjoada e deprimida.

– Devo ficar quieta também? – perguntou Pandora.

– Não, de forma alguma. É como se você estivesse chorando e gritando por mim enquanto eu ainda não consigo fazer isso.

Pandora pressionou o rosto contra o braço de Cassandra.

– É para isso que servem as irmãs.

A atmosfera na casa na manhã seguinte estava sinistramente calma. Devon saíra e Kathleen estava ocupada escrevendo uma avalanche de bilhetes e cartas, angariando o apoio dos amigos à espera do escândalo que se avizinhava. Os criados se mantinham excepcionalmente calados, Napoleão e Josephine pareciam apáticos, e não havia nem os sons usuais do tráfego na rua. Era como se alguém houvesse morrido.

De certa forma, era o que tinha acontecido. Cassandra havia acordado em uma nova vida, com um futuro diferente. Ainda teria que descobrir de que maneiras tudo mudara e qual seria a extensão da sua humilhação pública. Mas, independentemente de como as pessoas a tratassem, ela precisava admitir a própria responsabilidade em toda aquela confusão. Afinal, ela era ao menos parcialmente culpada. Era por *esse* motivo que lady Berwick tinha tantas regras.

Todos os pequenos flertes e beijos roubados de que Cassandra desfrutara no passado agora eram vistos sob uma nova luz. Na época, tudo parecera só uma diversão inocente, mas ela brincara com fogo. Se tivesse ficado em segurança ao lado de seus acompanhantes e se comportado com decoro, lorde Lambert jamais teria conseguido levá-la para um canto e assediá-la.

Enquanto se vestia com a ajuda da camareira, Cassandra pensou, em seu humor soturno, que o único benefício de estar arruinada era ter perdido o apetite. Talvez finalmente eliminasse os quilos que a atormentavam desde o início do verão.

Quando a hora do chá se aproximou, Cassandra desceu a escada com ansiedade, pois sabia que Pandora logo chegaria. O chá do fim da tarde era um ritual sagrado para os Ravenels, fosse em Hampshire ou em Londres. Ali, na casa Ravenel, ele era servido na enorme biblioteca, um cômodo comprido e espaçoso, retangular, com metros e metros de estantes de mogno e conjuntos aconchegantes de sofás e poltronas em todos os cantos.

Cassandra diminuiu o passo quando se aproximou da biblioteca e ouviu o tom enérgico de lady Berwick misturado à voz mais baixa de Kathleen. Deus do céu... encarar lady Berwick seria a pior parte de todo aquele desastre. Ela seria dura e faria muitas críticas, estaria desapontadíssima...

O rosto de Cassandra ardia de vergonha quando ela atravessou o umbral da porta e espiou dentro da biblioteca.

– ... no meu tempo, teria havido um duelo – dizia lady Berwick. – Se eu fosse homem, já o teria desafiado.

– Por favor, não diga isso perto do meu marido – pediu Kathleen em tom irônico. – Esse estímulo não seria nada bom. Ele é civilizado apenas na aparência.

Cassandra entrou, hesitante, na biblioteca e fez uma mesura para lady Berwick.

– Madame – disse em uma voz engasgada –, eu lamento tanto, eu... – Ela sentiu a garganta se fechar e não conseguiu continuar.

Lady Berwick deu uma palmadinha no lugar ao seu lado no sofá, convidando Cassandra a se sentar. A jovem obedeceu e se forçou a encontrar os olhos da outra, esperando ver reprovação e censura. Mas, para sua surpresa, os olhos em tom de aço tinham uma expressão gentil.

– Estamos lidando com um ser desprezível, minha cara – disse lady Berwick calmamente. – Você não tem culpa. Sua conduta não foi pior do que a de qualquer outra jovem na sua posição. Na verdade, foi melhor do que a da maioria, e nisso incluo as minhas duas filhas.

Cassandra teria se permitido chorar, mas sabia que aquilo deixaria a mulher à sua frente muito desconfortável, já que ela prezava demais o autocontrole.

– Eu fui a responsável pelo que está acontecendo – falou Cassandra, humildemente. – Não deveria ter passado por cima de nenhuma das suas regras, nem por um segundo.

– E lorde Lambert não deveria ter abandonado *qualquer* semelhança com a conduta de um cavalheiro! – exclamou lady Berwick, com uma indignação gelada. – O comportamento dele foi vil. Todas as minhas amigas e confidentes da sociedade concordam com isso. Além do mais, todas sabem que postura espero que assumam no que se refere a Lambert. – Depois de uma pausa hesitante, ela completou: – No entanto, isso não será o bastante.

– Para salvar a minha reputação, a senhora diz? – conseguiu perguntar Cassandra.

Lady Berwick assentiu.

– Vamos falar sem rodeios... Você está com um problema sério, minha cara. Algo precisa ser feito.

– Será que vale a pena considerar uma viagem ao exterior? – sugeriu Kathleen com cautela. – Poderíamos mandar Cassandra para os Estados Unidos. Temos conhecidos em Nova York por parte da família de lorde St. Vincent. Tenho certeza de que a acolheriam pelo tempo que fosse necessário.

– Isso esfriaria o calor do escândalo – concordou lady Berwick –, mas Cassandra seria uma ninguém quando voltasse. Não, não temos como fugir. Ela precisa da proteção de um marido com um nome respeitado. – A dama torceu os lábios, pensativa. – Se St. Vincent estiver disposto a abordar delicadamente o amigo lorde Foxhall e apelar para o seu senso de cavalheirismo... Creio que o rapaz havia demonstrado interesse em Cassandra, antes disso...

– Por favor, não – gemeu Cassandra, sentindo uma onda de humilhação se abater sobre ela.

– ... e se Foxhall não a quiser – continuou lady Berwick, sem se deter –, talvez o irmão mais novo dele a aceite.

– Não consigo suportar a ideia de implorar a alguém que se case comigo por pena – disse Cassandra.

A mulher mais velha encarou-a com uma expressão implacável.

– Por maior que seja a ênfase empregada em proclamar sua inocência e denunciar Lambert como um canalha, ainda assim sua posição é extremamente delicada. De acordo com minhas fontes, você foi vista se esgueirando para fora do salão de baile com ele. Estou tentando salvá-la, tentando evitar que você seja condenada ao ostracismo pela boa sociedade. Portanto, minha menina, se você não se casar imediatamente, vai criar dificuldades indizíveis para sua família e para seus amigos. Onde quer que vá, haverá cochichos e maledicência. Vai acabar saindo cada vez menos, para evitar se constranger e se magoar, até se tornar prisioneira em sua própria casa.

Cassandra ficou em silêncio, deixando que a conversa continuasse sem ela. Ficou aliviada ao ver Helen e Winterborne chegarem, os dois solidários e atenciosos. Logo depois, Devon entrou com Pandora e St. Vincent. Ela se sentiu reconfortada por estar cercada pela família, pessoas que queriam o seu bem, dispostas a fazer o que fosse preciso para ajudá-la.

Infelizmente, as notícias não eram muito animadoras. Devon contou que Ethan Ransom estava dedicado a encontrar lorde Lambert, cujo paradeiro continuava desconhecido até aquele momento.

– O que Ethan vai fazer quando encontrá-lo? – perguntou Cassandra.

– Não há muito que ele possa fazer – admitiu Devon –, mas, no mínimo, vai deixá-lo apavorado.

– Se é que isso é possível – comentou Cassandra, achando difícil visualizar Lambert, tão arrogante, apavorado com qualquer coisa.

Winterborne falou então, já que conhecia Ethan havia mais tempo que os demais:

– Quando Ransom trabalhava como agente do governo – comentou, a voz contida –, era ele que mandavam para assustar os terroristas.

Aquilo fez Cassandra se sentir um pouco melhor.

Devon voltou a atenção para lorde St. Vincent.

– Como foi com o *London Chronicle*? Conseguiu descobrir quem escreveu aquilo?

– Ainda não – admitiu St. Vincent. – Tentei subornar, disse que entraria com uma ação e cheguei até a ameaçar causar danos físicos, mas o editor-chefe o tempo todo recorreu à "liberdade de imprensa" para se manter em silêncio. Vou continuar pressionando até ele ceder, mas levará algum tempo.

– Como se "liberdade de imprensa" desse o direito a alguém de cometer um crime de difamação! – exclamou Helen, indignada.

– Difamação é algo difícil de se provar – disse Winterborne, segurando a mão da esposa e acariciando seus dedos. – Se uma opinião publicada não está deliberadamente baseada em uma adulteração do fato, não é difamação. Quem quer que tenha escrito a coluna teve muito cuidado na escolha das palavras.

– Obviamente foi lorde Lambert quem escreveu – acusou Pandora.

– Eu não teria tanta certeza disso – comentou Helen, pensativa. – O texto não tem o tom de uma pessoa jovem. É mais como uma reprimenda... um sermão... quase como um pai ou uma mãe aborrecidos.

– Ou uma acompanhante – acrescentou Pandora, sorrindo para lady Berwick, que retribuiu o sorriso com um olhar severo.

– Mas quem escolheria Cassandra como bode expiatório? – perguntou Kathleen.

Lady Berwick balançou a cabeça.

– Não consigo pensar em ninguém. Que eu saiba, Cassandra não tem inimigos.

O chá e as travessas de guloseimas chegaram: bolinhos de limão, minissanduíches, *scones* de groselha e muffins torrados com geleia. Cassandra considerou brevemente a possibilidade de pegar um bolinho, mas teve medo de não conseguir engolir sem engasgar.

Estavam no meio do chá quando o mordomo apareceu na porta e anunciou uma visita.

– Milorde, o marquês de Ripon.

A sala caiu abruptamente em silêncio.

Cassandra sentiu a xícara e o pires tremerem.

Lady Berwick na mesma hora tirou ambos das mãos dela.

– Respire fundo e fique calma – murmurou junto ao ouvido de Cassandra. – Você não precisa dizer nada a ele.

Devon se levantou para receber o marquês, que entrou com o chapéu e as luvas na mão, indicando que não se demoraria caso sua presença não fosse desejada.

– Ripon – disse, em um tom severo –, que visita inesperada.

– Perdoe-me, Trenear. Não tenho a intenção de ser invasivo. No entanto, à luz dos acontecimentos mais recentes, senti necessidade de falar com você o mais rápido possível.

O marquês parecia muito sério, a voz despida do tom zombeteiro de outrora. Cassandra arriscou um olhar para ele. Ripon tinha uma beleza que lembrava uma águia, o corpo esguio e elegantemente vestido, os cabelos negros com fios grisalhos.

– Vim para lhes dizer que condeno totalmente as ações do meu filho – falou. – Fiquei atônito e furioso quando soube de sua conduta. Nada na criação que dei a ele explica ou justifica isso. E também não consigo imaginar por que ele falaria de forma tão imprudente a respeito do assunto.

– Eu sei por quê – interrompeu Pandora, acalorada. – Ele deu início a um boato por despeito, porque minha irmã não o quis.

Ripon olhou diretamente para Cassandra.

– Humildemente peço perdão pelo comportamento dele.

Cassandra assentiu brevemente, ciente de que o marquês não era um homem que se humilhava com frequência por qualquer razão.

Lady Berwick se manifestou, em um tom gélido:

– Seria melhor, Ripon – disse –, que seu filho mesmo se desculpasse.

– Sim – disse o marquês, contrito. – Infelizmente, não faço ideia do paradeiro dele. Tenho certeza de que está com medo da minha reação.

– E quanto à coluna no *Chronicle*, Ripon? – perguntou St. Vincent, encarando-o com um olhar atento. – Quem acha que escreveu?

– Não sei nada a respeito – disse Ripon –, a não ser que foi indesculpável. – A atenção dele se voltou para Devon. – Para mim, a questão fundamental é como ajudar lady Cassandra. A reputação dela foi prejudicada... mas talvez o dano não seja irreversível. – O marquês ergueu as mãos como se antecipasse uma saraivada de objeções. – Permitam-me explicar. Lady Cassandra, se eu colocasse meu filho à sua frente, arrependido e profundamente envergonhado...

– Não – disse Cassandra, a voz muito tensa. – Não tenho interesse nele. Nunca mais quero voltar a vê-lo.

– Foi o que imaginei. Nesse caso, há outro candidato que gostaria que considerasse: eu mesmo. – Diante da surpresa dela, Ripon continuou, com cautela: – Sou viúvo. Já há algum tempo venho procurando por alguém com quem eu possa compartilhar o tipo de felicidade que tive com minha falecida esposa. Acho a senhorita ideal de todas as maneiras. Casar-se comigo restauraria sua reputação e a colocaria em um lugar de destaque na sociedade. A senhorita seria a mãe dos meus futuros filhos e senhora de uma grande propriedade. Eu seria um marido generoso. Minha esposa era uma mulher feliz... qualquer um que a tenha conhecido pode confirmar isso.

– E como eu poderia me tornar madrasta de lorde Lambert? – perguntou Cassandra, revoltada.

– A senhorita nunca mais precisaria vê-lo. Eu o baniria completamente da minha propriedade se fosse esse o seu desejo. Sua felicidade e seu conforto estariam acima de qualquer outra coisa.

– Milorde, eu não poderia...

– Por favor – interrompeu Ripon com gentileza –, não me responda ainda. Peço que me dê a honra de considerar a ideia por algum tempo.

– Ela fará isso – disse lady Berwick sem rodeios.

Cassandra a olhou de relance, em um protesto tácito, mas conseguiu se manter em silêncio. Devia a lady Berwick o respeito de não contradizê-la na frente de outras pessoas. Mas sabia exatamente o que a outra mulher estava pensando. Aquela oferta, de um homem daquele porte, não era algo a ser recusado sumariamente.

– Estou solitário há muito tempo, lady Cassandra – voltou a falar Ripon, em voz baixa. – Sinto falta de poder cuidar de alguém. A senhorita traria muita alegria à minha vida. Tenho certeza de que a diferença de idade entre nós a deixará em dúvida, mas há vantagens em se ter um marido maduro. Se a senhorita fosse minha esposa, qualquer obstáculo, qualquer dificuldade no caminho deixariam de existir.

Mais uma vez, Cassandra olhou de relance para lady Berwick, que ergueu as sobrancelhas de forma quase imperceptível, como se dissesse: *Está vendo? Ele não é tão ruim assim, no fim das contas.*

– A senhorita terá muitas dúvidas e preocupações, é claro – voltou a falar o marquês. – No momento em que desejar falar comigo, virei imediatamente. Nesse meio-tempo, farei tudo que estiver ao meu alcance para defender publicamente sua honra.

Uma nova voz entrou na conversa.

– Ora. Essa seria uma mudança revigorante.

Cassandra sentiu uma pontada aguda no coração quando voltou os olhos para a porta, onde Tom Severin estava parado.

CAPÍTULO 15

O mordomo, que estivera esperando a oportunidade para anunciar o recém-chegado, estava claramente aborrecido por Severin ter se adiantado antes que ele pudesse fazer seu trabalho da forma correta.

– Milorde – falou, dirigindo-se a Devon –, o Sr. Severin.

Ao contrário do marquês, Tom já havia dispensado o chapéu e as luvas, como se pretendesse se demorar algum tempo.

Devon foi até ele, bloqueando habilmente o caminho do outro homem.

– Severin... agora, não. Estamos lidando com uma questão de família. Vamos nos encontrar mais tarde e eu explicarei...

– Ah, você vai me querer aqui – garantiu Tom, despreocupadamente, e se desviou de Devon para entrar na biblioteca. – Boa tarde a todos. Ou boa noite, devo dizer. Estão tomando chá? Fantástico. Eu aceitaria uma xícara.

Devon se virou para encará-lo com a testa franzida, a expressão perplexa de quem está se perguntando o que o amigo estaria aprontando.

Tom parecia relaxado e extremamente confiante, um homem pensando cinco passos à frente de qualquer outro. A impressão sedutora de perigo, a volatilidade oculta sob a fachada fria ainda estavam ali.

Cassandra o encarou, fraca de desejo, mas Tom não retribuiu o olhar.

– Sr. Severin – perguntou Kathleen, em um tom agradável, enquanto pegava uma xícara e um pires da bandeja do chá –, como prefere o seu chá?

– Com leite, sem açúcar.

Devon começou a fazer as apresentações.

– Lorde Ripon, gostaria de lhe apresentar...

– Não é necessário – disse Tom, casual. – Já nos conhecemos. Por acaso, Ripon tem assento em um comitê seleto que outorga contratos a construtores de ferrovias. Estranhamente, os contratos mais lucrativos costumam ir para uma companhia na qual ele tem grandes investimentos.

Ripon o encarou com frio desdém.

– Como ousa colocar em dúvida a minha integridade?

Tom reagiu com surpresa zombeteira.

– Imagine. Pareceu uma crítica? Minha intenção era que soasse como um elogio. Suborno combina tão bem com serviço público... Como um bordeaux com uma carne maturada. Tenho certeza de que eu não conseguiria resistir à tentação mais do que você.

Lady Berwick se dirigiu diretamente a Tom, indignada:

– Meu jovem, você não apenas é uma distração indesejada neste momento, como tem os modos de um bode.

O comentário fez Tom abrir um sorriso radiante.

– Peço que me perdoe, milady, e peço também sua paciência por um ou dois minutos. Tenho uma boa razão para estar aqui.

Lady Berwick bufou e continuou a encará-lo com desconfiança.

Depois de pegar a xícara de chá que Kathleen lhe entregou e recusar o pires, Tom apoiou o ombro contra o console da lareira. A luz do fogo brincava com seus cabelos curtos enquanto ele corria os olhos pela biblioteca.

– Imagino que o assunto do sumiço de lorde Lambert já tenha sido levantado – falou. – Alguma notícia?

– Ainda não – respondeu Winterborne. – Ransom despachou alguns homens para encontrá-lo.

Cassandra suspeitava que Tom soubesse de alguma coisa que mais ninguém sabia. Ele parecia estar em uma espécie de jogo de gato e rato.

– Tem alguma informação do paradeiro dele, Sr. Severin? – perguntou ela com a voz trêmula.

Tom a encarou diretamente então, e a fachada de descontração desapareceu na mesma hora. Como uma flecha incandescente, o olhar intenso e preocupado pareceu atravessar o torpor que a dominara nas últimas 24 horas.

– Não, meu bem – respondeu ele com gentileza, como se não houvesse mais ninguém no cômodo.

O termo carinhoso provocou alguns arquejos audíveis, inclusive da própria Cassandra.

– Sinto muito pelo que Lambert lhe fez – continuou Tom. – Não há nada mais repulsivo do que um homem que força suas atenções sobre as mulheres. O fato de ele tê-la difamado publicamente prova que, além de assediador, o sujeito é um mentiroso. Não consigo pensar em duas características mais desgraçadas em um homem.

A expressão no rosto de Ripon agora era sombria.

– Ele é melhor do que você em todos os aspectos – declarou o marquês, irritado. – Meu filho cometeu um erro, mas ainda é o *crème de la crème*.

Tom torceu os lábios.

– Eu diria que nesse caso o creme azedou.

Ripon voltou-se para Devon:

– Vai permitir que ele fique cantando de galo em cima do seu próprio monte de estrume?

Devon lançou um olhar vagamente exasperado a Tom.

– Severin, poderia ir direto ao ponto?

Obedientemente, Tom bebeu o restante do chá em dois goles e continuou:

– Depois de ler aquele lixo calunioso no *Chronicle*, fiquei intrigado. Lorde Lambert já havia feito bastante estrago com o boato que espalhara... por que exagerar escrevendo uma coluna social a respeito também? Não havia necessidade. Mas, se não foi ele que escreveu, quem foi? – Ele pousou a xícara vazia em cima do console da lareira e caminhou tranquilamente ao redor da biblioteca enquanto falava. – Cheguei a uma teoria: depois de descobrir que o filho havia destruído qualquer chance de ter a sua mão, lady Cassandra, lorde Ripon decidiu tirar vantagem da situação. Ele nunca fez segredo do desejo de se casar de novo, e a senhorita é a candidata ideal. Mas, para conseguir seu intento, primeiro Ripon precisava destruir completamente sua reputação e lhe deixar pouquíssimas alternativas práticas. Depois de fazê-la se rebaixar bastante, ele se adiantaria e se apresentaria como a melhor solução.

O silêncio pairou sobre a biblioteca. Todos olharam para o marquês, que estava muito vermelho.

– Você está louco – disse ele, furioso. – Sua teoria é podre, além de ser um insulto à minha honra. Jamais será capaz de provar isso.

Tom olhou para St. Vincent.

– Presumo que o editor do *Chronicle* tenha se recusado a divulgar a identidade do autor da coluna.

St. Vincent pareceu abatido.

– Categoricamente. Terei que encontrar um modo de motivá-lo a falar sem fazer com que toda a imprensa britânica saia em sua defesa.

– Sim – concordou Tom, pensativo, batendo com a ponta do dedo no lábio inferior –, eles tendem a ser obstinados em relação a proteger as fontes.

– Trenear – disse lorde Ripon entre dentes –, poderia fazer a gentileza de colocar esse homem para fora?

– Vou sair por conta própria – afirmou Tom, casualmente, virando-se como se fosse sair, mas então parou como se algo acabasse de lhe ocorrer.

– Embora... como seu amigo, Trenear, fico desapontado por você não ter perguntado sobre o meu dia. Faz parecer que você não se importa.

Antes que Devon pudesse responder, Pandora se adiantou:

– Eu perguntarei – voluntariou-se ela, ansiosa. – Como foi o seu dia, Sr. Severin?

Tom deu um breve sorriso na direção dela.

– Cheio. Depois de seis horas profundamente tediosas de negociações de trabalho, fiz uma visita ao editor-chefe do *London Chronicle*.

St. Vincent ergueu as sobrancelhas.

– Após eu já ter me encontrado com ele?

Tom tentou parecer contrito ao responder:

– Sei que você havia me dito para não fazer isso, mas eu tinha argumentos que lhe faltavam.

– Ah, é?

– Eu disse a ele que o dono do jornal o demitiria e o jogaria na sarjeta se ele não me desse o nome do colunista anônimo.

St. Vincent o encarou, confuso.

– Você blefou?

– Não. Foram sobre isso as tediosas negociações de que falei. Sou o novo proprietário do jornal. E, por mais que o editor-chefe pareça ser um fiel advogado da liberdade de imprensa, também é fiel defensor de manter o próprio emprego.

– Você simplesmente comprou o *London Chronicle* – disse Devon, devagar, para garantir que não havia entendido errado. – Hoje.

– Ninguém seria capaz de fazer isso em menos de 24 horas – zombou Ripon.

Um sorriso lento se abriu no rosto de Winterborne.

– Ele seria – disse, indicando Tom com um movimento de cabeça.

– Eu comprei o *Chronicle* – confirmou Tom, puxando distraidamente um fio do punho da camisa. – Bastou um acordo preliminar de compra e uma boa quantidade de dinheiro. Sei que não será surpresa para você, Ripon, que o editor tenha dado o seu nome como o autor anônimo da coluna.

– Eu nego! Vou denunciar esse editor! E você!

Tom pegou um pedaço de papel dobrado em um bolso interno do paletó e ficou olhando para ele, pensativo.

– A substância mais perigosa na face da Terra é a celulose transformada em folhas finas. Eu preferiria encarar uma lâmina de aço a certos pedaços de papel. – Ele inclinou ligeiramente a cabeça e seus olhos se fixaram no marquês. – Eis a coluna original – disse com um floreio do papel. – Com a sua letra.

No silêncio sufocado que se seguiu, Tom olhou para a folha em sua mão.

– Tenho muitos planos interessantes para o meu jornal – anunciou. – Amanhã, por exemplo, vamos publicar uma matéria especial sobre como um nobre sem princípios conspirou com seu filho mimado para arruinar o nome de uma jovem inocente, por depravação e cobiça. Já coloquei meu editor para trabalhar nisso. – Tom lançou um olhar zombeteiro para o marquês. – Pelo menos agora o escândalo será recíproco.

– Vou processá-lo por calúnia e difamação! – gritou lorde Ripon, as veias do rosto saltando, e saiu intempestivamente da biblioteca.

O grupo permaneceu sentado em um silêncio estupefato por cerca de trinta segundos.

Depois de soltar o ar lentamente, Devon se aproximou de Tom e apertou a mão dele, emocionado.

– Obrigado, Severin.

– Isso não vai conseguir reverter todo o dano que já foi feito – disse Tom, sério.

– Mas, por Deus, vai ajudar.

– Qualquer tipo de publicidade é de péssimo gosto – comentou lady Berwick, com severidade, encarando Tom. – Seria melhor se o senhor ficasse em silêncio e não publicasse nenhuma história sobre Cassandra.

Helen se manifestou, então, com a voz contida:

– Perdoe-me, madame, mas imagino que iremos querer que a verdade seja propagada tão amplamente quanto foram as mentiras.

– Isso só vai atiçar a controvérsia – argumentou lady Berwick.

Tom olhou para Cassandra. Algo em sua expressão provocou uma pontada de calor dentro dela.

– Farei o que a senhorita me disser para fazer – declarou ele.

Ela mal conseguia pensar. Era difícil concatenar que Tom estava ali, mais poderoso do que nunca, que ele não havia se esquecido dela, que fizera tudo aquilo para defendê-la. O que significava isso? O que ele queria?

– Publique, por favor – balbuciou Cassandra. – O senhor...

– Sim? – perguntou Tom, baixinho, diante da hesitação dela.

– O senhor comprou um jornal... por minha causa?

Ele pensou por um longo momento antes de responder. Então sua voz saiu em um tom que ela jamais ouvira, baixa e até mesmo um pouco trêmula.

– Não há limites para o que eu faria por você.

Cassandra ficou sem fala.

Sentada ali, em um silêncio impotente, ela percebeu que, pela primeira vez, mais ninguém na família sabia o que fazer também. Estavam todos perplexos com a declaração de Tom, ao mesmo tempo que se davam conta do motivo pelo qual ele estava ali.

Quando Tom examinou a sequência de rostos confusos diante dele, um sorriso torto e meio constrangido curvou seus lábios. Ele enfiou as mãos nos bolsos e andou um pouco pela biblioteca.

– Eu gostaria de saber – se aventurou a dizer depois de uma pausa – se seria possível que lady Cassandra e eu...

– De forma alguma – interrompeu lady Berwick com firmeza. – Chega de conversas sem acompanhante com... cavalheiros.

A pausa deliberada antes da última palavra deixava claro que ela tinha dúvida se o termo se aplicava a ele.

– Severin – disse Devon, a expressão implacável –, Cassandra já enfrentou o bastante por um dia. Seja o que for que deseja dizer a ela, pode esperar.

– Não – falou Cassandra, ansiosa.

Ela conhecia muito bem a opinião de Devon sobre Tom – que, apesar de ser um amigo de valor, não seria um marido aceitável. Mas, depois do que Tom acabara de fazer por ela, não poderia permitir que a família o mandasse embora tão abruptamente... seria rude e ingrato. E, embora ainda se lembrasse da análise que Devon fizera do caráter de Tom, ela não concordava com isso no momento.

Ao menos não inteiramente.

Tentando soar o mais digna possível, Cassandra voltou a falar:

– Ao menos me permitam agradecer ao Sr. Severin por sua gentileza.

Ela lançou um olhar suplicante a Kathleen pelas costas de lady Berwick.

– Talvez – sugeriu Kathleen, diplomaticamente – Cassandra e o Sr. Severin pudessem conversar no outro canto da biblioteca enquanto permanecemos aqui.

Lady Berwick concordou com um aceno relutante de cabeça.

Devon deixou escapar um suspiro baixo.

– Sem objeções – murmurou.

Cassandra se ergueu, sentindo os joelhos bambos, e ajeitou as pregas da saia. Então seguiu com Tom até o outro extremo da biblioteca, onde fileiras de janelas altas ladeavam uma porta de vidro que se abria para uma entrada lateral da casa.

Tom levou-a para um canto, onde a luz fraca do céu acinzentado entrava pelas janelas. Ele pousou os dedos suavemente no braço dela, logo acima do cotovelo, com uma pressão delicada que Cassandra mal sentiu através da manga.

– Como está? – perguntou Tom com gentileza.

Se ele tivesse começado a falar de qualquer outra forma, talvez ela tivesse conseguido manter a compostura. Mas aquela pergunta simples e a intensidade da ternura e da preocupação no olhar dele fizeram dissipar completamente, e rápido demais, o torpor e a náusea que a envolviam até pouco tempo antes. Cassandra tentou responder, mas não conseguiu emitir qualquer som – só conseguia respirar muito rápido, em arquejos profundos. No instante seguinte, para o choque de ambos, e sem dúvida de todos os outros na biblioteca, ela se desfez em lágrimas. Mortificada, levou as mãos ao rosto.

No instante seguinte, Cassandra sentiu Tom puxá-la para um abraço apertado. A voz dele soou baixa e tranquilizadora em seu ouvido:

– Não... não... está tudo bem... calma, minha querida. Pobrezinha...

Ela engasgou com um soluço, o nariz escorrendo.

– L-lenço – balbuciou.

Sabe-se lá como, Tom conseguiu decifrar a palavra abafada. Ele se afastou apenas o bastante para enfiar a mão no casaco e pegar o lenço de linho branco dobrado. Cassandra pegou o lenço, enxugou os olhos e assoou o nariz. Para seu alívio, Tom puxou-a novamente junto ao corpo.

– Realmente precisamos de plateia? – ela o ouviu perguntar, irritado, por cima de sua cabeça.

Depois de um momento, Tom falou "Obrigado", embora não parecesse tão grato assim.

Cassandra deduziu que a família estava saindo da biblioteca e relaxou o corpo contra o dele.

– Você está tremendo – exclamou Tom, baixinho. – Meu bem... você passou por um inferno, não foi?

– F-foi horrível – fungou ela. – Foi tão humilhante... Já fui desconvidada para um jantar e para um baile. Não consigo acreditar que lorde Lambert fez uma coisa tão abominável e espalhou mentiras a meu respeito, e que as pessoas acreditaram nele com tanta facilidade!

– Devo matá-lo para você? – perguntou Tom, parecendo assustadoramente sério.

– Prefiro que não – respondeu Cassandra, chorosa, e assoou o nariz de novo. – Não é gentil matar pessoas, mesmo que elas mereçam, e isso não faria com que eu me sentisse melhor.

– O que a faria se sentir melhor? – perguntou Tom, amistoso e interessado, acariciando-a de leve.

– Isso basta – disse ela, com um suspiro trêmulo. – Só me abrace.

– Pelo tempo que você quiser. Faço qualquer coisa por você. Qualquer coisa mesmo. Estou aqui e vou cuidar de você. Não vou deixar que ninguém lhe faça mal.

Às vezes, uma mulher precisava ouvir certas palavras, mesmo que não acreditasse nelas.

– Obrigada por vir em meu socorro – sussurrou ela.

– Sempre.

O calor dos lábios dele se espalhou pelo rosto dela, absorvendo o gosto de suas lágrimas. Cassandra ergueu a boca cegamente, querendo mais daquela pressão suave e irresistível. Sua respiração saía em suspiros trêmulos quando ela passou a mão ao redor do pescoço dele. O beijo de Tom se encaixou nos lábios dela, carinhoso e provocante, e ele se deleitou profundamente com a reação dela.

Cassandra entrelaçou os dedos nas mechas sedosas dos cabelos de Tom e puxou a cabeça dele para junto da sua, querendo mais força, mais intimidade. Ele cedeu em um beijo tão pleno e voraz que a deixou fraca, o calor pulsando por todo o corpo, chegando à ponta dos dedos dos pés e das mãos. Ela achou que poderia morrer daquilo.

Um tremor percorreu o corpo de Tom. Ele pressionou os lábios contra os cachos desalinhados dos cabelos dela, seu hálito aquecendo-a como jatos de vapor. Cassandra se contorceu, tentando recapturar a boca de Tom, mas ele resistiu.

– Passei tanto tempo querendo você – disse Tom, com a voz rouca. – Não houve ninguém para mim, Cassandra. Desde... não, espere. Antes de tudo que eu diga: você não me deve nada, está bem? Eu teria aproveitado qualquer oportunidade de desmascarar a farsa do marquês de Ripon, aquele mentiroso, mesmo que você não estivesse envolvida.

– Ainda assim me sinto grata – conseguiu dizer Cassandra.

– Pelo amor de Deus, não se sinta grata. – A respiração de Tom estava trêmula. – Eu vou abraçá-la até o fim dos tempos se isso for tudo o que quiser de mim. Mas há muito mais que posso fazer por você... Eu trataria você como a um tesouro. Eu... – Ele se interrompeu e se aproximou tanto que Cassandra teve a sensação de estar se afogando no azul-celeste tropical e no verde-oceano daqueles olhos. – Case-se comigo, Cassandra... e então mandaremos todos eles para o inferno.

CAPÍTULO 16

Enquanto esperava por uma resposta, Tom segurou gentilmente o rosto de Cassandra entre as mãos. Com os polegares, acariciou a pele suave e suas delicadas manchas rosadas causadas pelo choro. Os cílios longos tinham lágrimas nas pontas, como estrelas cintilando.

– Mandar quem para o inferno? – perguntou Cassandra, confusa.

– O mundo. – Naquele momento, ocorreu a Tom que, em matéria de pedidos de casamento, talvez pudesse ter se expressado um pouco melhor. – Me permita reformular... – começou a dizer, mas ela já se afastara.

Tom praguejou baixinho.

Cassandra foi até uma estante próxima e ficou encarando fixamente uma fileira de volumes encadernados em couro.

– Já havíamos chegado a um entendimento de por que o casamento não funcionaria para nós – disse ela, a voz instável.

Tom sabia que Cassandra não estava em condições de ter aquela conversa. Não mesmo. Aliás, ele também não estava. Mas tinha certeza de que esperar não faria nenhum bem a ele, nem a ajudaria em nada.

O cérebro de Tom na mesma hora começou a organizar uma lista de argumentos.

– Acabei chegando à conclusão de que funcionaria para nós. As circunstâncias mudaram.

– Não as minhas – retrucou Cassandra. – Não importa o que aconteceu, ou o que qualquer pessoa diga, o casamento não é minha única escolha.

– Você estava conversando a respeito com Ripon – lembrou Tom, aborrecido.

Ela se virou para encará-lo e esfregou a testa em um gesto breve e cansado.

– Não quero brigar com você. Seria o mesmo que tentar me colocar na frente de uma locomotiva em movimento.

Ao perceber que sua atitude era agressiva demais, Tom suavizou a voz e deixou os braços relaxarem junto ao corpo.

– Não seria uma briga – disse ele, em um tom razoável, inocente mesmo. – Eu só queria ter a mesma chance de defender meus argumentos que você deu a lorde Ripon.

Um dos cantos dos lábios de Cassandra se ergueu em um sorriso relutante.

– Você está tentando soar inofensivo como um cordeiro, mas nós dois sabemos que não é esse o caso.

– Tenho meus momentos de cordeiro – retrucou Tom. Ao ver o olhar incrédulo dela, ele insistiu: – Estou tendo um neste exato momento. Sou cem por cento cordeiro.

Cassandra balançou a cabeça.

– Agradeço sinceramente a oferta, mas não tenho interesse em uma vida acelerada e frenética em uma das maiores cidades do mundo, com um marido incapaz de me amar.

– Não é isso que estou oferecendo – apressou-se a dizer Tom. – Ou, pelo menos, isso não é *tudo* que estou oferecendo. Você deveria ao menos tentar saber mais sobre o que está recusando. – Ao ver as cadeiras abandonadas e o chá posto no outro lado da biblioteca, ele exclamou: – Chá. Vamos tomar chá enquanto exponho alguns pontos que você deve considerar.

Cassandra continuou cética.

– Você só precisa ouvir – persuadiu Tom. – Apenas pelo tempo que levarmos para tomar uma xícara de chá. Pode fazer isso por mim? Por favor?

– Posso – respondeu Cassandra com relutância.

Tom não permitiu qualquer alteração em sua expressão, mas sentiu uma pontada de satisfação. Em acordos de negócio, ele sempre tentava dar um jeito de fazer o outro lado dizer sim o mais cedo e com a maior frequência possível. Isso tornava mais provável que a pessoa fizesse concessões mais tarde.

Foram até o sofá e a mesa baixa. Tom ficou de pé enquanto Cassandra pegava algumas coisas no carrinho de chá. Ela indicou o lugar no sofá onde queria que ele se sentasse e Tom obedeceu na mesma hora.

Cassandra se sentou ao lado dele, arrumou a saia e estendeu a mão para o bule. Com habilidade e uma graciosidade muito feminina, serviu o chá através de uma minúscula peneira de prata, acrescentou leite às xícaras e mexeu com uma colher de prata. Quando o ritual chegou ao fim, Cassandra levou a própria xícara aos lábios e olhou com expectativa para ele por cima da borda. A visão dos olhos úmidos transformou o coração de Tom em caos. Estava muito tenso e ansioso. Cassandra era tudo o que ele mais queria, e, contra todas as possibilidades, estava diante de uma chance de conseguir conquistá-la, se ao menos encontrasse as palavras certas, o argumento certo...

– Uma vez você me disse que seu sonho era ajudar as pessoas – começou Tom. – Como senhora de uma casa, estaria limitada a tricotar meias e gorros para os pobres, e a levar cestas de comida para as famílias locais, o que é muito digno e nobre. Mas, como minha esposa, você poderia alimentar e garantir educação a milhares de pessoas. Dezenas de milhares. Poderia ajudar os necessitados em uma escala que nunca ousou imaginar. Sei que você não se importa com meu dinheiro, mas com certeza se importa com o que ele é capaz de garantir. Se aceitar se casar comigo, talvez não faça parte dos círculos seletos da alta sociedade, mas seu poder político e econômico iria muito além do deles.

Tom fez uma pausa para avaliar a reação de Cassandra. Ela parecia mais perplexa do que entusiasmada enquanto tentava visualizar a vida que ele descrevia.

– E também teria – acrescentou ele em um tom persuasivo – ... sapatos ilimitados.

Cassandra assentiu distraidamente, esticando a mão para pegar um bolo, mas logo recuou.

– Você também teria liberdade – continuou Tom. – Se não se importar com as minhas idas e vindas, eu não me importarei com as suas. Você fará suas próprias regras. Organizará sua própria agenda. Criará nossos filhos como preferir. A casa será o seu território para que a administre como achar melhor.

Ele parou para encará-la, em expectativa.

Nenhuma reação.

– Além do mais – disse Tom –, eu lhe daria todos os benefícios do companheirismo sem as dificuldades do amor. Sem altos e baixos, sem tumulto, sem expectativas não atendidas. Você nunca terá que se preocupar com a hipótese de seu marido não a amar mais ou de ter se apaixonado por outra pessoa.

– Mas eu quero ser amada – declarou Cassandra, a cabeça baixa, o cenho franzido.

– O amor é a pior coisa que pode acontecer com as pessoas nos romances – protestou Tom. – Que bem Heathcliff e toda aquela paixão fervorosa fizeram a Cathy? Veja Sydney Carton... Se ele amasse Lucie um pouco menos, teria esperado até que o marido dela fosse guilhotinado, se casaria com ela e seguiria com sua prática bem-sucedida do direito. Mas não: optou por ser nobre, porque o amor o deixou idiota. E temos também Jane Eyre, uma mulher normalmente sensata mas que, cega pelo amor, acabou deixando de perceber a louca incendiária que corria acima de sua cabeça. Haveria muito mais finais felizes na literatura se ao menos as pessoas parassem de se apaixonar.

Cassandra ficou boquiaberta de surpresa.

– Você andou lendo romances?

– Sim. A questão é que, se você conseguir ignorar esse pequeno detalhe que é minha incapacidade de estabelecer vínculos emocionais com outras pessoas, seríamos muito felizes juntos.

Cassandra ainda estava concentrada nos romances.

– Quantos você leu?

Tom repassou todos mentalmente.

– Dezesseis. Não, dezessete.

– Qual é o seu autor favorito?

Ele pensou a respeito, e foi contando nos dedos.

– Até agora, Charles Dickens ou Júlio Verne, embora Gaskell seja bastante tolerável. As histórias de Austen sobre casamento são tediosas, Tolstói está preocupado com a questão do sofrimento e nada saído de uma pessoa chamada Brontë tem qualquer semelhança com a vida real.

– Ah, mas Jane Eyre e o Sr. Rochester! – exclamou Cassandra, como se o casal fosse a epítome do romance.

– Rochester é um imbecil irracional – disse Tom sem rodeios. – Poderia simplesmente ter dito a verdade a Jane e instalado a esposa em uma clínica decente na Suíça.

Cassandra contraiu os lábios.

– Sua versão da história talvez seja mais sensata, mas não é nem de longe tão interessante. Já tentou os autores americanos?

– Eles escrevem livros? – perguntou Tom, e ficou satisfeito quando Cassandra riu. Ao perceber que agora tinha a atenção irrestrita dela, ele perguntou lentamente: – Por que os romances que eu leio lhe interessam?

– Não sei ao certo. Acho que é porque isso faz você parecer um pouco mais humano. Com toda essa sua conversa sobre negócios e contratos, é difícil...

– Contratos! – exclamou ele, e estalou os dedos.

Cassandra, que havia esticado a mão para pegar um bolinho, se sobressaltou e recolheu a mão mais uma vez. Ela lançou um olhar questionador a Tom.

– Vamos negociar um contrato, você e eu – sugeriu ele. – Um acordo mútuo de expectativas conjugais para usarmos como referência ao longo do caminho.

– Você está querendo dizer... um documento redigido por advogados...?

– Não, não teria qualquer validade legal. Seria só para nosso uso particular. A maior parte do que colocaríamos no papel pareceria pessoal demais aos olhos de qualquer outra pessoa. – Ele tinha a atenção total dela outra vez. – Esse contrato vai nos dar uma ideia melhor de como será o futuro. Pode ajudar a acalmar algumas de suas preocupações. Vamos começar a projetar nossa vida juntos antes mesmo de ela começar.

– Projetar – repetiu Cassandra com uma risadinha, olhando para Tom como se ele fosse um lunático. – Como se estivéssemos construindo um prédio ou uma máquina?

– Exatamente. Um acordo único, só nosso.

– E se um de nós não cumprir o contrato?

– Teremos que confiar um no outro. Essa é a função do casamento. – Ao vê-la lançar outro olhar na direção dos bolinhos, Tom pegou a travessa e colocou diante dela. – Pronto. Quer um?

– Obrigada, mas não. Quero dizer, eu gostaria, mas não posso.

– Por que não?

– Estou tentando reduzir.

– Reduzir o quê?

Cassandra enrubesceu e pareceu irritada, como se ele estivesse sendo deliberadamente obtuso.

– O meu peso.

O olhar de Tom se desviou para o corpo opulento e espetacularmente curvilíneo dela. Ele balançou a cabeça, perplexo.

– Por quê?

Cassandra ficou ainda mais vermelha antes de admitir:

– Ganhei quase 6 quilos desde o casamento de Pandora.

– E qual é o problema? – perguntou Tom, cada vez entendendo menos. – Cada centímetro do seu corpo é lindo.

– Não são todos que acham isso – comentou Cassandra com ironia. – Minhas proporções se expandiram além do ideal. E você sabe como as pessoas comentam quando alguém é menos do que perfeito.

– Por que você não tenta simplesmente não dar importância?

– É fácil para você dizer isso, sendo tão esguio.

– Cassandra – falou Tom, sardônico –, tenho olhos de cores diferentes. Sei bem o que as pessoas dizem quando alguém é menos do que perfeito.

– É outra coisa. Ninguém acha isso um sinal de falta de autodisciplina.

– Seu corpo não é um ornamento destinado ao prazer dos outros. Ele é somente seu e você é magnífica exatamente como está. Se perder ou ganhar peso, vai continuar sendo magnífica. Coma um bolinho se é isso que você quer.

Cassandra parecia totalmente incrédula.

– Você está dizendo que, se eu ganhasse mais 6 quilos, ou mesmo 12, além do que já peso, ainda me acharia desejável?

– Meu Deus, sim – respondeu Tom sem hesitação. – Seja você do tamanho que for, vou apreciar cada curva.

Cassandra o encarou com uma expressão confusa, como se ele tivesse falado em um idioma estrangeiro e ela estivesse tentando traduzir.

– Agora – continuou Tom, bruscamente –, sobre o contrato...

E foi pego totalmente de surpresa quando Cassandra se jogou em cima dele com força o bastante para desequilibrá-lo e fazê-lo cair no canto do sofá. A boca macia dela o devorou e seu corpo se moldou ao dele. A sensação foi tão deliciosa que o paralisou, deixando-o com as mãos paradas no ar por um, dois, três segundos, até seus braços se fecharem ao redor dela. Ainda estupefato, Tom retribuiu o beijo e sentiu a língua delicada de Cassandra se aventurando em sua boca, tocando a parte interna da bochecha. Ele sentiu o membro rijo na mesma hora e se viu dominado por um desejo insano de devorá-la, acariciá-la, beijá-la, sentir todo o corpo dela. Cassandra encaixou o corpo no espaço entre as coxas dele com um movimento instintivo, e Tom não conseguiu reprimir um gemido quando uma onda de prazer quase o fez perder o controle.

Ainda bem que estavam deitados, pois ele não teria conseguido ficar de pé depois daquilo. Um calor intenso se acumulou em seu ventre e se irradiou em ondas por todo o corpo: seria um milagre se aquela situação não terminasse com ele constrangido. Em uma tentativa de recuperar o mínimo de autocontrole, Tom levou a perna direita para cima do sofá e apoiou o pé esquerdo no chão, para se equilibrar. Então deslizou as mãos pelo corpo dela, sentindo as curvas deliciosas através das camadas farfalhantes de tafetá e veludo.

Os preciosos seios brancos como marfim pareciam querer saltar do decote. Tom desceu as mãos cuidadosamente até a altura das costelas dela e ergueu seu corpo alguns centímetros, puxando-a mais para cima. E então pressionou os lábios contra a pele lisa como vidro, porém quente, macia. Deixou a boca roçar a curva sensual dos seios até chegar ao limite do decote. Muito suavemente, Tom mergulhou a ponta da língua na sombra profunda do decote e saboreou o tremor instintivo que a percorreu.

Ele enfiou dois dedos no decote e abaixou um dos lados, revelando mais alguns milímetros do seio farto e um mamilo de um tom rosado lindo, que já começava a ficar rijo no ar frio. Cassandra era tão preciosa, tão sensual... Todo o desejo que Tom já conhecera na vida não era nada comparado àquele anseio que parecia rasgá-lo por dentro a cada respiração. Ele levou a boca ao mamilo exposto, deixando-a sentir a aspereza de seus dentes, o toque aveludado de sua língua. Tom logo estabeleceu um ritmo, sugando e lambendo. E não conseguiu evitar ondular a pélvis para cima em arremetidas sutis e eróticas, roçando toda a extensão do membro rijo contra o peso delicioso do corpo dela. Cassandra era voluptuosa e maravilhosa demais para que ele fosse capaz de ficar deitado completamente imóvel sob o corpo dela.

Em pouco tempo, porém, chegou perto demais do clímax e foi obrigado a parar de se mover. Tom soltou o seio de Cassandra com um gemido de frustração, ofegando pesadamente.

Cassandra também gemeu em protesto.

– Não, por favor... Tom... Estou...
– Desesperada? – perguntou ele. – Febril? Tensa por dentro?
Ela assentiu, engoliu várias vezes e deixou a cabeça cair sobre o ombro dele.
Tom virou a cabeça e roçou os lábios nas têmporas dela. Cassandra tinha cheiro de flores, de sal e de talco úmido. Enfeitiçado e encantado, ele inspirou profundamente aquela combinação de aromas.
– Há duas formas de aplacar isso – murmurou Tom. – Uma delas é esperar.
Em um instante, ele ouviu a voz abafada dela:
– Qual é a outra forma?
Apesar da agonia do desejo pulsante, ele sorriu levemente. Baixou o corpo de Cassandra no sofá até ela estar de lado, encarando-o, e deixou o braço sob o pescoço dela. Então voltou a colar a boca à dela e insinuou delicadamente a língua, acariciando a profundidade macia de sua boca. Tom enfiou as mãos por baixo das camadas pesadas da saia de veludo que Cassandra usava e levantou a parte da frente, até encontrar a forma do quadril coberta por cambraia fina.
Cassandra afastou a boca da dele com um arquejo.
Tom ficou imóvel, as mãos ainda coladas ao quadril dela. Ele fitou o rosto ruborizado, avaliando a disposição dela, e percebeu a respiração acelerada de desejo. Meu Deus, ele mal conseguia se lembrar de como era ser tão inocente.
– Não vou machucar você – disse ele.
– Sim, só... só estou muito nervosa...
Tom se inclinou por cima dela, os lábios traçando os contornos dos malares e percorrendo suavemente todo o rosto.
– Cassandra – sussurrou ele –, tudo o que eu tenho, tudo o que eu sou, está a seu dispor. Você só precisa me dizer o que quer.
O rosto dela ganhou um rubor ainda mais profundo, se é que isso era possível.
– Quero que você me toque – Cassandra se forçou a dizer, timidamente.
Tom acariciou com muito cuidado a cambraia sobre os quadris dela, fez movimentos lentos e circulares com a palma da mão. Cassandra tinha as nádegas cheias e firmes, tão deliciosas quanto um pêssego maduro. Ele teve vontade de mordê-la ali, de pressionar os dentes gentilmente na superfície macia. Mas deixou a mão deslizar para a frente do corpo dela, onde a barra rígida do espartilho marcava seu abdômen. Tom abaixou mais a mão, encontrou a abertura do calção de baixo e passou os dedos levemente pela barra

de renda. Então deixou os nós dos dedos deslizarem por baixo da cambraia e roçarem sua penugem macia, como se por acidente. Cassandra levou um leve susto ao sentir o toque. Ele correu os nós dos dedos com delicadeza ao longo dos pelos, para cima e para baixo, até ouvi-la gemer baixinho. Encorajado, Tom enfiou mais a mão por baixo do calção, envolvendo a linda forma feminina dela. As pontas dos dedos se insinuaram pelas camadas intrincadas e macias do sexo de Cassandra, acariciando para a frente e para trás, entre os lábios, encontrando seu calor... sua maciez... sua umidade.

Tom mal conseguia acreditar que Cassandra estava permitindo que ele a acariciasse de forma tão íntima. Mas continuou a tocá-la com delicadeza, sensível a cada tremor, a cada pulsação da carne vulnerável. Quando encontrou as pétalas mais íntimas, tão sedosas, as beliscou carinhosamente, uma de cada vez. Trêmula, Cassandra virou o rosto contra o ombro dele e juntou os joelhos.

– Não, fique aberta para mim – pediu Tom, e afundou o nariz na depressão sensível atrás da orelha dela.

Hesitante, ela afastou as coxas, permitindo que ele a excitasse e a investigasse com os dedos, até chegar ao calor intenso da entrada mais íntima. Tom acariciou-a gentilmente ali, e Cassandra mordeu o lábio, constrangida ao se dar conta de como estava úmida. Com muito cuidado, ele deslizou o dedo para cima e acariciou o botão parcialmente escondido do clitóris, despertando sensações, mas sem tocá-la completamente onde ela mais queria.

Cassandra fechou os olhos. Um cacho dourado que escapara do penteado e caíra sobre o rosto oscilava a cada inspiração deliciosamente trêmula. Tom foi construindo lentamente o prazer dela, implacável, acariciando a fenda profunda e voltando a subir os dedos. Ele se concentrou na reação dela, adorando o modo como Cassandra respirava com dificuldade, se contorcia e pressionava o corpo contra a mão dele. Tom baixou a cabeça, capturou o bico do seio dela com a boca e mordiscou-o de leve. Cassandra reagiu, empurrando a pélvis cada vez mais para cima em agonia. Ele pressionou a ponta do dedo médio com muita gentileza contra a entrada do corpo dela. Os músculos virginais se contraíram em reação, mas Tom esperou e avançou mais fundo quando sentiu que ela o aceitava. O primeiro nó do dedo afundou gentilmente no canal sedoso. Mais fundo... até o segundo nó do dedo... mais fundo.

A boca de Tom encontrou o outro seio dela e ele beijou o mamilo rijo, usando os dentes e a língua. Seus dedos continuaram a invadi-la, provocando, encontrando lugares que a faziam se contorcer. Cassandra colou os lábios abertos contra o pescoço dele, arquejando e beijando-o febrilmente.

Tom recolheu devagar o dedo, quente e úmido do elixir do corpo feminino, e acariciou o clitóris em movimentos circulares e rítmicos. Em poucos segundos, Cassandra estava sem ar, se contorcendo, próxima do clímax. A boca de Tom encontrou a dela, absorvendo seus gemidos, sugando e lambendo os sons de prazer que ela deixava escapar como se colhesse o mel de uma colmeia.

Um barulho abrupto atravessou a bruma de desejo – uma batida decidida na porta – seguida pelo som da maçaneta sendo girada.

Cassandra deu um gritinho de medo e ficou tensa nos braços dele. Com um grunhido selvagem, Tom rolou o corpo dela para trás do dele, escondendo os seios nus de vista.

– Não... abra... esta... porta! – exclamou, furioso, para o intruso que ainda nem sabia quem era.

CAPÍTULO 17

A porta foi aberta o suficiente para permitir que eles ouvissem a voz de Devon.

– Estamos todos esperando na sala de estar, sem nada para fazer. Vocês já tiveram bastante tempo para conversar.

Apesar do pânico cego de Cassandra, Tom manteve a mão entre as coxas dela, acariciando-a e provocando um espasmo incontrolável após outro. O clímax dela já começara e de jeito algum ele permitiria que fosse arruinado.

– Trenear – disse Tom com uma calma letal –, já tenho muito poucos amigos. Detestaria ter que matá-lo. Mas se você não nos deixar a sós...

– Lady Berwick é quem vai me matar se eu não levar Cassandra comigo para a sala de estar – informou a voz abafada de Devon. – Dada a escolha, prefiro me arriscar com você. Além disso, não se esqueça de que, independentemente do que vocês dois estejam tentando decidir, *nada* vai acontecer sem o meu consentimento. Que é muito improvável, levando-se em consideração o que sei a seu respeito depois de dez anos de amizade.

Era quase impossível para Tom, sempre tão articulado, organizar uma resposta compreensível com Cassandra estremecendo de prazer sob suas mãos. Ela arqueou o corpo, estremeceu mais uma vez e enterrou o rosto contra o paletó dele, para se manter em silêncio. Tom deslizou o dedo mais para dentro dela, deliciando-se com a pressão vigorosa da musculatura interna. Uma onda de calor o atingiu quando ele pensou em estar unido a ela, a sensação da carne de Cassandra pressionando seu membro...

– Ainda não decidimos nada – disse ele a Devon, bruscamente. – Posso precisar do seu consentimento mais tarde, mas, neste momento, o que eu quero é a sua ausência.

– O que Cassandra quer? – perguntou Devon.

Tom estava prestes a responder por ela, mas Cassandra jogou a cabeça para trás, mordeu o lábio após um último estremecimento intenso e falou com uma voz surpreendentemente composta:

– Primo Devon, se puder nos conceder mais cinco minutos...

Houve um breve momento de silêncio.

– Muito bem – disse Devon, fechando a porta.

Cassandra enfiou o rosto contra o peito de Tom, ofegando descontroladamente. Os dedos experientes dele a acalmaram durante os últimos tremores, o polegar acariciando o ponto mais íntimo, o dedo médio ainda penetrando-a fundo. Depois de algum tempo, ele recolheu o dedo e acariciou os pelos macios.

– Sinto muito, minha flor – murmurou ele, abraçando o corpo trêmulo de Cassandra contra o dele. – Você merece tempo, privacidade e consideração em vez de ser acariciada na biblioteca diante de um serviço de chá.

Cassandra o surpreendeu soltando uma risadinha trêmula.

– Eu pedi isso – lembrou a ele. Para a satisfação de Tom, ela estava calma e radiante após o momento de prazer intenso, já sem qualquer sinal de tensão. Cassandra inspirou fundo e soltou o ar lentamente. – Ai, meu Deus – disse ela, com a voz fraca.

Tom não conseguiu se conter e beijou-a de novo.

– Você é a coisa mais doce que já tive em meus braços – sussurrou. – Quero ser a pessoa que lhe dá prazer. A pessoa a quem você busca à noite. – Ele roçou a boca na dela e mordiscou os lábios macios. – Quero preencher você... lhe dar o que precisar, seja o que for. Minha linda Cassandra... me diga o que tenho que fazer para estar com você. Vou aceitar seus termos, sejam eles quais forem. Eu nunca disse isso a ninguém na vida. Eu...

Tom parou de falar, dolorosamente consciente de como suas palavras eram inadequadas. Nada conseguiria transmitir a magnitude do desejo que sentia por Cassandra, a extensão de até onde estaria disposto a chegar por ela.

Cassandra ergueu o corpo e se sentou, os movimentos lânguidos como se estivesse submersa. Tom lamentou vê-la erguer o corpete do vestido, escondendo aqueles seios maravilhosos. O rosto dela estava parcialmente virado, a expressão, distante, como se estivesse imersa em pensamentos profundos.

– Devon contou que foi um pesadelo negociar com você – comentou ela após um longo silêncio. – Ele disse que ficou surpreso por não ter terminado em assassinato.

Com um fio de esperança, Tom percebeu que ela estava pedindo garantias.

– Não seria assim conosco – respondeu ele na mesma hora. – Eu e você negociaríamos com boa-fé.

Cassandra franziu a testa.

– Você não tentaria me enganar? Nada de acrescentar letrinhas miúdas ao contrato?

Ocorreu a Tom que a expressão de desconfiança dela lembrava muito a de Bazzle quando ele perguntara a Tom sobre abuso.

– Sem letrinhas miúdas – disse ele de imediato. – Sem armadilhas. – Como ela não pareceu convencida, Tom exclamou: – Pelo amor de Deus, mulher, eu certamente não seria feliz com as consequências caso resolvesse enganar a minha esposa. Teremos que confiar um no outro.

– Essa é a função do casamento – comentou Cassandra, distraída, repetindo as palavras que ele mesmo dissera alguns minutos antes. O olhar dela encontrou o dele, o rosto rosado e radiante quando pareceu tomar uma decisão. – Muito bem, então.

O coração de Tom parou.

– Muito bem o quê?

– Aceito seu pedido de casamento, dependendo das nossas negociações e da aprovação da minha família.

Tom se viu dominado por uma mistura de triunfo e espanto. Por um momento, ele só conseguiu encará-la. Embora tenha desejado muito aquilo e até achado que pudesse mesmo acontecer, ainda assim as palavras de Cassandra o pegaram de surpresa. Tinha medo de acreditar que ela estava realmente falando sério. Queria ver sua fala por escrito, entalhada em algum lugar, só para ter a garantia de que ela de fato concordara. Cassandra tinha aceitado se casar com ele. Por quê?

– Foram os sapatos? – perguntou.

Aquilo provocou uma risadinha.

– Essa parte ajudou – disse Cassandra. – Mas foi a ideia de você aceitar os meus termos. E quero muito mesmo ajudar as pessoas de uma forma mais ampla. – Ela fez uma pausa e ficou séria. – Não vai ser fácil. Nossa vida juntos vai ser um salto no desconhecido, e nunca me senti muito confortável com o novo. Eu poderia ter escolhido um homem menos proeminente, e assim, talvez, não me sentisse tão assustada. Então você vai ter que ser tão paciente comigo quanto pretendo ser com você.

Tom assentiu, a mente já mapeando obstáculos em potencial. Nada poderia impedir que esse casamento acontecesse. Ele precisava estar com Cassandra.

– Quando você disse que nosso noivado está sujeito à aprovação da sua família – arriscou-se a falar –, espero que não deseje uma aprovação unânime.

– Eu gostaria que fosse, mas não é uma exigência.

– Ótimo – disse Tom. – Porque, mesmo que eu consiga o consentimento de Trenear, debater essa questão com West será como combater moinhos de vento.

Cassandra o encarou, atenta.

– Você leu *Dom Quixote*?

– Lamentavelmente, sim.

– Não gostou?

Tom lhe lançou um olhar sardônico.

– Uma história sobre um lunático de meia-idade que vandaliza propriedade privada? Dificilmente. Embora concorde com o argumento de Cervantes de que o espírito de um cavaleiro não é diferente da insanidade.

– Não foi nada disso que ele quis dizer. – Cassandra o encarou com uma expressão de lamento. – Estou começando a desconfiar de que você não conseguiu entender nenhum romance até agora.

– Quase todos são despropositados. Como aquele sobre o francês ladrão de pães que viola a condicional...

– *Os miseráveis*?

– Sim. Victor Hugo levou mil e quatrocentas páginas para dizer: "Nunca deixe sua filha se casar com um estudante de direito francês de ideias radicais." O que todo mundo já sabe.

Cassandra ergueu as sobrancelhas.

– Foi *essa* lição que você tirou do romance?

– Não, é claro que não – respondeu ele na mesma hora, compreendendo a expressão dela. – A lição de *Os miseráveis* é... – Tom fez uma pausa cautelosa antes de arriscar o melhor que podia. – ... que normalmente é um erro perdoar seus inimigos.

– Não chegou nem perto. – Ela não conseguiu conter um sorriso. – Parece que tenho uma missão à minha frente.

– Sim – confirmou Tom, encorajando-a. – Encarregue-se de mim. Seja uma boa influência. Será um serviço de utilidade pública.

– Fique quieto – pediu Cassandra, tocando os lábios dele com os dedos –, antes que eu mude de ideia.

– Você não pode fazer isso – falou Tom, sabendo que estava levando as palavras de Cassandra mais a sério do que ela pretendera, mas a mera ideia era como uma estaca de gelo cravada em seu coração. – Quero dizer, não faça isso. Por favor. Porque eu... – Ele não conseguiu afastar o olhar do dela. Os olhos azuis de Cassandra, escuros como o céu da meia-noite sem nuvens, pareciam ver através dele, arrancando a verdade de forma gentil mas inexorável. – ... preciso de você – murmurou finalmente.

O pudor fez o rosto dele arder como se estivesse queimando. Tom não conseguia acreditar no que acabara de dizer, como soava fraco e pouco másculo.

Mas o estranho foi que... Cassandra não pareceu ter menos consideração por ele por causa disso. Na verdade, ela o encarou com mais confiança e assentiu ligeiramente, como se a confissão mortificante que ele acabara de fazer houvesse apenas cimentado o acordo.

Não pela primeira vez, Tom pensou que era impossível entender as mulheres. Não que elas fossem desprovidas de lógica, mas exatamente o oposto. A lógica feminina era de uma ordem mais elevada, complexa e avançada demais para comprovações matemáticas. As mulheres atribuíam valores misteriosos a detalhes em que um homem não prestaria atenção e eram capazes de tirar conclusões pungentes dos segredos mais íntimos desses homens. Tom desconfiava que Cassandra, depois dos poucos encontros que haviam tido, já o conhecia melhor do que amigos que ele tinha havia mais de uma década. Mais perturbadora ainda era a suspeita de que ela entendia coisas a respeito dele das quais ele nem sequer tinha consciência.

– Deixe-me falar com minha família primeiro – disse Cassandra. Ela estendeu a mão para ajeitar o colarinho e a gravata dele, e alisou as lapelas de seu paletó. – Mandarei chamá-lo amanhã ou depois de amanhã, então você poderá vir defender a sua causa diante deles.

– Não vou conseguir ficar tanto tempo longe de você – retrucou Tom, afrontado. – E raios me partam se eu deixar que lide com isso sozinha.

– Não confia em mim?

– Não é isso! Mas deixar você cuidar do assunto sem mim vai parecer covardia da minha parte.

– Tom – disse Cassandra, em um tom irônico –, seu amor pelo confronto não é segredo para ninguém. Não há o menor risco de alguém acusá-lo de covardia. No entanto, nada que você diga vai garantir qualquer progresso com os Ravenels até que eu os convença de que isso é o que *eu* quero.

– E é isso que você quer? – perguntou Tom, sem pensar, e se amaldiçoou silenciosamente.

Maldição, agora estava implorando por migalhas de consolo, como um cachorro sem dono. Era difícil acreditar no poder que Cassandra tinha sobre ele. Era disso que tivera medo desde o início.

Cassandra, alerta mesmo às nuances mais sutis do estado de espírito dele, se debruçou sobre ele sem hesitar. Ela segurou-o pelas lapelas do paletó que acabara de alisar, puxou-o para mais perto e o beijou, tranquilizando parte da ansiedade. Tom devolveu o beijo com intensidade, aproveitando o momento ao máximo, o doce ardor da reação dela voltando a deixá-lo excitado. Ele sentiu o membro rijo outra vez, os pulmões bombeando o ar de uma forma instável e frenética. O autocontrole de que sempre se orgulhara fora reduzido a brasas incandescentes. Tom estava sentindo demais, sentindo tudo ao mesmo tempo – como se todas as cores se misturassem. Era loucura.

Quando por fim os lábios deles se afastaram, os hálitos misturados em arquejos rápidos, Cassandra encarou-o e disse com firmeza:

– Eu quero você. Não vou mudar de ideia. Se estamos dispostos a confiar um no outro, Tom... vamos começar agora.

CAPÍTULO 18

– Só nos resta aconselhá-la – disse Devon a Cassandra no dia seguinte. – A decisão final é dela.

– Pelo amor de Deus – disse West, exasperado –, não diga isso a ela.

Devon lançou um olhar sarcástico para o irmão.

– Ora, mas a decisão não é de Cassandra?

– Não quando ela obviamente não está em condições de fazer isso por si mesma. Você permitiria que ela dançasse bêbada em cima dos trilhos do trem?

– Não estou bêbada – protestou Cassandra. – Nem seria tola o bastante para dançar em cima dos trilhos do trem.

– Não estava falando literalmente – retrucou West.

– Mesmo assim. É uma analogia equivocada. Está insinuando que eu não sei o que estou fazendo, quando por acaso entendo minha situação melhor do que você.

– Eu não concordaria plenamente... – começou a dizer West, mas se calou quando Phoebe o cutucou de modo sutil com o cotovelo.

Os cinco – Devon, Kathleen, West, Phoebe e Cassandra – caminhavam pelo Hyde Park, pois haviam sentido necessidade de escapar do confinamento na casa Ravenel. Com um tema de conversa tão volátil, a biblioteca enorme parecera tão cheia de pressão quanto uma chaleira em ebulição.

Depois de receberem um telegrama de Devon no dia anterior, West e Phoebe haviam chegado no primeiro trem daquela manhã, vindos de Essex. Não foi surpresa para ninguém que West estivesse furioso, louco para se vingar de Ripon e do filho dele por ousarem difamar uma Ravenel.

O restante da família chegaria mais tarde para o jantar, mas, por ora, já era o bastante ter que lidar com West e Devon, ambos fortemente contrários à ideia de Cassandra se casar com Tom Severin. Kathleen parecia ao menos aberta à possibilidade, e Phoebe estava mantendo uma política de estrita neutralidade.

– O que os outros disseram? – perguntou West, como um general querendo ter uma noção geral da força da tropa. – Espero que ninguém apoie essa ideia idiota.

– O Sr. Winterborne e lorde St. Vincent se abstiveram de opinar – respondeu Cassandra. – Helen diz que apoia minha decisão, seja ela qual for. Pandora gosta do Sr. Severin e acha a ideia esplêndida...

– Ela certamente acharia – murmurou West.

– ... e lady Berwick disse que é um desastre e que não vai fazer parte disso.

– Esta é a primeira vez que a velha megera e eu concordamos em alguma coisa – comentou West, mal-humorado.

O grupo seguiu passeando pelo parque espaçoso. Na primavera e no verão, o Hyde Park ficava cheio de carruagens e pedestres, mas, no frio do inverno, estava quase deserto. Os canteiros de flores estavam adormecidos, os galhos das árvores se mostravam nus e o solo castigado por pés, rodas e cascos de cavalos estava em paz para se recuperar. Um bando de gralhas gritava entre carvalhos antigos – um reflexo tão perfeito do humor dos Ravenels que Cassandra achou graça apesar da ocasião.

– Vamos deixar o assunto Tom Severin de lado por um momento – disse West a Cassandra. – Phoebe e eu temos um plano.

– O plano é de West – corrigiu Phoebe.

– Vocês devem lembrar que ela tem um irmão mais novo chamado Raphael – continuou West. – Alto, solteiro, dentes bons. Ele é perfeito.

– Ele não é assim tão perfeito – falou Phoebe. – E como você sabe que Raphael é alto e tem dentes bons?

– Seus pais obviamente são incapazes de produzir um ser humano nada menos do que perfeito. Vamos apresentá-lo a Cassandra. Ele vai querer se casar com ela na mesma hora, e todos ficarão felizes.

– Inclusive Tom? – perguntou Cassandra.

– Ele ficará feliz assim que encontrar a vida de alguma outra mulher para arruinar.

Ela o encarou com uma expressão severa.

– Achei que você gostasse dele.

– Gosto, com certeza. Ele ocupa um lugar de destaque na lista de coisas que não me respeito por gostar, junto de comida de rua e canções vulgares de bêbados.

Cassandra tinha consciência de que West – assim como Devon e Winterborne – sempre tivera o hábito de fazer comentários sarcásticos a respeito de Tom Severin, como era comum entre amigos de longa data. Mas, naquele momento, aquilo a incomodou como nunca antes.

– Depois de tudo o que o Sr. Severin fez pela nossa família – disse Cassandra, em um tom tranquilo –, ele merece mais respeito.

Todos ficaram em silêncio, encarando-a com surpresa. Até aquele momento, Cassandra nunca ousara dizer uma única palavra de censura ao primo.

Em defesa de West, ele levou em consideração o que ela falou e cedeu.

– Você está certa – disse em um tom mais brando. – Peço que me perdoe pelo comentário infeliz. Mas conheço vocês dois bem o bastante para saber que não nasceram para ficar juntos.

Cassandra encontrou o olhar dele sem piscar.

– Não acha possível que o Sr. Severin e eu conheçamos um ao outro de uma forma diferente da que você conhece cada um de nós?

– *Touché*. Mas não acha possível que você o conheça muito menos do que acha que conhece?

– *Touché* – retrucou Cassandra com relutância.

A expressão no rosto de West se suavizou.

– Escute, Cassandra, se você passar tempo suficiente com Severin, vai acabar conseguindo amá-lo. É da sua natureza. Mesmo sabendo que, diante das circunstâncias, é uma má ideia, vai acabar acontecendo, como quando eu cantava no banho.

Phoebe lançou um olhar surpreso ao marido.

– Quando foi isso?

– Quando eu morava sozinho. Mas fui obrigado a parar depois que me mudei para o Priorado Eversby e Kathleen me disse que meu canto estava assustando os criados.

– É um som sobrenatural – comentou Kathleen. – Todos achamos que alguém estava conduzindo um exorcismo.

Phoebe achou a revelação divertida, sorriu e passou o braço pelo de West.

Ele voltou novamente a atenção para Cassandra.

– Meu bem, nenhum de nós suportaria vê-la em um casamento infeliz. Não espere que Severin mude. Não é possível forçar alguém a amar você.

– Eu entendo – disse Cassandra. – Mas, mesmo que Tom nunca seja capaz de retribuir meus sentimentos, ele tem qualidades que compensam isso.

– Que qualidades? – perguntou Devon, claramente perplexo. – Sempre achei que eu a conhecia bem, mas isso... você e Severin... não faz sentido para mim.

Enquanto Cassandra tentava encontrar uma forma de explicar, Phoebe comentou, com um toque bem-humorado:

– Não é assim *tão* improvável, é? O Sr. Severin é um homem muito atraente.

Os dois irmãos Ravenels a encararam sem entender.

– Ah, sim – concordou Kathleen. – Além de charmoso.

West revirou os olhos e lançou um olhar resignado na direção de Devon.

– Tom sempre teve isso – comentou, conformado. – Essa coisa de que as mulheres gostam.

– Que coisa? – perguntou Devon.

– Essa coisa misteriosa, secreta, que eu sempre desejei que alguém me explicasse para que pudéssemos fingir que também tínhamos.

Eles se aproximaram de uma árvore imensa, os galhos prateados indo até o chão, formando o que se parecia com o esqueleto de um guarda-chuva. No verão, a folhagem cheia e escura transformava a árvore em uma caverna e inspirava alguns a chamarem-na de "árvore de cabeça para baixo". Naquela época do ano, apenas algumas poucas folhas de um marrom-pálido ainda restavam nos galhos, estremecendo e estalando sob a brisa fria.

Cassandra caminhou lentamente entre os galhos longos e os ramos entrelaçados enquanto tentava explicar.

– Sempre achei Tom muito atraente – disse ela, e ficou grata pelo ar gelado de dezembro contra o rosto quente. – Apesar das excentricidades dele, e talvez até mesmo por causa delas. Eu não conseguia me ver como esposa de um homem como ele, mas ontem Tom me apresentou argumentos muito convincentes. E, no momento em que ele sugeriu o contrato, soube com certeza que queria me casar com ele.

– Maldição! Que contrato? – A palavra irritou Devon. – Severin não tinha nada que mencionar contratos sem a presença de alguém para proteger seus interesses financeiros...

– Não é esse tipo de contrato – apressou-se a responder Cassandra.

Ela passou, então, a explicar a proposta de Tom de redigirem um acordo juntos, sobre coisas que valorizavam e das quais sentiam necessidade, compromissos que estariam dispostos a assumir, limites que precisavam estabelecer.

– Mas isso não teria valor legal – disse Devon.

– Acho – arriscou Kathleen – que o intuito é mostrar que os pensamentos e sentimentos de Cassandra importam para o Sr. Severin.

– Significa que ele deseja ouvi-la – acrescentou Phoebe – e levar as opiniões dela em consideração.

– Desgraçado diabólico – resmungou West, embora seus lábios se curvassem em um sorriso contrariado.

Cassandra parou e envolveu um galho com a mão enluvada. Um sorriso encantador se abriu em seu rosto enquanto ela olhava para a família.

– Ele não se parece com ninguém que eu já tenha conhecido. A mente brilhante de Tom não permite que ele veja nada, nem mesmo a esposa, de forma convencional. Tom enxerga mais potencial em mim do que jamais imaginei para mim mesma. E devo admitir que estou surpresa com quanto estou gostando disso.

– Severin lhe contou que só tem cinco sentimentos?

– Contou. Mas recentemente se viu forçado a acrescentar mais alguns, o que acho encorajador.

Devon se aproximou de Cassandra, fitando-a com a expressão de um irmão mais velho preocupado. Ele se inclinou para dar um beijo no rosto dela e suspirou.

– Por experiência própria, posso dizer com autoridade: não há melhor forma de conhecer Tom Severin do que negociar um contrato com ele. Se você ainda estiver falando com ele no final dessa negociação... concordarei com o casamento. – Pelo canto dos olhos, ele viu West começar a protestar e acrescentou, com firmeza: – Você tem a minha palavra.

~

– Senhor, isto acaba de ser entregue por um criado de libré.

Barnaby se aproximou da escrivaninha de Tom Severin com uma carta lacrada, profundamente curioso com o conteúdo. Embora não fosse inédito que chegasse correspondência daquela forma ao escritório, era bastante fora do comum que fosse escrita em uma letra feminina. Além disso... a carta era ligeiramente perfumada. A fragrância fez Barnaby se lembrar de um campo cheio de florzinhas brancas, tão delicado e delicioso que ele se viu obrigado a abaixar a cabeça e cheirar discretamente o envelope antes de entregá-lo a Severin.

Severin pareceu fascinado com a visão da carta. Barnaby poderia ter jurado que a mão do patrão tremia quando ele a estendeu para pegar o envelope.

Algo muito estranho estava acontecendo com Severin. Tudo começara com aquele negócio envolvendo o *London Chronicle* na véspera, quando Severin decidira comprar o jornal num impulso. Ele se lançara na empreitada com obcecada determinação, passando por cima dos protocolos habituais e pressionando advogados, contadores e banqueiros para que fechassem o negócio imediatamente. Então, naquela manhã, Severin parecera bastante distraído e ansioso, checando o relógio de bolso inúmeras vezes e se levantando de um pulo a cada poucos minutos para ir até as janelas e ficar com o olhar perdido na rua.

Agora, sentado diante da escrivaninha, Severin rompeu o selo da carta e hesitou inexplicavelmente antes de desdobrá-la. Seu olhar se moveu depressa pelas linhas escritas. Ele esfregou o maxilar com lentidão enquanto relia a carta.

Então Severin abaixou a cabeça, como se estivesse doente... ou dominado pela emoção, o que no caso dele era a mesma coisa... e Barnaby quase entrou em pânico. Santo Deus, o que estava acontecendo? Que notícia terrível conteria aquela carta? Mas, então, Barnaby percebeu com certo choque que Severin havia abaixado a cabeça para pressionar os lábios contra o papel perfumado.

– Barnaby – disse o patrão em uma voz instável. – Cancele tudo na minha agenda pelo resto da semana.

– A semana inteira? Começando amanhã?

– Começando neste exato momento. Tenho preparativos a fazer.

Incapaz de se conter, Barnaby perguntou, hesitante:

– O que aconteceu, senhor?

Severin sorriu e um rubor coloriu sua pele clara. Seus olhos tinham um brilho intenso. Uma empolgação tão extrema não era nada normal no patrão e deixou Barnaby nervoso.

– Nada com que se preocupar. Estarei ocupado com negociações.

– Ainda tem a ver com o *Chronicle*?

Severin balançou a cabeça.

– Um negócio completamente diferente. – Ele deixou escapar uma risadinha encantada. – Uma fusão de vidas.

CAPÍTULO 19

Às oito horas da manhã, Tom chegou à casa Ravenel. Usava um belo terno escuro com uma gravata azul. Quando entrou na sala de café da manhã e se inclinou em uma mesura, estava tão obviamente satisfeito com toda a situação que até West, mesmo relutante, achou divertido.

– Eu esperava ver em você a expressão do gato que engoliu um canário – disse West, levantando-se para apertar a mão de Tom –, mas parece mais um gato que engoliu outro gato inteiro.

A convite de Kathleen, Tom foi até o aparador e se serviu de café de um bule de prata. Então sentou-se na cadeira livre entre Cassandra e Phoebe.

– Bom dia – murmurou.

Cassandra mal conseguia encará-lo. Sentia-se absurdamente tímida e exultante, além de constrangida pela lembrança da intimidade entre os dois... aqueles beijos profundos e ardentes... os dedos dele a explorando de uma forma tão sensual e íntima...

– Bom dia – respondeu Cassandra, e logo se concentrou no chá que tomava.

Ela estava vagamente consciente da conversa que se dava ao seu redor, com algumas palavras afáveis e uma pergunta que Phoebe arriscou fazer sobre onde ele e Cassandra estabeleceriam residência depois do casamento.

– O noivado ainda não é oficial – respondeu Tom, muito sério. – Só será quando Cassandra estiver satisfeita com o resultado das negociações.

– Mas, presumindo que vocês cheguem a um acordo...? – pressionou Phoebe.

– No momento – disse Tom, olhando para Cassandra –, moro em Hyde Park Square. Poderíamos morar lá, se você quiser. Mas seria fácil nos mudarmos para uma das outras casas, caso prefira.

– Você tem mais de uma casa?

– Tenho quatro – respondeu Tom, como se não fosse nada de mais. Ao ver a expressão de Cassandra, notou que ela estranhara e continuou de forma mais cautelosa: – Também tenho alguns terrenos residenciais em Kensington e Hammersmith, onde nada foi construído ainda, e recentemente adquiri uma propriedade em Edmonton. Mas não seria prático morar tão longe dos meus escritórios. Assim... pensei em transformar essa propriedade em uma cidade.

– O senhor vai construir uma cidade? – perguntou Kathleen, pasma.

– Pelo amor de Deus – disse West –, não a batize com o seu nome.

Uma sensação vagamente desconfortável dominou Cassandra.

– Por que tantas casas? – perguntou a Tom.

– Às vezes, quando uma boa propriedade fica disponível por um bom preço, eu compro, como investimento.

– Então a estrada de ferro London Ironstone não é sua única fonte de renda – disse Cassandra, tentando compreender. – Você também tem negócios no ramo imobiliário.

– Sim, e também alguns investimentos em construção aqui e ali.

– Quantos negócios tem ao todo? – perguntou ela.

Tom percebeu os olhares de todos profundamente concentrados nele e respondeu, sentindo-se desconfortável:

– Não deveríamos evitar esse tipo de assunto à mesa do café?

– Você nunca segue as regras – lembrou Cassandra.

A relutância dele era óbvia. No entanto, tratando-se de Tom, ele respondeu com sinceridade.

– Associei várias empresas à London Ironstone para formar um conglomerado. Produção de concreto e aço, transporte de carga, fábricas de bombas hidráulicas, equipamento de dragagem e escavação, uma firma de projetos e engenharia, e por aí vai. Quando construo uma nova linha férrea, não preciso contratar prestadores de serviço externos, uso os meus. Também tenho empresas de serviços de manutenção, de comunicação e de sinalização, outra para equipamentos de segurança... – Ele se deteve ao ver a cor desaparecer do rosto de Cassandra. – Algo errado?

– Acabei de perceber – respondeu Cassandra em uma voz sufocada – que você não tem uma estrada de ferro, tem um império.

– Não vejo minha condição dessa forma – comentou Tom, a testa levemente franzida.

– Não importa as palavras que use para descrever... Você deve ser quase tão rico quanto o Sr. Winterborne.

Tom dedicou enorme atenção a passar manteiga na torrada.

Cassandra conseguiu ler o silêncio dele e perguntou, apreensiva:

– Você é *mais rico* que o Sr. Winterborne?

– Há muitos modos diferentes de se calcular riqueza – retrucou Tom, evasivo, e estendeu a mão para o pote de geleia.

Ela sentiu o estômago afundar.

– Ai, meu Deus. Quão mais rico?

– Por que devo ser comparado a Winterborne? – questionou Tom. – Ele vai bem no negócio dele, e eu, no meu. Vamos deixar assim.

Devon respondeu a Cassandra em um tom prático:

– Os dois realmente não são comparáveis. Embora Winterborne seja uma força dominante no comércio, os negócios de Severin abarcam *tudo*: transporte, comércio, manufatura, comunicações e desenvolvimento urbano. Ele está não só mudando a forma de fazer negócios, como também o modo como a pessoas vivem e o lugar onde moram. – Devon encarou Tom com uma expressão especulativa e continuou: – Meu palpite é que a fortuna de Severin é cinquenta por cento maior que a de Winterborne, e em pouco tempo será aproximadamente o dobro.

Os olhos de Tom não encontraram os de Devon, mas ele não negou a informação.

– Entendo – disse Cassandra, abalada, lembrando-se da vida aconchegante no campo, com cachorros, jardins e passeios tranquilos à tarde.

– Mas meus negócios não deverão sobrecarregar você – garantiu Tom, com a testa franzida. – Tudo isso será mantido à parte da minha vida doméstica.

– A questão é: quanta vida doméstica haverá? – comentou Devon, baixinho. –Você é um só, Tom, fazendo o trabalho de pelo menos dez homens... e será ainda mais exigido com o tempo.

– Sou eu quem deve se preocupar com isso.

West falou então, sem se dar o trabalho de disfarçar sua preocupação:

– Eu diria que sua futura esposa é que deve se preocupar com isso.

Tom estreitou os olhos.

– Seja lá o que minha esposa precise ou deseje de mim – respondeu, com uma arrogância fria –, ela terá. Posso organizar minha agenda da forma que eu desejar. Posso trabalhar mais ou menos de acordo com a minha vontade, ir aonde eu quiser, ficar ou sair conforme me agradar. Ninguém manda em mim ou no meu tempo. Por isso eu sou eu.

Normalmente, Devon ou West teriam feito algum comentário zombeteiro em resposta, mas ambos permaneceram em silêncio. Algo na expressão de Tom deixava claro que ele já fora pressionado ao limite. Pela primeira vez,

Cassandra tinha uma amostra de como ele devia parecer a outras pessoas: alguém a ser respeitado e até mesmo temido. Um homem com muito poder e autoridade, que se sentia totalmente confortável em exercê-los. Aquele era um lado que Tom raramente revelava aos Ravenels – se é que já revelara alguma vez. Sempre estivera disposto a tolerar de bom grado alguns cutucões e provocações dos amigos... mas não precisava fazer isso se não quisesse.

Na verdade, havia muito pouco que Tom Severin era obrigado a tolerar.

Um homem quase impossível de manejar, pensou Cassandra, apreensiva. Seria como tentar domar uma tempestade. Mas Tom se forçara a confessar que precisava dela, o que havia sido extraordinariamente difícil para ele. Aquilo não era garantia de nada... mas não era um mau começo.

~

Ao final do café da manhã, Kathleen foi com Cassandra e Tom até a biblioteca, onde uma jarra de água e copos já haviam sido deixados em cima da mesa comprida, junto a uma pilha organizada de papel, canetas e um tinteiro.

– Toquem a sineta para chamar os criados se precisarem de mais alguma coisa – disse Kathleen. – Vou deixar a porta aberta, e desconfio que alguém talvez venha dar uma olhada em vocês de vez em quando. Mas esse alguém não serei eu.

– Obrigada – respondeu Cassandra, e sorriu afetuosamente para a mulher que vinha sendo uma presença tão firme e tão amorosa em sua vida.

Quando ficaram a sós, Cassandra se virou para Tom. Antes que pudesse dizer uma única palavra, ele passou o braço ao redor do corpo dela, puxou-a para si e a beijou. Ela retribuiu com total entrega, envolvendo o pescoço dele e pressionando o corpo contra a forma sólida daquele homem. Tom deixou escapar um suspiro de desejo e mudou o ângulo do beijo para torná-lo mais profundo, mais íntimo.

Mas ele interrompeu o beijo de maneira precoce, os olhos cintilando, os lábios contorcidos em uma expressão ressentida.

– Você não terá um marido pela metade – disse de uma vez. – Será o oposto. Provavelmente terá mais de mim do que desejaria.

– Minha família... – começou a dizer Cassandra, prestes a se desculpar.

– Sim. Sei por que eles estão preocupados. – Tom deixou a mão deslizar para cima e para baixo ao longo das costas dela. – Meu trabalho é importante para mim – admitiu. – Preciso do desafio para não acabar enlouquecendo de tédio. Mas não deixo que isso me consuma. Assim que conquistei o que estava determinado a ter, não havia mais nada a provar, e tudo começou a parecer mais do mesmo. Nada tem sido empolgante ou prazeroso há anos. Mas com você tudo é novidade. Só o que eu quero é estar ao seu lado.

– Mesmo assim – comentou Cassandra –, sempre haverá muitas vozes clamando pela sua atenção.

Tom se afastou o bastante para olhar para ela.

– Você sempre será minha prioridade. Sempre.

Ela deu um sorrisinho.

– Talvez devêssemos colocar isso no contrato.

Levando a sugestão a sério, ele enfiou a mão dentro do paletó e pegou uma caneta no bolso. Então inclinou-se sobre a mesa, escreveu alguma coisa em uma folha e terminou com um ponto-final decidido.

Quando se virou de volta para ela, Cassandra se pôs na ponta dos pés e o beijou. Ele exigiu mais da recompensa na mesma hora, colando os lábios nos dela e saboreando-a em um beijo longo e ardente. Cassandra ficou zonza e permitiu com prazer que a língua de Tom explorasse sua boca. Ele saboreou-a, devorou-a, com um beijo mais agressivo do que qualquer outro que tivessem dado antes. Cassandra sentiu as pernas bambas, os ossos como se estivessem prestes a derreter. Seu corpo oscilou na direção do dele e foi imediatamente amparado pela urgência do abraço de Tom. Ela sentiu os tentáculos em brasa do desejo se espalharem pelo seu corpo, insinuando-se em lugares profundos e íntimos. E deixou escapar um gemido de protesto quando sentiu a boca dele se afastar.

– É melhor começarmos a negociação – falou Tom, com a voz rouca. – A primeira questão é quanto tempo você vai querer passar comigo.

– O tempo todo – respondeu Cassandra, e buscou novamente os lábios dele.

Tom riu.

– Eu passaria. Eu... ah, você é tão doce... não, eu... *Meu Deus*. É melhor pararmos. De verdade. – Ele colou a boca com força aos cabelos dela, para escapar de seus beijos. – Você está prestes a ser deflorada na biblioteca.

– Isso já não aconteceu? – perguntou Cassandra, e sentiu que ele sorria contra seus cabelos.

– Não – sussurrou Tom –, você ainda é virgem. Embora ligeiramente mais experiente do que dois dias atrás. – Ele aproximou a boca do ouvido dela. – Gostou do que eu fiz?

Ela assentiu, o rosto tão quente que sentia as bochechas latejando.

– Eu queria mais.

– Gostaria de lhe dar mais. Assim que possível. – Tom soltou-a com um suspiro pesado. Ele levou-a até uma das cadeiras e, em vez de se acomodar em frente a ela, sentou-se ao seu lado. Então pegou uma lapiseira de metal, empurrou o topo para baixo com o polegar e, com um clique, uma ponta de grafite apareceu no extremo oposto.

– Vou registrar os pontos do acordo à medida que formos conversando. Você poderá passar a limpo à caneta depois.

Cassandra observou enquanto Tom fazia algumas anotações na folha, em uma caligrafia pequena e elegante.

– Que letra interessante.

– Letra de esboço – disse ele. – Engenheiros e desenhistas industriais aprendem a escrever assim, para facilitar a compreensão dos esboços e especificações técnicas.

– Quem financiou suas aulas de engenharia?

– Meu patrão na companhia de trem, Chambers Paxton.

– Que gentil da parte dele.

– Os motivos de Paxton não foram altruístas – comentou Tom com ironia. – Meus talentos foram colocados em uso projetando e construindo motores para ele. Mas era um homem bom. – Ele fez uma pausa, o olhar agora distante. – E mudou minha vida.

– Quando você o conheceu?

– Eu tinha 12 anos e trabalhava como vendedor no trem. Toda semana o Sr. Paxton pegava o expresso 825 de Londres para Manchester e de volta para Londres. Ele me contratou e me levou para morar com ele e com a família. Cinco filhas, nenhum filho.

Cassandra ouviu com atenção, percebendo a riqueza de detalhes importantes ocultos entre as frases simples.

– Quanto tempo morou com eles?

– Sete anos.

– O Sr. Paxton deve ter sido como um pai para você.

Tom assentiu, examinando o mecanismo de metal da lapiseira. *Clique.* Ele recolheu parte do grafite.

– Vai convidá-lo para o casamento? – perguntou Cassandra.

Tom olhou para ela com um olhar inexpressivo.

– O Sr. Paxton faleceu há dois anos. Doença nos rins, pelo que soube.

– Você *soube*... – repetiu Cassandra, perplexa.

Clique. Clique.

– Perdemos contato – comentou Tom casualmente. – Deixei de ser bem-vindo na família Paxton.

– O que aconteceu? – perguntou Cassandra com gentileza.

– Vamos deixar isso para outro momento.

Algo na forma afável de falar dele fez Cassandra se sentir excluída. Afastada. Enquanto arrumava a pilha de papéis para deixá-la bem reta, Tom parecia tão solitário que ela instintivamente pousou a mão em seu ombro.

Ele enrijeceu o corpo ao sentir o toque inesperado. Cassandra começou a retirar a mão, mas ele a segurou rapidamente, levou os dedos dela aos lábios e os beijou.

Cassandra percebeu que Tom estava fazendo o melhor que podia para compartilhar o passado dele com ela, expondo sua privacidade e seus segredos... mas levaria tempo. Ele não estava acostumado a se permitir ser vulnerável com ninguém, por nenhuma razão.

Há pouco tempo, Cassandra assistira a uma comédia no teatro Drury Lane em que um personagem instalava uma variedade absurda de trancas, travas e fechaduras na porta de casa, do topo ao chão. Toda vez que algum novo personagem entrava em cena, era necessário repetir o processo exaustivo de procurar as chaves e abrir tudo. A frustração que aquilo provocava em todos os personagens levara a plateia às gargalhadas.

E se o coração de Tom não estivesse realmente congelado? E se estivesse simplesmente protegido... de tal forma que houvesse se tornado uma prisão?

Se fosse esse o caso, seriam necessários tempo e paciência para ajudá-lo a encontrar a saída. E o amor.

Sim. Ela se permitiria amá-lo... não como mártir, mas como uma pessoa otimista.

CAPÍTULO 20

Negociações
10 horas

— Até agora, vem sendo bem mais fácil do que eu esperava – comentou Cassandra, endireitando uma pilha de folhas já escritas, com títulos, seções e subseções. – Estou começando a achar que você não é nem de longe tão intolerável em uma mesa de negociações quanto Devon disse que era.

— Não, eu fui mesmo intolerável na negociação com ele – disse Tom, arrependido. – Se pudesse voltar no tempo, teria conduzido a situação de forma muito diferente.

— É mesmo? Por quê?

Tom dirigiu os olhos para o papel e baixou a lapiseira para rabiscar distraidamente nas margens. Cassandra já reparara naquele hábito dele de ficar rabiscando enquanto pensava em alguma coisa: engrenagens, discos, flechas, trilhos de trem, diagramas minúsculos de objetos mecânicos sem qualquer utilidade discernível.

— Sempre fui competitivo – admitiu ele. – Sempre estive concentrado demais em vencer para me importar com efeitos colaterais. Não me ocorreu que, enquanto eu estava tratando a situação com seu primo como um jogo, Trenear estava lutando pelas famílias dos arrendatários dele.

— Não houve danos – disse Cassandra, em um tom prático. – Você não conseguiu os direitos de mineração.

— Não foi por falta de tentativa. – A lapiseira conectou um par de linhas paralelas curvas com pequenas cruzes, transformando-as em trilhos de trem. – Sou grato por Trenear não ter guardado rancor. Ele me fez ver que há coisas mais importantes do que vencer... e eu precisava aprender essa lição.

Cassandra apoiou o queixo numa das mãos e tocou um dos desenhos da margem com a outra.

— Por que você faz isto? – perguntou.

Tom acompanhou o olhar dela até o papel. Seu sorriso tímido o fez parecer um menino, o que não era comum, e isso provocou uma pontada de prazer em Cassandra.

– Desculpe. É que me ajuda a pensar.
– Não precisa se desculpar. Gosto das suas peculiaridades.
– Não vai gostar de todas elas – alertou ele. – Pode confiar em mim quanto a isso.

11 horas

– Não suporto acumulação – disse Tom. – Isso inclui cortinas longas e empoeiradas, bibelôs de porcelana e aqueles paninhos de mesa com buraquinhos.
– Toalhas de bandeja?
– Sim, essas. E barra de franjas. *Odeio* franjas.

Cassandra o encarou, impressionada, quando o viu escrever *7D: Nada de toalhas de bandeja ou franjas.*

– Espere – disse ela. – *Nada* com franja? Nem nas luminárias? Ou nas almofadas?
– Especialmente nas almofadas.

Cassandra apoiou os braços cruzados em cima da mesa e o encarou com um olhar ligeiramente exasperado.

– Esteve envolvido em algum acidente envolvendo franjas? Por que as odeia?
– Acho feias. E elas se agitam, penduradas como patas de lagartas.

Ela franziu a testa.

– Eu me reservo o direito de usar barras franjadas nos meus chapéus e roupas. Por acaso está na moda este ano.
– Podemos vetá-las nas camisolas e roupões? Eu preferiria que não tocassem em mim. – Ao ver a expressão aborrecida e desconcertada dela, Tom baixou os olhos para o papel um tanto constrangido. – Algumas peculiaridades não se consegue superar.

11h30

– Mas todo mundo gosta de cachorros – protestou Cassandra.

– Eu não *des*gosto de cachorros. Só não quero um na minha casa.

– Nossa casa. – Ela apoiou os cotovelos em cima da mesa e massageou as têmporas. – Sempre tive cães. Pandora e eu não teríamos conseguido sobreviver à nossa infância sem Napoleão e Josephine. Se é a limpeza que o preocupa, vou garantir que o cachorro tome banho com frequência e que qualquer incidente seja imediatamente recolhido.

Aquilo provocou uma careta em Tom.

– Antes de mais nada, não quero que esses acidentes aconteçam. Além disso, você terá o bastante para mantê-la ocupada... não vai sobrar tempo para um animal de estimação.

– Eu preciso ter um cachorro.

Tom segurou a lapiseira entre os dedos e ficou balançando-a, batendo com as extremidades na mesa.

– Vamos analisar isso de forma lógica... Você não *precisa* ter um cachorro. Não é pastora nem exterminadora de ratos. Cães domésticos não têm nenhum propósito útil.

– Eles pegam coisas – argumentou Cassandra.

– Terá toda uma equipe de criados para pegar qualquer coisa que você quiser.

– Quero um cachorro para fazer caminhadas comigo e para se sentar no meu colo enquanto faço carinho nele.

– Você terá a mim para isso.

Cassandra apontou para o contrato.

– Cachorro – insistiu. – Temo que isso seja inegociável.

A mão de Tom se fechou ao redor da lapiseira. *Clique. Clique.*

– Que tal um peixe? – sugeriu. – Eles são muito relaxantes. E não destroem os tapetes.

– Não dá para fazer carinho em um peixe.

Passou-se um longo momento de silêncio. Tom ficou emburrado ao ver a determinação no rosto dela.

– Essa é uma grande concessão da minha parte, Cassandra. Se eu ceder nesse ponto, vou querer alguma coisa proporcionalmente grande em troca.

– Eu cedi nas franjas – protestou ela.

– O cão vai ser uma companhia para você apenas, certo? Não quero ser perturbado por ele.

– Você mal saberá que ele está na casa.

Tom bufou, incrédulo, e ajustou o grafite da lapiseira. Então encostou a ponta no papel e fez uma pausa.

– Maldição – resmungou.

Cassandra fingiu não ouvir.

– A esposa terá não mais do que um acompanhante canino na residência – leu, carrancudo, enquanto escrevia. – A: Não exceder 30 centímetros de altura e ser escolhido de uma lista de raças aceitáveis a ser determinada posteriormente. B: O acompanhante canino vai pernoitar em áreas designadas. E C:... – A voz dele se tornou severa. – ... Sob *nenhuma circunstância* será permitido que o acompanhante canino suba em camas, sofás e poltronas.

– Nem em pufes?

A ponta de grafite da lapiseira se partiu e saiu voando da mesa.

Cassandra interpretou isso como um não.

~

12 horas

– Você terá que acordar cedo se quiser tomar café comigo – disse Tom. – A maioria das mulheres como você passa metade da noite acordada em bailes e festas e nunca se levanta antes do meio-dia.

– Mulheres como eu? – repetiu Cassandra, levantando as sobrancelhas.

– Eu chego ao escritório no máximo às oito e meia da manhã. A classe trabalhadora de Londres tem horários diferentes da aristocracia.

– Acordarei tão cedo quanto for necessário – declarou Cassandra.

– Talvez você ache que não vale a pena o esforço.

– Por quê? Você é rabugento pela manhã?

– Não, mas acordo e saio logo. Não me demoro no café da manhã.

– Talvez você não esteja fazendo do jeito certo. Tomar café da manhã com calma é uma *delícia*. Faço isso sempre.

Ela esticou os braços e os ombros e arqueou as costas doloridas, fazendo os seios se erguerem com o movimento.

Tom ficou olhando para ela, fascinado.

— Talvez eu fique só para assistir você.

~

13 horas

— E quanto aos arranjos para dormir?

Cassandra sentiu o estômago dar uma cambalhota, mas não foi uma sensação desagradável, e começou a sentir o rosto quente.

— Talvez devamos ter quartos separados e você poderia visitar o meu.

— Com certeza — disse Tom, brincando com a lapiseira. — Vou querer visitá-la com muita frequência.

Cassandra olhou de relance para a porta antes de voltar novamente a atenção para ele.

— Com que frequência?

Tom pousou a lapiseira e tamborilou com os dedos no tampo da mesa.

— No passado, passei longos períodos sem... Ah, qual seria o termo educado para isso?

— Acho que não há um termo educado para isso.

— Durante um período de seca, por assim dizer, eu concentrava toda a minha energia no trabalho. Mas quando há disponibilidade... digo... quando encontro a mulher certa... tendo a ser... — Tom fez uma pausa, repassando mentalmente várias palavras. — ... exigente. Você entende?

— Não.

Aquilo provocou um sorriso irônico. Tom baixou a cabeça brevemente, então arriscou um olhar para ela. Uma centelha do fogo da lareira refletiu em seu olho verde, fazendo-o cintilar como o de um gato.

— O que estou tentando dizer é que espero mantê-la ocupada todas as noites por algum tempo.

Cassandra assentiu, o rubor mais acentuado.

— É o direito do marido, afinal — declarou ela.

— Não — reagiu ele na mesma hora. — Como eu disse, seu corpo é seu.

Você não tem obrigação de se deitar comigo se não quiser. Nunca. Por isso concordei com a ideia de quartos separados. Mas eu pediria uma coisa...
– Ele hesitou.

– Sim?

Uma sucessão de emoções atravessou suas feições: constrangimento... incerteza... timidez.

– Quando se zangar ou se chatear comigo, não use o silêncio como arma. Não suporto. Eu escolheria qualquer outra punição.

– Eu jamais faria isso – afirmou Cassandra, muito séria.

– Acho que não. Mas gostaria de colocar isso no contrato, se me permitir.

Cassandra o examinou por um momento. O relance de vulnerabilidade que via nele naquele momento... era novo. E ela gostou muito daquilo.

Cassandra estendeu a mão silenciosamente para a lapiseira que Tom lhe entregava. Ela escreveu: *Esposa jamais vai ignorar o marido, jamais lhe dará as costas.* E em um impulso fez um rápido desenho ao lado.

Tom olhou para a folha.

– O que é isto? – perguntou.

– Sou eu de frente, para mostrar que nunca vou lhe dar as costas, nunca vou ignorar você. Aqui é minha cabeça, depois o pescoço, a clavícula...

– Achei que fosse um animal estrangulado. – Ele sorriu ao ver que Cassandra franzia a testa, fingindo aborrecimento, e pegou a lapiseira de volta. – Seu ombro de forma alguma é tão anguloso – disse Tom, e desenhou uma curva mais suave. – O músculo na parte de cima dá a ele uma bela curvatura... assim. E a linha da sua clavícula é longa e reta... curvando-se para o alto aqui... como a ponta da asa de uma borboleta.

Cassandra admirou o desenho. Com apenas uns poucos traços decisivos, Tom havia capturado o ombro e o pescoço dela com uma semelhança precisa, assim como a linha suave que subia até o maxilar.

– Além de tudo, você também é um artista? – perguntou ela.

– Não. – Os olhos sorridentes dele encontraram os dela. – Mas sonhei com você naquele vestido azul todas as noites desde que dançamos na estufa.

Comovida, Cassandra se inclinou e o beijou.

A lapiseira bateu na mesa, rolou e caiu, indo parar no tapete.

O tempo parou, os minutos deixaram de existir, o mundo foi esquecido. Tom puxou-a para o colo e Cassandra passou os braços ao redor do pescoço dele, no fundo desejando o corpo dele contra o dela. Para sua imensa satisfação, Tom deixou que ela assumisse o comando e se inclinou para trás enquanto Cassandra o beijava de novas formas, deixando os lábios correrem pelos dele, então devorando-o lentamente. Ela amava o calor úmido e sedoso da boca dele... o modo como o corpo de Tom se flexionava e enrijecia sob o dela... os sons baixos de prazer que ele não conseguia conter. Tom afastou as mãos dela e agarrou os braços da cadeira com tanta força que era um espanto que a madeira não tivesse rachado.

– Cassandra – murmurou ele, ofegante. – Não consigo... mais fazer isso.

Ela encostou a testa na dele e deixou os dedos deslizarem pelos cabelos negros e cheios.

– Nem mais um beijo?

Tom estava ruborizado, as pupilas dilatadas.

– Nem unzinho.

– *Ham-ham.* – O som de alguém pigarreando sobressaltou os dois. West estava parado na porta, um ombro encostado no umbral. A expressão dele não era desaprovadora, apenas divertida e ligeiramente irônica. – Vim perguntar como estão indo as negociações.

Tom deixou escapar um grunhido e afundou o rosto no pescoço de Cassandra.

Embora ela estivesse rubra de constrangimento, lançou um olhar travesso para West.

– Estamos fazendo progressos – disse a ele.

West ergueu um pouco as sobrancelhas.

– Parece que flagrei vocês em uma posição comprometedora, mas meu pedestal moral infelizmente não tem altura suficiente para me dar uma visão clara de quem está fazendo o que com quem. Portanto, pouparei vocês de uma repreensão hipócrita.

– Obrigado – disse Tom em uma voz abafada, e ajeitou o corpo de Cassandra em seu colo.

– Phoebe e eu partiremos para Essex em uma hora – continuou West. – Vim me despedir por ela e por mim. E, Tom... – Ele esperou que Tom virasse a cabeça com uma expressão sinistra. – Peço desculpas – continuou West. – Eu fui hipócrita, tendo em vista que meu passado é muito mais maculado que o seu. Deus sabe que você nunca se desgraçou publicamente como eu fiz com tanta regularidade. Você é um bom amigo e veio até aqui com uma proposta honrada. Não tenho o direito de julgar se você se encaixa ou não em um padrão de marido em potencial. Se Cassandra decidir que quer ficar com você, ambos terão todo o meu apoio.

– Obrigado – disse Tom mais uma vez, soando muito sincero.

– Mais uma coisa – continuou West. – Ransom acabou de mandar um recado dizendo que lorde Lambert foi encontrado e detido em Northumberland.

Cassandra sentiu uma nova tensão no corpo de Tom. Ele endireitou a posição na cadeira, o olhar fixo em West.

– Ele ainda está lá?

– Acho que não. Ransom foi até lá para ter uma conversa com ele. E, em seu modo enigmático de sempre, escreveu que Lambert agora se encontra "fora do país".

– Que diabo significa isso? – perguntou Tom, irritado.

– Quem sabe? É o Ransom. Poderia significar que Lambert fugiu para a França, ou foi sequestrado, ou... tenho até receio de especular. Vou tentar obter mais informações, mas fazer isso com Ransom é como tentar arrancar um dente de um crocodilo. Seja como for, Lambert não vai mais perturbar ninguém por um bom tempo. – West se afastou do umbral da porta. – Vou deixar vocês negociando. Se é que é assim que estamos chamando isso.

15 horas

– Mas você vai ter que passar algum tempo com nossos filhos – insistiu Cassandra. – Eles vão precisar da sua influência.

– A minha influência é a última coisa de que eles vão precisar, a menos que você esteja planejando criar um bando de diabinhos imorais.

Ela pegou a lapiseira e começou uma subseção.

– No mínimo, você terá que participar do tempo em família na sala de estar todas as noites depois do jantar, das saídas aos domingos. E ainda dos aniversários, festas de fim de ano...

– Não me importo com crianças mais velhas, que podem ser ameaçadas com colégios internos na Escócia – declarou Tom. – O problema são os mais novos, que choram, gritam e pulam de uma catástrofe para outra. Acho os pequenos apavorantes e enfadonhos ao mesmo tempo.

– É diferente quando são os próprios filhos.

– Foi o que ouvi dizer. – Tom se recostou na cadeira, parecendo vagamente mal-humorado. – Vou aceitar o que você achar que é apropriado, mas não conte comigo para discipliná-los. Não vou chicoteá-los ou espancá-los, mesmo se for para o bem deles.

– Eu jamais pediria algo assim – apressou-se a dizer Cassandra. – Há outros modos de ensinar um filho a diferenciar o certo do errado.

– Ótimo. A vida já nos oferece de graça muitas dores e sofrimentos inevitáveis... Meus filhos não precisam de ajuda extra da minha parte nesse setor.

Ela sorriu para ele.

– Acho que você será um ótimo pai.

Tom torceu os lábios.

– A única parte da paternidade pela qual estou ansioso é a concepção.

16 horas

– Por que diabo temos que colocar Bazzle no contrato?

– Eu me preocupo com ele desde o dia em que o conheci, na clínica – explicou Cassandra. – Preciso descobrir onde ele está e tirá-lo daquela situação perigosa em que vive.

– Você não vai precisar ir muito longe – disse Tom, irônico –, já que ele está na minha casa.

– *O quê?* – perguntou ela, surpresa e aliviada ao mesmo tempo. – Você o colocou sob seus cuidados, afinal?

– Naquele dia eu mandei ele de volta para onde morava – admitiu Tom –, mas, como você tinha dito, a infestação se repetiu logo depois. Percebi que seria mais barato e mais conveniente levá-lo para minha casa do que ter que aparecer com ele toda semana na clínica da Dra. Gibson.

– Como ele está? – perguntou Cassandra, ansiosa. – Que tipo de programação você montou para ele? Já encontrou um tutor ou uma escola?

Tenho certeza de que ainda não houve tempo para decorar um quarto para ele, mas eu...

– Não. Você entendeu errado. Ele não está sob a minha tutela, ele faz parte da criadagem da casa.

Cassandra ficou séria, e parte de sua empolgação se foi.

– Quem toma conta dele?

– Ninguém precisa tomar conta dele. Pelo que sei, a governanta não vai permitir que ele se sente à mesa a menos que esteja limpo, por isso Bazzle logo terá que superar suas reservas em relação ao banho. Com comida decente e sono regular, espero que logo ele esteja muito mais saudável. – Tom deu um breve sorriso. – Problema resolvido. Agora, vamos ao próximo tópico.

– Há outras crianças com quem ele possa brincar?

– Não, eu geralmente não contrato crianças... Abri uma exceção para Bazzle.

– O que ele faz o dia todo?

– Até agora, ele vai para o escritório comigo pela manhã para varrer e fazer algum outro serviço, então eu o mando para casa em um trole de aluguel.

– *Sozinho?*

Tom a encarou com uma expressão irônica.

– Bazzle andou sozinho durante anos por algumas das áreas mais perigosas de Londres.

Cassandra franziu o cenho.

– O que ele faz no resto do dia?

– É um ajudante da criadagem. E faz... coisas de um ajudante da criadagem. – Tom deu de ombros, irritado. – Acredito que engraxar sapatos está entre suas tarefas. Ele está bem melhor do que estava antes. Não crie caso por causa disso.

Cassandra assentiu, pensativa, a expressão fechada. Por algum motivo, o assunto Bazzle era um território delicado. Ela percebeu que teria que agir com cuidado no que se referia a tomar decisões em relação ao menino. Mas estava determinada a fazer as coisas do jeito dela, mesmo que isso significasse usar uma abordagem enganosamente sutil.

– Tom, foi incrivelmente bondoso da sua parte, e também muito generoso, levar Bazzle para casa.

Ela viu um dos cantos da boca dele se curvar.

– Você está me adulando – disse Tom com ironia. – Mas continue.

– Mas creio que Bazzle deve aprender a ler. Será um benefício para o resto da vida dele, e também ajudará você enquanto Bazzle continuar a seu serviço, já que permitirá que ele realize outros tipos de tarefas. O custo da educação do menino será mínimo e permitirá que ele aproveite a companhia de outras crianças.

Tom considerou os argumentos e assentiu.

– Muito bem.

– Obrigada – disse Cassandra, abrindo um sorriso cintilante. – Farei todos os arranjos assim que conseguir me inteirar da situação. – Ela hesitou antes de acrescentar, em um tom cauteloso: – Talvez eu queira fazer outros ajustes para o bem-estar dele. Se você quiser anotar isso no contrato... vou exigir certa liberdade de ação no que diz respeito a Bazzle.

Tom pegou a lapiseira e baixou os olhos para o papel.

– Liberdade de ação – disse, mal-humorado –, mas isso não significa rédeas soltas. Porque tenho quase certeza de que suas ideias quanto ao futuro de Bazzle não combinam com as minhas.

~

17 horas

– Que tal a Bélgica? – perguntou Tom. – Podemos ir de Londres a Bruxelas em aproximadamente sete horas.

– Eu não conseguiria aproveitar uma lua de mel se ainda estivesse me sentindo insegura em relação a onde vou morar depois.

– Já concordamos em morar em Hyde Park Square.

– Quero passar algum tempo lá e me familiarizar com a casa e com os criados. Quero me acostumar e me ambientar. Vamos sair em uma lua de mel adequada mais tarde, na primavera ou no verão.

Tom despiu o paletó e afrouxou a gravata. O fogo na lareira estava deixando o cômodo quente demais. Ele jogou o paletó nas costas de uma cadeira e foi abrir uma janela. Uma lufada de ar gelado muito bem-vinda invadiu a atmosfera abafada.

– Cassandra, não posso me casar com você e seguir a vida no dia seguinte como se nada houvesse acontecido. Recém-casados precisam de privacidade.

O argumento dele era válido. Mas Tom parecia tão carrancudo que Cassandra não conseguiu resistir à tentação de provocá-lo. Ela o encarou com os olhos arregalados, fingindo inocência, e perguntou:

– Ah, é? Para quê?

Tom pareceu ainda mais agitado enquanto tentava pensar em uma explicação.

Cassandra esperou, mordendo a parte interna dos lábios.

O rosto de Tom mudou quando ele viu o riso dançando nos olhos dela.

– Vou mostrar para quê – disse, e se lançou na direção dela.

Cassandra saiu correndo com um gritinho, desviando-se com agilidade ao redor da mesa, mas ele era rápido como um leopardo. Depois de agarrá-la com facilidade, Tom a levou até o sofá e atacou. Ela riu e se contorceu enquanto o peso do corpo másculo cheio de desejo se aproximava cada vez mais.

Tom tinha cheiro de limpeza, mas também de sal e suor, com um toque de colônia acentuado pelo calor do corpo. Seu rosto estava bem junto ao dela, com algumas mechas do cabelo caindo sobre a testa. Tom sorriu dos esforços de Cassandra para se desvencilhar dele e apoiou um braço de cada lado da cabeça dela.

Cassandra nunca brincara daquele jeito com um homem antes e estava achando muito divertido, engraçado e um pouquinho assustador, de um modo empolgante. As risadas cederam lentamente, como espuma de champanhe, enquanto ela se contorcia como se quisesse se afastar, embora não tivesse a menor intenção de fazer isso. Tom contra-atacou se apoiando com mais força contra os quadris dela, pressionando-a contra as almofadas. Mesmo através do volume da saia que usava, Cassandra sentiu a pressão desconhecida da ereção dele. O membro rijo se encaixava perfeitamente contra a junção das coxas dela, alinhando-se de forma íntima a ela de um modo que era ao mesmo tempo constrangedor e excitante.

Uma pontada de desejo a percorreu quando ela percebeu que era daquele jeito que seria... o peso sólido dele, todo músculos e calor... os olhos de pálpebras pesadas e expressão ardente fixos nela.

Zonza, Cassandra estendeu a mão e puxou a cabeça dele para junto de si. E deixou escapar um gemido de prazer quando Tom a beijou com voracidade, a língua invadindo sua boca, as sensações intensas que isso provocava. O corpo dela se preparou instintivamente para acomodar o dele, as pernas se abrindo sob a saia. Cassandra sentiu um aperto no estômago quando os quadris dele se ajustaram a ela em um reflexo, o membro rijo encontrando outra vez o volume do sexo dela, cutucando, provocando.

Uma série de batidas rápidas na porta invadiu a bruma sensual que os envolvia. Sobressaltada com a interrupção, arfando, Cassandra piscou várias vezes enquanto se voltava para a porta.

Era Kathleen, com uma expressão extremamente contrita, o olhar desviado para o outro lado.

– Perdão. Sinto muitíssimo. Cassandra, querida... as criadas estão trazendo os carrinhos de chá. Você talvez queira se recompor e... Vou lhe dar alguns minutos – disse Kathleen, e saiu o mais rápido que pôde.

Cassandra mal conseguia pensar. Todo o seu corpo latejava com uma frustração desconhecida. Ela segurou com força a parte de trás do colete de Tom, então deixou os braços caírem frouxamente.

– É por *isso* – disse Tom com um olhar veemente para a porta – que precisamos de uma lua de mel.

~

18 horas

– Eu não disse nunca. Disse que é improvável. – Tom estava de pé, com uma das mãos apoiadas no console da lareira, olhando para o fogo que ardia. – Não é realmente importante, é? Você vai dividir a vida comigo, não com a minha família.

– Sim, mas não irei conhecê-los? – perguntou Cassandra, perplexa, andando ao redor da biblioteca.

– Minha mãe passou anos se recusando a me ver... Não vai ter interesse em conhecer minha esposa. – Ele fez uma pausa. – Eu poderia arrumar uma maneira de apresentá-la às minhas irmãs em algum momento no futuro.

– Não sei nem o nome delas.

– Dorothy, Emily e Mary. Nós nos falamos raramente, e, quando o fazemos, elas não contam à minha mãe, com medo de aborrecê-la. O marido da minha irmã mais nova é contador na minha empresa de engenharia... Converso com ele de vez em quando. Parece ser um sujeito decente. – Ele se afastou da lareira e encostou o corpo contra a mesa. – Você nunca deve entrar em contato com ninguém da minha família sem o meu conhecimento. Quero isso no contrato. Sei que suas intenções seriam boas, mas trata-se de um campo minado.

– Entendo. Mas você não vai me contar o que causou um distanciamento tão grande? – Diante da longa hesitação dele, Cassandra falou: – Seja o que for, ficarei do seu lado.

– E se você não ficar? E se achar que fui eu que errei?

– Vou perdoá-lo.

– E se eu tiver feito algo imperdoável?

– Bem, me conte e vamos descobrir.

Silêncio. Tom foi até a janela e apoiou as mãos no batente, uma de cada lado.

Quando Cassandra já achava que ele realmente não iria contar, Tom falou em um tom monótono, sem pausa, como se fosse uma informação que ele precisasse passar adiante com o máximo de eficiência possível.

– Meu pai apareceu no meu escritório há cinco anos. Eu não o vira nem soubera dele desde o dia em que me deixara na estação de trem. Ele disse que queria encontrar a minha mãe. Eu a havia instalado em uma casa nova, longe dos cômodos alugados onde havíamos vivido. Meu pai disse todas as coisas que se esperaria que dissesse... que estava arrependido de ter abandonado a família, que queria outra chance, e por aí vai. Ele derramou algumas lágrimas falsas, é claro, e torceu muito as mãos. E me implorou outra chance. Eu não senti nada além de uma sensação desagradável na nuca. Então pedi a ele que escolhesse: o endereço da minha mãe ou uma soma generosa para que desaparecesse e nunca mais chegasse perto dela ou das minhas irmãs.

– Ele escolheu o dinheiro – arriscou Cassandra em voz baixa.

– Sim. Nem parou para pensar. Mais tarde, contei à minha mãe a respeito. Achei que ela confirmaria que eu tinha feito bem em me livrar dele, mas ela teve um ataque. Parecia uma louca. Tivemos que chamar o médico para sedá-la. Desde então, ela me considera a fonte de todo o mal do mundo. Minhas irmãs ficaram furiosas comigo pelo que viram como uma traição, mas acabaram se acalmando com o tempo. No entanto, no que diz respeito à minha mãe, não houve perdão. Nunca haverá.

Cassandra foi até ele e tocou em suas costas rígidas com gentileza. Tom não se virou para encará-la.

– Ela culpou você por oferecer o dinheiro, mas não a ele por aceitar? – perguntou.

– Minha mãe sabia que eu teria sido capaz de fazê-lo voltar para casa. Ela sabia que eu teria sustentado os dois.

– Isso não a teria feito feliz. No fundo, sua mãe sempre saberia que ele só estava em casa para se aproveitar dela e de você.

– Sim, mas ela o queria de volta assim mesmo – disse Tom objetivamente. – Eu poderia ter feito isso acontecer, mas escolhi não fazer.

Cassandra passou os braços pela cintura dele e descansou a cabeça em suas costas.

– Você escolheu proteger sua mãe de alguém que a magoara no passado e que, sem dúvida, a teria magoado de novo. Não considero isso traição. – Como ele não reagiu, ela continuou em um tom ainda mais gentil. – Não se culpe por isso. Honrar pai e mãe não significa deixar que eles se aproveitem da gente o tempo todo. Você pode honrá-los à distância, tentando ser uma pessoa melhor.

– Também não fiz isso – disse ele em um tom amargo.

– Agora você está sendo irracional – repreendeu ela. – Porque você já fez muito bem a várias pessoas até aqui, e sei que ainda fará mais.

Ele pousou a mão sobre a dela, pressionando-a contra o centro do seu peito, onde o coração batia, acelerado. Cassandra sentiu parte da tensão feroz deixar os músculos.

– As negociações já estão quase no fim? – perguntou Tom, a voz rouca. – Ainda resta alguma questão importante? Já passei muitos dias da minha vida sem você, Cassandra.

– Uma última questão. – Ela pressionou o rosto contra o tecido liso e acetinado da parte de trás do colete dele. – Qual é sua posição a respeito de um casamento no Natal?

Tom ficou absolutamente imóvel, então respirou fundo e soltou o ar em um suspiro de alívio. Ainda segurando a mão dela, ele enfiou a outra mão no bolso do colete. Cassandra arregalou os olhos ao senti-lo deslizar alguma coisa no dedo anelar da mão esquerda dela, algo frio e liso.

Ela soltou a mão e logo viu a pedra deslumbrante e multicolorida, engastada em uma filigrana de platina com minúsculos diamantes. Maravilhada, Cassandra observou a joia, inclinando a mão em várias direções contra a luz. A pedra de tirar o fôlego continha nuances de todas as cores imagináveis, quase como se minúsculas flores tivessem sido gravadas sob a superfície.

– Nunca vi nada assim. Isto é uma opala?

– É uma variedade nova, descoberta na Austrália no ano passado. Uma opala negra. Se for incomum demais para o seu gosto, podemos trocá-la facilmente.

– Não, eu *amei*! – exclamou ela, sorrindo para ele, encantada. – Pode prosseguir com o pedido.

– Devo me ajoelhar? – Ele pareceu constrangido. – Inferno, estou fazendo isso na ordem errada.

– Não, não se ajoelhe – pediu Cassandra, sentindo-se um pouco zonza ao se dar conta de que aquilo estava realmente acontecendo: toda a vida dela estava prestes a mudar. – Não existe ordem errada. Fazemos nossas próprias regras, lembra?

Cassandra levou a mão ao maxilar dele e a opala cintilou com sua cor sobrenatural.

Tom fechou os olhos por um momento, como se o toque gentil o devastasse.

– Por favor, case-se comigo, Cassandra – disse com a voz rouca. – Não sei o que acontecerá comigo se você não aceitar.

– Eu aceito. – Um sorriso radiante se abriu no rosto dela. – Eu aceito.

Tom levou os lábios aos dela, e por um longo tempo não houve mais palavras.

CAPÍTULO 21

Casaram-se no priorado Eversby, em uma cerimônia privada, só para a família. No fim, o dia de Natal combinou perfeitamente com o gosto de Tom. Em vez de uma quantidade imensa de flores, pesando o ar com seu perfume forte, a casa e a capela foram decoradas com ramos de sempre-vivas de várias espécies. A casa toda estava em um humor alegre e havia muita comida e bebida. Do lado de fora, o céu estava cinzento, e o clima, úmido, mas o interior da casa era aconchegante e bem iluminado, com fogo crepitando em todas as lareiras.

Infelizmente, pouco antes das dez horas da manhã, horário marcado para a cerimônia começar, um relâmpago rasgou o céu indicando que uma tempestade se aproximava. Como a antiga capela era afastada da casa, o cortejo da noiva e os membros da família teriam que caminhar sob a chuva para chegar lá.

Winterborne, que concordara em ser padrinho de Tom, foi até a capela dar uma olhada e voltou para a biblioteca, onde Tom esperava com Ethan Ransom, St. Vincent e Devon. As mulheres estavam no andar de cima, fazendo companhia à noiva enquanto se aprontava para a cerimônia.

– Está prestes a chover canivetes – informou Winterborne, com gotas de água brilhando nos cabelos e nos ombros do casaco. Ele pegou uma taça de champanhe na bandeja de prata que estava em cima da mesa e ergueu-a na direção de Tom. – É sinal de boa sorte no dia do casamento.

– Por que, exatamente? – perguntou Tom, aborrecido.

– Um nó molhado é mais difícil de desatar – disse Winterborne. – O laço do casamento será forte e duradouro.

Ethan Ransom se adiantou:

– Minha mãe sempre diz que chuva no dia do casamento lava a tristeza do passado.

– Além de irracionais – retrucou Tom –, superstições são inconvenientes. Quando você acredita em uma, acaba acreditando em todas, o que torna necessário executar mil rituais sem sentido.

Como, por exemplo, não ter permissão para ver a noiva antes da cerimônia. Ele vira Cassandra de relance naquela manhã e estava louco para descobrir como ela se sentia, se havia dormido bem, se precisava de alguma coisa.

West entrou na sala com os braços cheios de guarda-chuvas fechados. Justin, vestido em um terno de veludilho, vinha logo atrás.

– Você não deveria estar no andar de cima, no quarto das crianças, com seu irmão mais novo? – perguntou St. Vincent ao sobrinho de 5 anos.

– O papai precisava da minha ajuda – disse Justin com ar de importância, e entregou um guarda-chuva a ele.

– Estamos prestes a ver tudo inundado – falou West bruscamente. – Teremos que tirar todos da capela assim que possível, antes que o solo se transforme em lama. Não abram guarda-chuvas dentro de casa, está bem? Traz má sorte.

– Eu não achei que *você* fosse supersticioso – protestou Tom. – Você acredita na ciência.

West sorriu para ele.

– Sou fazendeiro, Severin. Em matéria de superstições, somos os primeiros da fila. Por acaso, os locais dizem que chuva no dia do casamento significa fertilidade.

Devon comentou, com ironia:

– Para um homem de Hampshire, quase tudo é sinal de fertilidade. É uma preocupação por aqui.

– O que é fertilidade? – perguntou Justin.

No súbito silêncio que se seguiu, todos os olhares se voltaram para West, que respondeu na defensiva.

– Por que está todo mundo olhando para mim?

– Como o novo pai de Justin – respondeu St. Vincent, esforçando-se para conter o riso –, é você quem deve responder.

West baixou os olhos para o rosto de Justin, que o encarava em expectativa.

– Vamos perguntar à sua mãe mais tarde – sugeriu.

O menino pareceu razoavelmente preocupado.

– O senhor não sabe, papai?

Tom foi até uma janela próxima e franziu a testa ao ver que as gotas de chuva pareciam cair com mais rapidez do que a da força da gravidade, como se estivessem sendo atiradas com rifles. Cassandra devia estar nervosa por causa da tempestade. Os sapatos dela e a bainha do vestido ficariam molhados e enlameados, o que não era problema algum para ele, mas poderia perturbá-la. Queria que o dia fosse perfeito para sua noiva. Por que raios os Ravenels não haviam construído uma passagem coberta até a capela?

Winterborne foi se juntar a ele na janela.

– Agora está caindo com força – comentou, observando a chuva.

– Se isso é boa sorte – disse Tom com acidez –, eu me contentaria com um pouco menos. – Ele deixou escapar um breve suspiro. – Seja como for, não acredito em sorte.

– Também não acredita em amor – lembrou Winterborne com um toque de zombaria camarada. – Mas aqui está você, parado, com o coração cerrado no punho.

A frase era um daqueles ditos galeses que soavam como um ditado errado, mas que, após uma breve reflexão, faziam sentido. Um homem com o coração na mão deixava as emoções à mostra... mas um homem com o coração dentro do punho cerrado estava prestes a oferecê-lo a alguém.

Pouco tempo antes, Tom teria respondido com um comentário também zombeteiro. Em vez disso viu-se respondendo com uma humildade sincera que raramente se permitia demonstrar a alguém.

– Por Cristo, Winterborne... não sei mais em que acredito. Estou experimentando sentimentos que nem sei nomear.

Os olhos escuros de Winterborne cintilaram com carinho.

– Você vai dar sentido a todos eles. – Ele tirou um objeto do bolso do paletó e entregou a Tom. – Tome. É um costume galês. – Era uma rolha de champanhe, com uma moeda de prata parcialmente enfiada em uma fenda no topo. – Uma lembrança do dia – explicou – e um lembrete de que uma boa esposa é a verdadeira riqueza de um homem.

Tom sorriu e apertou com firmeza a mão do amigo.

– Obrigado, Winterborne. Se eu acreditasse em sorte, diria que sou muito, muito sortudo por tê-lo como amigo.

Outro relâmpago rasgou o céu escuro, e a chuva caiu com ainda mais força.

– Como Cassandra vai chegar à capela sem ficar encharcada? – perguntou Tom com um gemido. – Vou dizer a Trenear e Ravenel que...

– Eles vão tomar conta dela por ora – aconselhou Winterborne. – Logo, logo, ela pertencerá a você. – E fez uma pausa antes de acrescentar, com malícia: – E aí você estará acendendo seu fogo em uma nova lareira.

Tom o encarou com um olhar confuso.

– Ela vai se mudar para a minha casa.

Winterborne sorriu e balançou a cabeça.

– Estou me referindo à sua noite de núpcias, seu tonto.

~

Quando Cassandra chegou ao vestíbulo da capela, houve um surto de agitação envolvendo guarda-chuvas, toalhas e uma lona. Tom não conseguia ver muito de onde estava, no altar, mas West, depois de dobrar a lona, encontrou o olhar dele e assentiu brevemente. Tom assumiu aquilo como uma confirmação de que, de alguma forma, haviam conseguido fazer a noiva chegar em boas condições à capela, o que o acalmou ligeiramente.

Em dois minutos, Winterborne já se posicionara ao lado de Tom no altar e a música começou. Um quarteto de músicos locais havia sido recrutado para tocar a marcha nupcial usando sininhos dourados, com um resultado belíssimo. Como só ouvira a "Marcha nupcial" de Wagner tocada no órgão, Tom sempre a achara uma peça musical pesada, mas os sinos deram a ela uma cadência delicada, quase brincalhona, perfeita para a ocasião.

Pandora, como madrinha, foi a primeira a subir discretamente à nave, e lançou um rápido sorriso a Tom antes de ocupar seu lugar.

Então Cassandra surgiu, caminhando na direção dele, conduzida pelo braço de Devon. Ela usava um vestido de cetim branco, elegante e fora do comum em sua simplicidade, sem franjas ou babados que desviassem a atenção da linda forma do corpo dela. Em vez do véu tradicional, Cassandra prendera as laterais do cabelo no alto da cabeça, deixando o resto cascatear pelas costas em longos cachos dourados. O único enfeite que usava era uma tiara de estrelas de diamante, que Tom mandara entregar a ela naquela manhã como presente de Natal. Os diamantes preciosos cintilavam loucamente sob a luz das velas, mas mesmo assim não eclipsavam o brilho nos olhos e no rosto de Cassandra. Ela parecia uma rainha da neve caminhando por uma floresta no inverno, linda demais para ser totalmente humana.

E ali estava ele, parado, com o coração guardado no punho.

Qual era o nome daquele sentimento? Tom tinha a sensação de ter deslizado pela superfície da vida que conhecia e caído em um território totalmente novo, um lugar que sempre existira, embora não tivesse consciência disso. Só o que sabia era que a distância cuidadosa que colocara entre si mesmo e as outras pessoas finalmente fora cruzada por alguém... e nada jamais seria o mesmo.

~

Após um demorado banquete de Natal, a família desceu para o baile anual no salão de convivência dos criados, uma tradição em que todos na casa se misturavam livremente, dançando juntos e tomando vinho e ponche quente com rum. Cassandra, que bebera cuidadosamente apenas alguns goles de vinho no almoço, permitiu-se uma xícara de ponche durante o baile e sentiu a bebida deixar seus joelhos bambos. Ela estava feliz, mas cansada, a energia drenada depois de tantas conversas e brincadeiras carinhosas, e seu rosto doía de tanto ela sorrir. Ironicamente, embora fosse o dia do casamento deles, ela e Tom não haviam passado quase nenhum tempo juntos.

Cassandra olhou ao redor no salão dos criados e viu que Tom dançava com a Sra. Bixby, a cozinheira. A mulher mais velha, robusta, tinha o rosto corado e dava risadinhas como uma menina. Tom parecia tão cheio de vigor quanto horas mais cedo, com um estoque inesgotável de energia. Cassandra pensou com certa melancolia que seria difícil acompanhar o ritmo dele.

Tom encontrou os olhos dela do outro lado do salão. Embora estivesse sorrindo, seu olhar a examinava com atenção. Cassandra endireitou a postura automaticamente, mas ele já havia reparado nos sinais de fadiga.

Em poucos minutos, o marido estava diante dela.

– Você parece um pequeno raio de sol, parada aqui – murmurou ele, e passou o dedo delicadamente por um longo cacho dourado. – O que acha de partirmos um pouco mais cedo do que havíamos planejado?

Ela assentiu na mesma hora.

– Eu gostaria disso.

– Ótimo. Em pouco tempo vou tirar você daqui. Não há necessidade de se estender nas despedidas, já que só ficaremos fora por uma semana. A essa altura, o trem já está estocado e pronto para nossa viagem.

Eles tinham horário marcado para partir para Weymouth no vagão de trem particular de Tom. Apesar de ele ter garantido que ficariam confortáveis, Cassandra não ansiava por passar a noite de núpcias em um trem. Independentemente de quais fossem os méritos apresentados, continuava a ser um veículo em movimento. No entanto, ela não fizera objeções ao plano, já que estariam alojados em um ótimo hotel na noite seguinte. A lua de mel em si era um presente de Winterborne e Helen, que haviam cuidado de todos os preparativos para que os recém-casados viajassem em um iate particular de Weymouth para a ilha de Jersey, no ponto mais ao sul das ilhas do Canal.

– De acordo com Winterborne – dissera Tom –, o clima é ameno, e a vista do hotel da baía de St. Aubin é muito bonita. Quanto ao hotel em si... não sei nada a respeito. Mas teremos que confiar em Winterborne.

– Porque ele é um bom amigo? – havia perguntado Cassandra.

– Não, porque ele sabe que eu o matarei assim que voltarmos se o hotel for uma espelunca.

Agora, parada ao lado de Tom no salão dos criados, Cassandra disse, sonhadora:

– Gostaria que já estivéssemos na ilha.

Só de pensar em todo o caminho que ainda tinham pela frente... uma viagem de trem e pelo menos seis horas em um barco... ela sentiu os ombros se curvarem.

O olhar de Tom era carinhoso quando falou:

– Logo você vai conseguir descansar. – E colou os lábios nos cabelos dela. – Sua bagagem já foi levada para a estação, e sua camareira deixou suas roupas de viagem prontas no quarto. Ela está à disposição para ajudá-la a se trocar no momento em que você desejar.

– Como sabe disso?

– Ela me contou quando dançamos poucos minutos atrás.

Cassandra sorriu para Tom. A energia ilimitada dele, que antes parecera tão intimidante, agora a fazia pensar em segurança e conforto, em algo que a envolveria e protegeria.

– É claro que... – disse Tom, baixinho – ... você poderia partir usando o vestido de noiva e ir direto comigo para o vagão... onde *eu* poderia ajudá-la a removê-lo.

Um rápido arrepio de prazer a percorreu.

– Você preferiria assim?

Ele deixou a palma da mão deslizar pelo cetim da manga do vestido, então segurou com delicadeza um pouco do tecido entre o polegar e o indicador.

– Como sou um homem que gosta de desembrulhar os próprios presentes... sim.

CAPÍTULO 22

Como era de esperar, o luxo do vagão particular ia muito além do que Cassandra poderia ter imaginado. Tecnicamente eram dois vagões, conectados por uma cobertura sanfonada que criava corredores fechados entre os veículos. Era um projeto experimental, explicou Tom, que ainda tinha o benefício extra de tornar a viagem mais suave e silenciosa. Um dos vagões abrigava uma cozinha em tamanho normal, com uma despensa e uma área para guardar o material que precisava ser mantido resfriado, além de acomodações para os criados.

A carruagem principal era uma mansão sobre rodas, com uma cabine dupla e um quarto de vestir anexo, lavatórios com água corrente quente e fria, um escritório, uma sala de estar e até um salão de visitas. Era belissimamente projetado, com janelas amplas e tetos altos cobertos por couro estampado em relevo, o piso forrado com grossos carpetes Wilton.

Em contraste com a moda da época – de decoração muito ornamentada e arremates dourados –, o vagão tinha sido decorado com uma elegância discreta e ênfase no trabalho artesanal. Os painéis de nogueira nas paredes não tinham sido cobertos por um verniz de alto brilho, mas polidos à mão com uma finalização sutil e preciosa.

Depois de conhecer todo o vagão e de ser apresentada aos criados e ao chef, Cassandra voltou à cabine enquanto Tom conversava com o engenheiro do trem. Era um lindo cômodo com um teto imponente, armários embutidos, uma cama grande e fixa de pau-rosa e janelas encimadas por vitrais. A camareira dela, Meg, estava desfazendo a valise que continha tudo de que Cassandra precisaria até embarcarem no iate na manhã seguinte.

Meg fora rápida em aproveitar a chance de acompanhar Cassandra em sua nova vida, dizendo enfaticamente que preferia a cidade ao campo. Era uma moça eficiente e esperta, com uma natureza efervescente que a tornava uma companhia agradável.

– Milady! – exclamou Meg. – Já tinha visto um trem assim? Há uma banheira no lavatório. *Uma banheira*. E o supervisor disse que, até onde ele sabe, este é o único trem no mundo que tem uma. – Como se temendo que Cassandra não tivesse compreendido, ela repetiu: – *No mundo todo*.

A jovem então passou a organizar vários itens em cima da cômoda: uma caixa de viagem com luvas e lenços, e um nécessaire contendo uma escova, um pente, vários grampos, potes de porcelana com creme e pó para o rosto, e um frasco de perfume de rosas.

– O carregador me disse que alguma coisa no projeto deste trem torna a viagem suave como veludo. Uma espécie de eixo especial... E quem a senhorita acha que inventou isso?

– O Sr. Severin? – sugeriu Cassandra.

– *O Sr. Severin* – confirmou Meg enfaticamente. – O carregador disse que o Sr. Severin é o homem mais inteligente que existe.

– Não em relação a tudo – comentou Cassandra com um sorrisinho para si mesma –, mas em relação a muitas coisas.

Meg pousou a valise ao lado da cômoda.

– Pendurei suas roupas e o roupão no armário, e guardei as peças íntimas na cômoda. Gostaria de trocar seu vestido de noiva agora?

– Acho que... – Cassandra hesitou, o rosto ardendo – ... o Sr. Severin vai me ajudar com ele.

A camareira a encarou, surpresa. Como era de conhecimento geral que um homem não saberia manejar as complexidades do vestuário feminino, qualquer "ajuda" que Tom pudesse dar seria limitada à remoção das roupas. E, depois que Cassandra estivesse despida, havia pouca dúvida do que aconteceria a seguir.

– Mas... – arriscou Meg – ... ainda não é nem hora do jantar.

– Eu sei – disse Cassandra, constrangida.

– Ainda está claro lá fora.

– *Eu sei*, Meg.

– Milady acha que ele realmente vai querer... – começou a camareira, mas se interrompeu ao ver o olhar exasperado de Cassandra. – Vou arrumar minhas coisas no meu quarto, então – anunciou Meg com uma animação forçada. – É no outro vagão. O supervisor disse que há uma sala de estar elegante e uma sala de jantar para os criados. – Ela desviou o olhar enquanto continuava a falar muito rápido: – E também... depois que minha irmã mais velha se casou... ela me disse que não demora muito. Os cavalheiros e as coisas que eles fazem, quero dizer. Termina em um piscar de olhos, ela contou.

Como entendeu que a intenção da moça era tranquilizá-la, Cassandra assentiu e murmurou:

– Obrigada, Meg.

Depois que a camareira a deixou, Cassandra destrancou o nécessaire e levantou a tampa, que tinha um espelho na parte interna. Ela removeu os grampos que prendiam os cabelos de cada lado e retirou a tiara de diamantes. Quando pousou a joia em cima da cômoda, um movimento em sua visão periférica captou sua atenção.

Tom estava parado na porta, examinando-a com uma expressão ardente.

Um arrepio de nervoso a percorreu e seus dedos tremeram um pouco quando ela os passou pelos cabelos em busca de algum grampo perdido. Embora já tivessem ficado a sós antes, relativamente falando, aquela era a primeira vez que ficavam sozinhos como um casal casado. Sem relógios marcando a passagem dos minutos, sem batidas reprovadoras na porta.

Um homem decididamente belo, marido dela, parecendo mais alto que o normal no confinamento do quarto. Moreno, exalando uma confiança fria, e tão imprevisível quanto uma força da natureza. Mas Cassandra sentiu um cuidado nos modos dele, o desejo de não preocupá-la ou assustá-la, e aquilo fez com que uma onda de satisfação a dominasse.

– Ainda não agradeci pela tiara – disse ela. – Quase caí da cadeira hoje de manhã quando abri o estojo. É linda.

Tom parou atrás dela, as mãos acariciando os braços cobertos pelo cetim do vestido de noiva, e roçou os lábios delicadamente pela borda da orelha dela.

– Gostaria de receber o restante do presente?

Cassandra ergueu as sobrancelhas, surpresa, quando os olhares dos dois se encontraram no pequeno espelho do nécessaire.

– Tem mais?

Como resposta, ele foi até outra cômoda, pegou um estojo plano de mogno e entregou a ela.

Cassandra levantou a tampa e seus olhos se arregalaram quando ela viu mais estrelas de diamantes e um colar feito de uma trama de platina.

– Um colar? E brincos? Meu Deus, que extravagância! Você é generoso demais.

– Vou mostrar como funciona – disse Tom, pegando a tiara. – A estrela maior pode ser destacada e usada como broche ou presa ao colar. – Ele soltou a estrela com habilidade, manipulando os fechos minúsculos.

Era muito típico de Tom, pensou Cassandra com uma onda de afeto, dar uma joia a ela que poderia ser desmontada e reconfigurada, quase como um quebra-cabeça.

Ela experimentou os brincos em formato de estrela e balançou um pouco a cabeça para fazê-los dançar.

– Você me deu uma constelação – disse Cassandra com um sorriso, olhando para o reflexo cintilante.

Tom virou-a para que o encarasse e passou as mãos suavemente pelos cabelos dela, deslizando os dedos pelos cachos dourados.

– Mas você é a estrela mais brilhante de todas.

Cassandra ficou na ponta dos pés e o beijou, e Tom segurou-a com força contra o corpo, parecendo se deliciar com o beijo, como se quisesse aproveitar cada nuance do sabor, da textura, do perfume dela. Então ele deixou a palma da mão correr lentamente por baixo da cortina de cabelos dourados e subir pelas costas. Conforme os brincos balançavam em suas orelhas, algumas pontas de diamante tocaram ligeiramente o pescoço dela, provocando um arrepio.

Cassandra afastou a boca da dele e disse, sem fôlego:

– Tenho um presente para você.

– Tem? – Ele roçou os lábios ao longo da pele suave do maxilar dela.

– É pequeno – falou Cassandra, com timidez. – Lamento, mas não se compara a um conjunto de joias de diamante.

– Casar-se comigo foi o presente de uma vida toda – declarou ele. – Não preciso de mais nada.

– Ainda assim... – Ela foi até a valise ao lado da cômoda e pegou um pacote embrulhado em papel de seda, amarrado com uma fita vermelha. Um pequeno enfeite feito de contas azuis pendia da fita. – Feliz Natal! – disse Cassandra, e entregou o pacote a ele.

Tom desamarrou a fita e levantou o enfeite de contas para examiná-lo mais de perto.

– Foi você quem fez?

– Sim, para nossa árvore de Natal, no ano que vem.

– É lindo – disse ele, admirando os pontos minúsculos que prendiam as contas à fita. Ele abriu o pacote, então, e encontrou um livro encadernado em tecido vermelho, o título em letras pretas e douradas. – *Tom Sawyer* – leu em voz alta –, de Mark Twain.

– A prova de que americanos escrevem livros – brincou Cassandra. – Foi publicado na Inglaterra alguns meses atrás, e agora está saindo nos Estados Unidos. O autor é um humorista, e o livreiro disse que o romance é como uma lufada de ar fresco.

– Tenho certeza de que vou gostar. – Tom pousou o livro em cima da cômoda e puxou-a para seus braços. – Obrigado.

Cassandra deixou o corpo se moldar ao dele, apoiou a cabeça em seu ombro e logo sentiu o aroma de sua colônia, com notas claras de folhas de louro, cravo e alguma fruta cítrica. Era um perfume antiquado de certa forma, muito masculino e revigorante. Era inesperadamente tradicional da parte dele, pensou Cassandra consigo mesma, achando graça.

Tom acariciou os cabelos dela.

– Você está cansada, minha flor – murmurou. – Precisa descansar.

– Estou bem melhor agora que estamos longe de toda a agitação do Priorado Eversby.

O silêncio ao redor deles era tranquilo e relaxante. Ela não estava nas mãos de um menino impaciente, mas de um homem experiente, que a trataria muito, muito bem. A expectativa pareceu preencher o espaço entre cada batida do coração dela.

– Que tal ajudar a tirar meu vestido de noiva? – sugeriu Cassandra, ousada.

Tom hesitou por um longo momento antes de se afastar para fechar as cortinas. Cassandra sentiu um súbito frio na barriga, como quando uma carruagem em alta velocidade passa por uma elevação. Ela puxou os cabelos por cima de um dos ombros e esperou que ele se colocasse às suas costas. O vestido era amarrado atrás por um cordão de cetim decorativo que descia até terminar em um laço na base da coluna. Cassandra pensou em explicar sobre os botões escondidos sob o cordão, mas desconfiou que Tom gostaria de descobrir isso sozinho.

Ele puxou gentilmente o laço.

– Você parecia uma rainha quando entrou na capela – disse. – Me fez perder o ar.

Após desamarrar o cordão de cetim, ele passou a mão pela barra que corria pelas costas dela e sentiu os minúsculos botões. Tom procurou os ganchos em miniatura e abriu-os com mais destreza do que uma camareira. A cada botão aberto o corpete de cetim ficava mais frouxo, até começar a ser puxado para baixo pelo peso da saia.

Cassandra tirou os braços das mangas e deixou o vestido pesado cair no chão. Depois de sair de dentro do amontoado pálido de tecido, ela pegou o vestido e foi guardá-lo no armário. Quando se virou, viu que Tom se deleitava com cada detalhe dela, dos babadinhos na gola da camisa de baixo até os sapatos azul-claros.

– Uma superstição – disse Cassandra quando o viu olhando para os sapatos por um instante a mais. – A noiva deve usar alguma coisa velha, alguma coisa nova, alguma coisa emprestada e alguma coisa azul.

Tom levantou-a no colo, colocou-a na cama e se inclinou para olhar mais de perto os sapatos, que tinham sido bordados com fios prateados e dourados e pequenos cristais.

– São lindos – comentou, e tirou um de cada vez.

Cassandra flexionou os dedos calçados com meias, que doíam depois de um dia longo e cheio.

– Estou tão feliz por estar descalça.

– Também estou feliz por você estar sem sapatos – comentou Tom. – Só que provavelmente por razões diferentes. – Ele levou a mão ao redor do corpo dela para soltar os cordões do espartilho e deitou-a cuidadosamente de costas, para soltar a peça. – Sinto cheiro de rosas – comentou, inspirando com prazer evidente.

– Helen me deu um frasco de óleo perfumado esta manhã – explicou Cassandra. – A essência é uma mistura de sete tipos de rosas. Derramei um pouco na água do banho.

Ela sentiu um arrepio percorrê-la quando Tom se inclinou para beijar seu abdômen através da camisa de baixo amassada.

– Sete é o meu número favorito – falou Tom.

– Por quê?

Ele roçou o nariz com delicadeza no abdômen dela.

– Há sete cores no arco-íris, sete dias na semana, e... – Tom baixou sedutoramente a voz – ... sete é o número natural mais baixo que não pode ser representado como a soma dos quadrados de três números inteiros.

– Matemática – exclamou ela, rindo, sem fôlego. – Que excitante...

Tom sorriu e se afastou dela. Ele ficou de pé para tirar o casaco, o colete e o lenço do pescoço, então pegou um dos pés de Cassandra e começou a massageá-lo. Ela deu um gritinho de surpresa e prazer quando sentiu os dedos fortes acariciando os arcos sensíveis da sola do seu pé.

– Ahh...

Cassandra afundou mais pesadamente no colchão enquanto ele continuava a massagear cada ponto dolorido da sola do pé dela. E se sentiu derreter quando Tom passou a mexer nos dedos dos pés, puxando-os um por um através da seda das meias. Era mais delicioso do que Cassandra teria imaginado, e ela sentiu ondas de prazer disparando pelo corpo.

– Ninguém nunca massageou meus pés antes. Você é muito bom nisso. Não pare, por favor. Você não vai parar, vai?

– Não vou.

– E vai fazer o mesmo no outro pé?

Ele riu baixinho.

– Vou.

Quando Tom encontrou um ponto particularmente sensível, Cassandra se contorceu, ronronou e esticou os braços acima da cabeça. Ao abrir os olhos, seguiu a direção do olhar de Tom e percebeu que a fenda na frente do calção de baixo se abria. Com um arquejo, ela abaixou rapidamente a mão para esconder os pelos louros.

E viu um lampejo malicioso nos olhos dele.

– Não faça isso – pediu Tom gentilmente.

A sugestão a chocou.

– Você quer que eu fique deitada aqui e exponha a minha... a minha... *ela* para você?

As linhas nos cantos dos olhos dele se aprofundaram com um sorriso.

– Isso me daria um grande incentivo para massagear o outro pé.

– Você já ia fazer isso de qualquer forma – protestou Cassandra.

– Então pense nisso como a minha recompensa. – Ele se inclinou e ela sentiu a boca do marido tocando a ponta do seu dedão do pé, o hálito quente atravessando a seda da meia. – Me deixe dar uma olhada – pediu ele. – É uma visão tão linda...

– Não é nada bonita – contestou ela, agoniada de vergonha.

– É a visão mais bonita do mundo.

Teria sido literalmente impossível para um ser humano enrubescer mais do que Cassandra naquele momento. Enquanto ela hesitava, Tom continuou a massagear seus pés. Os polegares pressionavam com mais e menos força os arcos, fazendo a vibração das solas dos pés subir até o topo da espinha.

Cassandra fechou os olhos e se lembrou do conselho que Pandora lhe dera na véspera.

É melhor você deixar logo a dignidade de lado, dissera a irmã. *A primeira vez é bastante constrangedora. Ele vai querer fazer coisas envolvendo partes do seu corpo que realmente não deveriam estar à mostra. Basta lembrar a si mesma que as coisas que você e ele fazem em particular são segredos só de vocês. Não há nada vergonhoso em um ato de amor. E, em determinado momento, o que está acontecendo deixa de ser algo relacionado a corpos, pensamentos ou palavras, e passa a ser só sentimento... e é lindo.*

Em algum momento durante a divagação de Cassandra, o trem se colocara em movimento, e agora acelerava suavemente. Em vez do trepidar e dos sobressaltos usuais, o vagão deslizava com suavidade, como se estivesse suspenso nos trilhos. A casa da infância dela, a família, tudo que lhe era conhecido estava ficando para trás. Só havia aquela cama de pau-rosa, o homem de cabelos escuros diante dela e as rodas do trem levando-a para um lugar onde ela nunca estivera. Aquele momento, e o que quer que acontecesse naquela noite, seria um segredo só deles.

Cassandra mordeu o lábio, abandonou a dignidade e abriu a fenda na frente da calçola.

Tom continuou a massagear o pé dela, os dedos pressionando a base dos dedos em movimentos circulares deliciosos. Depois de alguns minutos, ele passou para o outro pé, e Cassandra relaxou com um gemido baixo.

A luz suave do dia chuvoso ficava ainda mais fraca e entrava pelos vitrais acima da janela em um arco-íris difuso em tons de cinza e prata. Através das pálpebras pesadas, Cassandra viu as cores e sombras brincarem na camisa de Tom. Depois de algum tempo, as mãos hábeis, de ossos longos, deslizaram acima dos joelhos dela e se enfiaram por baixo da barra do calção de baixo. Ele soltou as ligas de renda branca e despiu as meias de seda, enrolando-as para baixo. Após deixar as meias dela caírem no chão, Tom abriu a camisa e também deixou-a de lado, lentamente, permitindo que o olhar de Cassandra se deleitasse.

O corpo dele era lindo, com as linhas longas e eficientes de um florete, cada centímetro forjado em músculos firmes. O peito era coberto por pelos macios que se estreitavam na altura da cintura. Cassandra se sentou no colchão e tocou a penugem escura, as pontas dos dedos tímidas e hesitantes como um beija-flor no ar.

Ainda de pé ao lado da cama, Tom puxou-a para junto do peito.

Cassandra estremeceu ao se sentir cercada por pelos e pele nua, por músculos tão firmes.

– Você algum dia imaginou que estaríamos fazendo isso? – perguntou ela, maravilhada.

– Meu bem... eu imaginei isso cerca de dez segundos depois de nos conhecermos, e desde então nunca mais parei de imaginar.

Os lábios dela se curvaram em um sorriso acanhado, e Cassandra ousou dar um beijo no ombro nu.

– Espero não ser uma decepção para você.

Tom levantou o rosto dela com gentileza para fazer com que o encarasse.

– Não há nada com que se preocupar, Cassandra. Só o que precisa fazer é relaxar.

Ele puxou o rosto enrubescido mais para perto e acariciou com a ponta dos dedos a veia que pulsava loucamente no pescoço dela. O leve sorriso no rosto de Tom tinha um toque de sensualidade que fez com que qualquer pensamento deixasse a mente de Cassandra.

– Iremos bem devagar. Sei como fazer isso ser bom para você. Você vai deixar esta cama como uma mulher feliz.

CAPÍTULO 23

Tom baixou a cabeça, e a pressão leve e erótica da boca dele fez disparar um fluxo de arrebatamento pelo corpo de Cassandra. Sempre que ela achava que o beijo estava prestes a terminar, ele encontrava um novo ângulo, um ponto mais profundo para saborear. Cassandra sentia o corpo quente de dentro para fora. Zonza de prazer, ela passou os braços ao redor do pescoço de Tom e enfiou os dedos nas mechas pesadas e curtas de seus cabelos, preciosos como cetim negro.

Sem pressa, Tom puxou a barra da camisa de baixo dela para despi-la. Cassandra ergueu os braços para ajudá-lo e ficou sem fôlego ao sentir o ar frio em seus seios nus. Ele deitou-a de volta na cama e passou a mão com gentileza pelo corpo dela, antes de começar a abrir a própria calça. O coração de Cassandra batia, descompassado, enquanto ela assistia a Tom se despindo. Pela primeira vez na vida, estava vendo um homem nu, excitado e incrivelmente saudável. Não conseguiu evitar fixar os olhos na ereção robusta, erguida em um ângulo proeminente.

Um breve sorriso atravessou o rosto de Tom quando ele reparou na expressão dela. Sentia-se inteiramente confortável com a própria nudez, ao passo que Cassandra era uma coleção de inibições unidas em um rubor intenso. Ele subiu na cama em movimentos felinos e se deitou ao lado da esposa, uma das pernas peludas acomodada entre as dela.

Cassandra não sabia bem onde colocar as mãos. Apoiou uma das palmas sobre os músculos firmes do abdômen dele, os dedos pousados no final das costelas.

Tom pegou a mão dela com delicadeza e levou até o próprio ventre.

– Você pode me tocar – encorajou-a, com uma nova rouquidão na voz.

Hesitante mas interessada, Cassandra acariciou a extensão rígida e sedosa do membro dele, descobrindo pulsações inesperadas sob a pele tensa. E pareceu surpresa ao encontrar uma umidade viscosa na ponta.

Tom inspirou com dificuldade antes de explicar:

– Isso... acontece quando o meu corpo está pronto para o seu.

– Rápido assim? – perguntou ela, espantada.

Ele cerrou os lábios em uma linha firme, como se estivesse se esforçando para não sorrir.

– Os homens geralmente são muito mais rápidos nisso do que as mulheres. – Ele deixou algumas mechas de cabelo dela deslizarem preguiçosamente entre os dedos. – É preciso um pouco mais de tempo e esforço para deixar você pronta para mim.

– Sinto muito.

– De forma alguma... Essa é a parte divertida.

– Eu me sinto pronta agora – arriscou Cassandra.

Tom dessa vez não conseguiu conter um sorriso.

– Você não está – falou, e abaixou a calçola dela pelos quadris e pelas pernas.

– Como sabe?

Por um momento que deixou-a sem ar, as pontas dos dedos dele desceram pelo abdômen dela até chegarem aos pelos íntimos. Tom sorriu diante dos olhos arregalados da esposa.

– Vou saber quando você estiver úmida aqui – sussurrou ele. – Vou saber quando estiver trêmula e implorando.

– Não vou implorar – protestou Cassandra.

Ele aproximou a cabeça dos seios dela, o hálito quente como vapor sobre a pele delicada. Então capturou um dos mamilos com a boca, passou a língua aveludada por ele e prendeu-o com gentileza entre os dentes.

– Ou, se isso acontecer – acrescentou Cassandra, contorcendo-se sob o corpo dele –, será muito breve e... será mais como um pedido...

– Você não *tem* que implorar – murmurou Tom, juntando os seios dela com a mão e beijando o vale profundo entre eles. – Foi uma sugestão, não uma exigência.

Ele deixou a boca descer mais pelo corpo dela, preguiçosamente, roçando, chupando, lambendo, torturando.

O trem seguia seu caminho com suavidade ao cair da noite, indo em direção aos últimos raios de luz do pôr do sol. Cassandra via o marido como uma imagem de sonho na escuridão, a silhueta do corpo poderoso desenhada pelas sombras enquanto ele se movia sobre ela. Tom abriu as coxas dela e se posicionou. Cada centímetro do corpo de Cassandra se arrepiou quando ela sentiu o hálito quente dele contra seu abdômen. A língua de Tom tocou a borda do umbigo dela e traçou todo o caminho ao redor. O desejo a dominava de tal forma que pareceu comandar involuntariamente de seus músculos até ela se dar conta de que erguia os joelhos. Cassandra prendeu a respiração quando Tom lambeu a parte de dentro do seu umbigo, fazendo-a arder de prazer. Ele usou a língua para explorar delicadamente, e ela se contorceu, entregue.

Quando Tom falou, havia humor em sua voz.

– Fique parada, minha flor.

Mas, quando a língua dele voltou a atacar, o corpo dela também voltou a se contorcer, com cócegas.

Ele segurou-a pelos tornozelos, as mãos como algemas quentes prendendo-a no lugar, e os músculos íntimos de Cassandra latejaram. Para o espanto dela, Tom deixou a boca descer ainda mais, beijando a borda da pele macia, os pelos sedosos... e ela começou a ter uma noção do que a irmã quisera dizer sobre *partes do corpo que realmente não deveriam estar à mostra*. A boca e o nariz dele roçaram sua abertura, inalando o aroma íntimo.

– Tom... – chamou Cassandra, a voz queixosa.

– Humm?

– Você deveria... ai, meu Deus... deveria estar fazendo isso?

A resposta dele foi uma afirmativa abafada mas enfática.

– Só estou perguntando porque... você entende... eu achei que sabia o que esperar, mas... – Ela enrijeceu o corpo ao sentir o contato úmido da língua dele abrindo os lábios do seu sexo. – Ninguém mencionou nada sobre isso...

Tom não parecia escutá-la com a atenção de sempre. Toda a concentração dele estava dirigida ao lugar macio entre as coxas dela, onde, incansável, a língua abria caminho através das dobras e pétalas intrincadas, como se incapaz de decidir onde se acomodar. Ele mordiscou de leve as bordas inchadas dos lábios externos, puxando a carne com delicadeza.

Cassandra esforçava-se para respirar, as mãos percorrendo os cabelos escuros de Tom enquanto ele seguia sua exploração delicada porém determinada. Ele alcançou a entrada do corpo dela com arremetidas úmidas e sensuais, a aspereza do rosto masculino arranhando a pele sensível. Para acalmar a pele irritada, Tom usou mais uma vez a língua, provocando um gemido profundo em Cassandra. Ele estava acabando com qualquer sombra de autocontrole que ela ainda pudesse ter, seduzindo-a até transformá-la em uma versão insana de si mesma. A extensão sinuosa da língua deslizou para dentro dela. Inimaginável. Irresistível. Cada vez que ele arremetia e recuava, uma onda de prazer disparava pela coluna dela. Os músculos íntimos de Cassandra se contraíram em um ritmo desesperado, como se quisessem prender a língua escorregadia que a invadia.

Tom construiu a tensão lentamente, sem cessar, enquanto Cassandra sentia o prazer aumentar até deixá-la trêmula. Impotente, ela tentou mover os quadris em um ângulo que levasse a boca dele ao ponto onde ela mais precisava. Ele a fez esperar, a língua dançando e atormentando-a sem piedade, mas sem nunca chegar a tocar exatamente o pequeno ponto sensível que ardia para ser acariciado. Ela estava tão úmida... aquela umidade era toda dela ou dele também?

Uma camada de suor cobria a pele de Cassandra. A respiração saía em arquejos desesperados. Ela sentiu o dedo de Tom penetrá-la... um, não, dois... e tentou se desvencilhar da sensação a princípio desconfortável, mas ele deslizava os dedos ainda mais fundo cada vez que a carne dela latejava e relaxava. Então aquilo começou a doer, especialmente quando os nós dos dedos dele gentilmente alargaram a entrada do corpo dela. Tom colou a boca ao clitóris retesado, a língua provocando-o suave e rapidamente, e então tudo se transformou em prazer. Cassandra esticou o corpo, ofegante, e arqueou o quadril para cima em uma explosão de calor, os músculos internos contraídos contra os dedos que, de novo e de novo, a invadiam com delicadeza, cada contração mais forte que a anterior.

O clímax então veio, fazendo-a estremecer em ondas, até seu corpo estar tranquilo e frouxo. Os dedos cuidadosos dele se recolheram, deixando a carne pulsante, fechando-se ao redor do vazio. Cassandra deixou escapar um som inarticulado e estendeu a mão para ele. Tom puxou-a contra o peito, murmurando como ela era adorável, como o enchia de prazer, como ele a desejava. A sensação dos pelos do peito dele contra os seios nus era deliciosa, o toque ligeiramente áspero provocando ainda mais prazer.

– Continue relaxada – sussurrou Tom, posicionando-se entre as coxas dela.

– Não tenho escolha – conseguiu dizer Cassandra com certa dificuldade. – Tenho a sensação de ter sido passada em uma máquina de torcer roupa.

A risada rouca dele acariciou os ouvidos dela. Tom pousou a mão com carinho em cima da vulva dela, acariciando a umidade trêmula.

– Minha esposa linda... posso penetrar você agora?

Ela assentiu, encantada com a gentileza.

Mas Tom hesitou, e encostou o rosto contra a cascata de cabelos dela.

– Não quero machucar você. Nunca vou querer machucar você.

Cassandra passou a mão ao redor das costas dele, acariciando os músculos firmes.

– É por isso que está tudo bem.

Tom ergueu a cabeça e encarou-a, a respiração ligeiramente trêmula. Ela sentiu a pressão contra a abertura do seu corpo, rígida mas lenta, avançando milímetro a milímetro.

– Isso, isso... – sussurrou ele. – Tente se abrir para mim.

A pressão do membro dele a preencheu com um anseio lento e implacável. Tom abriu mais as coxas dela e afastou os lábios de seu sexo. Com gentileza e repetidamente, ele arremeteu os quadris, abrindo caminho cada vez mais fundo entre os músculos tensos e inexperientes dela. Apesar do desconforto, Cassandra adorou ver os sinais de prazer dele, a tensão erótica em seu rosto, o olhar nublado de desejo que, ao menos naquele instante, perdera a expressão sempre alerta. Em determinado momento, Tom se deteve e ficou parado a meio caminho dentro dela. Ele então colou a boca à da esposa, em um beijo ao mesmo tempo doce e devasso, até ela começar a se sentir menos letárgica, os nervos vibrando agora em uma excitação renovada.

– É o mais fundo que você consegue entrar? – perguntou Cassandra, hesitante, quando os lábios deles se afastaram, fazendo uma careta ao sentir a pressão volumosa onde os corpos deles se uniam.

– É o mais fundo que o seu corpo me permite ir – disse ele, afastando as mechas de cabelo que haviam se grudado à testa e às têmporas úmidas de suor dela. – Por enquanto.

Cassandra não pôde conter um breve suspiro de alívio quando o membro rijo dele recuou.

Tom fez com que ela se deitasse de lado, de costas para ele. E falou muito devagar, como se tivesse dificuldade em formar as palavras.

– Cassandra, minha linda... vamos tentar assim... se você... isso. Fique apoiada em mim. – Ele puxou o corpo dela para trás de modo que os dois ficassem encaixados como duas colheres em uma gaveta. Cassandra sentiu que Tom erguia a perna dela que estava em cima e a pousava sobre a dele. Então ele ajustou a posição dela, as mãos acariciando-a intimamente. – Passei tantas noites desejando você... Meu Deus, espero que isso seja real. Que não seja um sonho.

A ponta do sexo dele deslizou pela fenda macia entre as coxas dela, para a frente e para trás, antes de voltar a se alojar na abertura dolorida. Ele penetrou-a poucos centímetros e parou, Cassandra sentindo a presença rígida dentro dela. Ela permaneceu aconchegada nos braços dele, que acariciava a frente de seu sexo, as mãos experientes encontrando novos pontos sensíveis, provocando arrepios por toda a pele dela. Quando ele chegou ao lugar onde os corpos dos dois se uniam, toda a potência do desejo já voltara a dominá-la, e Cassandra se esticou e se contorceu contra ele. Tom brincou com os lábios macios do sexo dela e com cada lugar sensível mais para dentro. Ela gemeu, frustrada, e tentou colar mais o corpo aos dedos dele, acompanhando cada carícia.

Tom claramente estava com dificuldade de respirar e ofegava junto ao ouvido dela. Cassandra sentiu o peso e a rigidez do membro dele e se deu conta de que havia se contorcido e empurrado o corpo de tal forma que recebera toda a extensão da ereção do marido. Os dedos de Tom massageavam o clitóris inchado com uma habilidade enlouquecedora, de algum modo sabendo exatamente o ritmo de que ela precisava. O corpo de Cassandra se agarrou ao dele em espasmos arrebatados conforme ela chegava perto do clímax, perdida na intensidade pulsante das sensações que a dominavam. Tom prendeu a respiração, então deixou escapar um som baixo e rouco, como um grunhido aveludado, enquanto seu calor se espalhava dentro dela.

Após o clímax, relaxaram juntos lentamente, a carne unida ressoando com espasmos de prazer.

Cassandra suspirou e ronronou quando as mãos dele passearam por seus membros cansados.

– Acho que de fato eu implorei... ali perto do fim.

Tom pressionou uma risada baixa contra a lateral do pescoço dela e beijou a pele rosada.

– Não, meu amor. Tenho certeza de que esse era eu.

~

A luz do dia entrava pelos vitrais acima das janelas, levando embora aos poucos as sombras de dentro da cabine do vagão. Tom sentiu-se levemente surpreso quando acordou e descobriu Cassandra dormindo ao seu lado. *Tenho uma esposa*, pensou, apoiando o corpo sobre um cotovelo. A situação era tão agradável e tão interessante que ele se viu sorrindo feito bobo.

A esposa parecia vulnerável e adorável, como uma ninfa dormindo no bosque. O cabelo extremamente volumoso parecia saído de um quadro mitológico, as mechas douradas ondulando por toda parte, desordenadas, abundantes. Em algum momento durante a noite, Cassandra vestira uma camisola. Tom nem havia reparado – ele, que sempre acordava com o mínimo barulho. Mas supôs que era natural ter dormido tão pesadamente após o ritmo agitado do dia do casamento, seguido de uma noite cheia do prazer mais insano que já havia experimentado.

Para Tom, descobrir o que agradava e excitava uma mulher, o que a tornava única, era um desafio do qual sempre gostara. Ele nunca dormira com uma mulher de quem não gostasse de verdade e se dedicava com entusiasmo a satisfazer suas parceiras. Mas sempre houvera limites à intimidade que compartilhava com elas – só era capaz de baixar a guarda até certo ponto. Como resultado, alguns de seus casos amorosos haviam terminado mal, corroídos pela amargura.

Com Cassandra, no entanto, Tom deixara de lado essas defesas antes mesmo de pôr os pés no quarto. Não tinha sido uma atitude deliberada da parte dele, apenas... aconteceu. E, por mais que nunca tivesse tido a menor inibição em relação à nudez física, fazer amor com ela o levara perigosamente próximo da nudez emocional, o que fora muito assustador. E, ao mesmo tempo, surpreendentemente erótico. Ele nunca experimentara nada parecido, todas as sensações ampliadas e repetindo-se ao infinito, o prazer multiplicado em uma sala de espelhos.

Depois de fazerem amor, ele preparara uma compressa quente para

Cassandra colocar entre as pernas e água para beber. Então deitara-se ao lado dela enquanto a mente começava o processo habitual de catalogar os eventos do dia. Para sua surpresa, logo sentiu Cassandra se aproximar mais até estar com o corpo todo colado ao dele.

– Está com frio? – perguntara Tom, preocupado.

– Não – fora a resposta em uma voz sonolenta enquanto ela acomodava a cabeça no ombro dele. – Estou só me aconchegando.

Aconchegar nunca fizera parte do repertório de Tom na cama. O contato corporal sempre fora o prelúdio para outra coisa, nunca um fim em si mesmo. Depois de um instante, ele estendeu a mão livre para acariciar a cabeça dela, desajeitado. E sentira o rosto dela se curvar em um sorriso contra o seu ombro.

– Você não sabe fazer isso – constatou ela.

– Não – admitiu Tom. – Não sei bem para que serve.

– Não *serve* para nada – dissera Cassandra com um bocejo. – É só uma coisa que eu quero.

Ela se aconchegara ainda mais perto, enganchando uma perna esbelta sobre a dele – e adormecera imediatamente.

Tom ficara muito quieto, sentindo o peso da cabeça dela no ombro, percebendo agora quanto tinha a perder. Sentia-se imensamente feliz por estar com ela. Ela era a maior fraqueza dele, como Tom sempre soubera que seria.

Agora, com a esposa ali deitada ao seu lado, iluminada pelo sol da manhã, o olhar fascinado de Tom percorreu a manga longa da camisola dela, com a barra de renda, até chegar à mão delicada. Os crescentes brancos das unhas eram suavemente marcados, a superfície lustrada até ter um brilho vítreo. Tom não conseguiu resistir ao desejo de tocar em uma delas.

Cassandra se mexeu e se espreguiçou, os olhos de um azul profundo ainda desfocados no rosto rosado de sono. Ela piscou, se deu conta do ambiente desconhecido e abriu um leve sorriso.

– Bom dia.

Tom se inclinou, roçou os lábios nos dela e abaixou o corpo para descansar a cabeça na parte de cima do peito dela.

– Uma vez eu falei que não acreditava em milagres – disse ele. – Retiro o que disse. Seu corpo é definitivamente um milagre. – Tom brincou com as pregas e os babados intrincados e elegantes da camisola dela. – Por que vestiu isso?

Ela se espreguiçou embaixo dele e bocejou.
– Eu não podia dormir sem roupa.
Tom adorou o modo de falar pudico.
– Por que não?
– Eu me senti exposta.
– Pois eu acho que deveria estar sempre exposta. Você é linda demais para usar roupas.

Ele teria se estendido no assunto, mas foi distraído pelo som da barriga dela roncando.

Cassandra enrubesceu e disse:
– Não jantamos na noite passada. Estou morrendo de fome.
Tom sorriu e se sentou.
– O chef deste trem conhece mais de duzentas maneiras de preparar ovos – disse ele. E sorriu ao ver a expressão dela. – Pode se demorar aqui na cama. Vou providenciar tudo.

~

Como Tom imaginara, os preparativos para a viagem feitos por Rhys Winterborne foram soberbos. Após o café da manhã no trem, Tom e Cassandra chegaram a Weymouth Harbor, onde embarcaram em um iate particular a vapor de 250 pés. O próprio capitão os levou até a suíte do proprietário, que incluía uma sala de observação envidraçada e privativa.

O destino deles era Jersey, a maior e mais ao sul das ilhas do Canal. A província exuberante e próspera, a apenas 24 quilômetros da costa da França, era famosa por sua agricultura e pelas paisagens de tirar o fôlego, mas sobretudo pelo gado Jersey, uma raça que produzia um leite extraordinariamente rico.

Tom se mostrara um pouco cético quando Winterborne lhe contara o destino da lua de mel.

– Vai me mandar para um lugar conhecido basicamente pelas vacas?
– Você não vai nem reparar no que está ao redor – comentara Winterborne laconicamente. – Vai passar a maior parte do tempo na cama.

Depois que Tom pressionara o amigo por mais detalhes, Winterborne revelara que o hotel, La Sirène, era um resort à beira-mar com todos os confortos modernos e conveniências imagináveis. Com seus jardins isolados e varandas individuais, o lugar havia sido projetado para garantir privacidade aos hóspedes. Um chef de Paris absurdamente talentoso ganhara fama pelo restaurante, onde criava pratos requintados a partir da abundância de produtos frescos na ilha.

Graças à habilidade do capitão e da tripulação do iate, familiarizados com as correntes fortes e as cordilheiras submersas ao redor do arquipélago, a travessia foi relativamente tranquila. Chegaram em cinco horas, primeiro se aproximando do promontório alto e rochoso, depois contornando o canto sudoeste da ilha. O terreno ia ficando cada vez mais exuberante e verde à medida que entravam na baía de St. Aubin, emoldurada por imaculadas praias de areia branca. La Sirène se destacava com serenidade a partir de uma série de terraços elevados com jardim.

Quando Tom e Cassandra desembarcaram, o capitão do porto os recebeu no píer com grande deferência. Estava acompanhado por um oficial da guarda costeira que ficou muito perturbado ao ser apresentado a Cassandra. Um tanto atordoado, o rapaz começou a falar com ela em um jorro de palavras, discorrendo amplamente sobre a ilha – o clima, a história e qualquer outra coisa em que conseguisse pensar para manter a atenção dela.

– Dê um descanso à língua, rapaz – disse o capitão do porto, com um toque de resignação divertida –, deixe a pobre dama ter um momento de paz.

– Sim, chefe.

– Agora, você pode escoltar lady Cassandra até aquele parapeito coberto enquanto o Sr. Severin se certifica de que toda a bagagem tenha sido descarregada.

Tom franziu a testa diante do píer lotado. O capitão do porto, já um senhor de cabelos brancos, pareceu ler seus pensamentos.

– É uma curta distância, Sr. Severin. Sua esposa ficará mais confortável lá do que de pé aqui, com a bagagem sendo descarregada e os estivadores andando de um lado para outro.

Cassandra assentiu para tranquilizar Tom.

– Vou esperar por você no parapeito – disse ela, e deu o braço ao jovem oficial.

O capitão do porto sorriu enquanto observava os dois se afastando.

– Espero que perdoe o rapaz pela tagarelice, Sr. Severin. Uma grande beldade como a sua esposa pode deixar um homem nervoso.

– É melhor eu me acostumar com isso – lamentou Tom. – Ela provoca comoção toda vez que estamos em público.

O homem mais velho deu um sorriso melancólico.

– Quando cheguei à idade de conseguir uma esposa – falou –, entreguei o coração a uma moça do vilarejo. Uma beldade que não conseguia nem cozinhar uma batata. Mas eu estava perdidamente apaixonado por ela. Meu pai me avisou: "Quem se casa com uma beldade flerta com problemas." Mas empinei o nariz e disse a ele que meus princípios eram elevados demais para que eu usasse a aparência da moça contra ela.

Os dois riram.

– E o senhor se casou com ela? – perguntou Tom.

– Sim – confirmou o capitão do porto, risonho. – E trinta anos daquele sorriso compensaram as muitas batatas secas e queimadas.

Depois que os baús e malas foram descarregados do vapor e contados, um trio de carregadores se comprometeu a levar tudo de carruagem até o hotel. Tom se virou para a área coberta do porto em busca de Cassandra. Seu rosto assumiu uma expressão que misturava severidade e incredulidade ao avistar um grupo de estivadores, carregadores e cocheiros de troles de aluguel rodeando sua esposa. Um marinheiro gritou para ela:

– Me dê um sorriso, docinho! Só um sorrisinho! Qual é o seu nome?

Cassandra tentou ignorar os gritos enquanto o oficial da guarda costeira ao seu lado ficou simplesmente parado, sem fazer nada para protegê-la.

– Calma, calma, Sr. Severin... – disse o velho capitão do porto, seguindo Tom, que se dirigia a passos rápidos até Cassandra.

Quando alcançou a esposa, Tom bloqueou-a da visão deles e lançou um olhar de meter medo ao marinheiro.

– Minha esposa não está com vontade de sorrir. Tem alguma coisa a me dizer?

Os gritos cessaram, e o marinheiro encarou Tom. Depois de avaliar o oponente, decidiu recuar.

– Só que você é o desgraçado mais sortudo do mundo – falou com atrevimento.

Os homens ao redor caíram na gargalhada.

– Circulando, rapazes – disse o capitão do porto, dispersando rapidamente a aglomeração. – Vão cuidar da vida de vocês.

Quando se virou para Cassandra, Tom ficou aliviado ao ver que ela não parecia aborrecida.

– Você está bem? – perguntou.

– Claro, não aconteceu nada.

O oficial pareceu envergonhado.

– Achei que acabariam se cansando da brincadeira se os ignorássemos por algum tempo.

– Ignorar não funciona – disse Tom, seco. – É o mesmo que dar permissão. Da próxima vez, descubra quem é o líder e ataque.

– O homem tinha o dobro do meu tamanho – protestou o rapaz.

Tom o encarou com uma expressão exasperada.

– O mundo espera que um homem tenha coragem para fazer o que precisa ser feito. Especialmente quando uma mulher está sendo assediada.

O oficial pareceu não gostar da repreensão.

– Desculpe, senhor, mas são homens rudes e perigosos. Esse é um lado da vida que o senhor não conhece.

Enquanto o oficial se afastava, Tom balançou a cabeça, entre aborrecido e perplexo.

– Que diabo ele quis dizer com isso?

Cassandra estendeu a mão enluvada para acariciar a lapela do casaco do marido e olhou para ele com uma expressão risonha.

– Tom, meu querido, parece que você acaba de ser acusado de ser um cavalheiro.

CAPÍTULO 24

– Achei que você nunca dormia até tarde – comentou Cassandra na manhã seguinte ao ver o marido jogado na cama.

Ela estava parada diante das portas francesas que davam acesso à varanda particular do quarto, estremecendo levemente por causa da brisa fria da manhã.

Tom se espreguiçou devagar, como um felino. Ele esfregou o rosto e se sentou, a voz rouca de sono.

– Minha esposa me manteve acordado a noite toda.

Cassandra amava vê-lo com os olhos pesados e os cabelos bagunçados.

– Não foi culpa minha – defendeu-se. – Eu havia planejado ir dormir imediatamente.

– Então não deveria ter vindo para a cama usando uma camisola vermelha.

Cassandra conteve um sorriso e se virou para admirar a vista deslumbrante da baía de St. Aubin, com suas longas faixas de areia branca e limpa e o mar de um azul intenso. Uma ilhota rochosa no extremo da baía protegia as ruínas de um castelo Tudor, que o concierge do hotel dissera que eles poderiam visitar na maré baixa.

Na noite anterior, ela ousara vestir a camisola escandalosa que Helen lhe dera de presente para a lua de mel. Na verdade, a peça não poderia ser chamada de camisola – aliás, mal poderia ser qualificada como uma peça de roupa. Era feita de seda e gaze de um vermelho-romã, a frente fechada por algumas fitas sedutoras. Helen usara uma palavra em francês para descrever a peça... *négligé*... e garantira que era exatamente o tipo de coisa da qual os maridos gostavam.

Depois de olhar a esposa vestida com nada além de tiras de seda e um rubor no rosto, Tom deixara de lado o romance que estivera lendo e a atacara. Passou muito tempo acariciando-a e excitando-a por cima do tecido fino, lambendo a pele através da gaze. Com a boca e as mãos, ele mapeara o terreno sensível do corpo dela, explorando cada milímetro.

Gentil e implacável, Tom a provocara até um estado de frustração erótica que a fizera se sentir como um relógio a quem haviam dado corda demais. Mas ele não a possuíra completamente, sussurrando que ela estava muito sensível, que teriam que esperar até o dia seguinte.

Cassandra gemera e pressionara o corpo contra o dele, desesperada por prazer, enquanto Tom ria baixinho de sua impaciência. Ele desamarrou com os dentes as fitinhas que fechavam o *négligé* e deixou a língua descer até o meio das coxas dela. Os estímulos e carícias delicados continuaram até os nervos retesados atingirem um clímax intenso e profundo. Tom a acariciou por um longo tempo depois, o toque tão leve quanto um edredom de plumas, até Cassandra ter a sensação de que a própria noite se movia sobre ela, deslizando com ternura entre suas coxas, roçando de leve os bicos de seus seios.

Agora, recordando o prazer devasso que sentira nos momentos íntimos que haviam compartilhado, Cassandra sentia-se saciada mas tímida à luz do dia. Ela ajustou o cinto do roupão de veludo e não encontrou o olhar do marido quando sugeriu em uma voz animada:

– Vamos pedir o café da manhã? E então sair para explorar a ilha?

Tom sorriu, reparando na casualidade estudada.

– Claro.

Um café da manhã simples, mas bem preparado, foi levado até o quarto e arrumado em uma mesa perto de uma das amplas janelas. Havia ovos pochés, toranjas cortadas ao meio e caramelizadas, bacon e uma cesta de bolinhos que pareciam ter sido torcidos e virados parcialmente do avesso antes de serem fritos até ficarem de um marrom dourado.

– O que é isto? – perguntou Cassandra ao garçom.

– Chamam-se *Jersey wonders*, milady, "maravilhas de Jersey". São feitos aqui na ilha desde antes de eu nascer.

Depois que o garçom terminou de servir a comida e saiu, Cassandra pegou um dos bolinhos e deu uma mordida. Por fora era ligeiramente crocante, e no interior, macio e aromatizado com gengibre e noz-moscada.

– Humm.

Tom riu. Ele sentou-a diante da mesa e se inclinou para lhe dar um beijo na têmpora.

– Um bolinho em formato de sapato – murmurou ele. – Perfeito para você.

– Experimente – insistiu Cassandra, levando a guloseima à boca do marido.

Ele balançou a cabeça.

– Não gosto de doces.

– Experimente – ordenou ela.

Tom cedeu e deu uma mordidinha. Ao encontrar o olhar de expectativa dela, disse em um tom contrito:

– Parece esponja frita.

– Que absurdo! – exclamou Cassandra, rindo. – Você não gosta de nenhum tipo de doce?

O rosto dele estava acima do dela, os olhos sorridentes.

– Gosto. De você – respondeu ele, e roubou um beijo rápido.

∽

Saíram para uma longa caminhada pela orla, aproveitando o sol e o frescor do ar marinho. Foram conhecer o centro da cidade de St. Helier, que era cheio de lojas e cafeterias. Cassandra comprou alguns presentes para levar para a Inglaterra, entre eles algumas figuras esculpidas no granito rosa e branco extraído do local e uma bengala para lady Berwick, feita a partir do caule de um repolho gigante de Jersey, seco e envernizado.

Enquanto o dono da loja embrulhava as compras, que seriam entregues no La Sirène no final da tarde, Tom examinou alguns itens em exposição nas prateleiras e mesas. Levou um pequeno objeto até o balcão, um barco de madeira de brinquedo com uma figura esculpida de marinheiro segurando um remo.

– Isso vai flutuar reto em uma banheira? – perguntou ele.

– Sim, senhor – respondeu o homem com um sorriso. – O fabricante de brinquedos local pesa os barcos para se certificar. Jamais um barco de Jersey pode flutuar torto!

Tom entregou o barco ao dono da loja, para que embrulhasse com o resto.

Quando já estavam novamente na rua, Cassandra perguntou:

– Para Bazzle?

– Talvez.

Sorrindo, Cassandra parou diante da vitrine da loja seguinte, cheia de perfumes e águas de colônia em exposição. Mostrou interesse nos frascos decorados com filigrana dourada.

– Acha que eu deveria experimentar um novo perfume? – perguntou, pensativa. – Jasmim ou lírio-do-vale?

– Não. – Tom se colocou atrás dela e falou baixo perto de seu ouvido, como se lhe passasse informações altamente confidenciais. – Não há nada melhor no mundo do que o perfume das rosas na sua pele.

O reflexo compartilhado dos dois no vidro da vitrine ficou turvo quando ela se recostou no corpo forte dele. Por um instante, os dois ficaram ali parados, respirando juntos, antes de prosseguirem.

Na esquina de uma rua estreita pavimentada de granito, que dava na Royal Square, Cassandra parou diante de uma bela casa de pedra.

– Uma *datestone* – exclamou, olhando o lintel acima da porta, formado por blocos de granito cinzelados. – Li a respeito no guia que está na nossa suíte.

– O que é isso?

– É uma tradição antiga da ilha de Jersey. Quando duas pessoas se casam, elas gravam suas iniciais em granito, junto da data em que a família foi estabelecida, e colocam a pedra sobre a porta. Às vezes as iniciais são unidas com um símbolo, como um par de corações entrelaçados ou uma cruz cristã.

Juntos, eles examinaram a pedra sobre o lintel da porta.

J.M. 8 G.R.P.
1760

– Por que será que há um número 8 entre os dois nomes? – perguntou Cassandra, intrigada.

Tom deu de ombros.

– Devia ter um significado pessoal para eles.

– Talvez tenham tido oito filhos – sugeriu ela.

– Ou 8 xelins sobrando depois que construíram a casa.

Cassandra riu.

– Talvez comessem oito *Jersey wonders* todos os dias no café da manhã.

Tom se aproximou para examinar o entalhe com atenção. Depois de um instante, comentou:

– Repare no padrão do granito. Cortado paralelo aos veios, com listras horizontais que atravessam a superfície. Mas, no bloco central, com o número oito, as listras são verticais e a argamassa é mais nova. Alguém o consertou e colocou de volta da maneira errada.

– Você tem razão – disse Cassandra, examinando a cantaria. – Mas isso quer dizer que, originalmente, era um número 8 deitado. Isso não faz nenhum sentido. A menos que... – Ela fez uma pausa quando finalmente compreendeu. – Você acha que era o símbolo do infinito?

– Sim, mas não o habitual. Uma variante especial. Está vendo como uma das linhas não se conecta totalmente no meio? Este é o símbolo do infinito de Euler. *Absolutus infinitus.*

– Por que ele é diferente do habitual?

– No século XVIII, havia certos cálculos matemáticos que ninguém conseguia realizar porque envolviam séries de números infinitos. O problema com o infinito, é claro, é que não se consegue chegar a uma resposta final, uma vez que os números continuam aumentando para sempre. Mas um matemático chamado Leonhard Euler encontrou uma maneira de tratar o infinito como se fosse um número finito – e isso permitiu que ele fizesse cálculos em análise matemática que nunca haviam sido feitos antes. – Tom inclinou a cabeça em direção à *datestone*. – Meu palpite é que quem esculpiu este símbolo devia ser matemático ou cientista.

– Se a *datestone* fosse minha – disse Cassandra com ironia –, eu iria preferir corações entrelaçados. Pelo menos eu entenderia o significado.

– Não, isto é muito melhor do que corações – declarou Tom, a expressão mais séria do que Cassandra jamais vira nele antes. – Unir os nomes deles com o símbolo do infinito de Euler significa... – Ele fez uma pausa enquanto pensava na melhor maneira de explicar aquilo. – Os dois formavam uma unidade completa... uma união... que continha o infinito. O casamento deles teve começo e fim, mas cada dia foi cheio de eternidade. É um conceito bonito. – Tom fez uma pausa antes de acrescentar, constrangido: – Matematicamente falando.

Cassandra ficou tão comovida, encantada e surpresa que não conseguiu dizer nada. Apenas apertou a mão de Tom com força. Não sabia se tinha sido ela que pegara a mão dele ou o contrário.

Tom era um homem eloquente em praticamente todos os assuntos, menos em relação aos próprios sentimentos. Mas havia momentos como aquele, em que ele permitia vislumbres extraordinários do próprio coração sem parecer se dar conta disso.

– Me beije – disse Cassandra, a voz quase inaudível.

Tom inclinou a cabeça daquele jeito carregado de curiosidade que ela passara a amar antes de puxá-la para a lateral da casa. Eles pararam sob o abrigo de um jasmim de inverno cheio de florzinhas douradas. Tom curvou a cabeça e encostou os lábios nos de Cassandra. Querendo mais, ela deixou a ponta da língua brincar entre os lábios fechados dele. Tom se abriu para ela, que o beijou com insistência até que suas línguas se entrelaçaram e ele a abraçou.

Cassandra percebeu a mudança no corpo do marido em resposta à proximidade deles e sentiu o coração disparar quando ela pensou no que estava acontecendo com ele. Queria sentir toda a pele dele contra a dela e recebê-lo profundamente em seu corpo.

Tom encerrou o beijo e levantou a cabeça devagar, os olhos cheios de desejo fixos nos dela.

– E agora? – perguntou, a voz rouca.

– Vamos voltar para o La Sirène – sussurrou Cassandra. – Quero alguns minutos de infinito com você.

No silêncio da tarde, na suíte do hotel, Cassandra despiu Tom lentamente e afastou as mãos do marido quando ele quis fazer o mesmo com ela. Queria vê-lo, explorá-lo, sem a distração da própria nudez. Enquanto ela removia, uma de cada vez, as peças de roupa feitas sob medida, Tom se manteve paciente, submetendo-se à vontade dela com a breve sugestão de um sorriso.

Cassandra enrubesceu ligeiramente ao abrir os botões da calça dele. Tom estava tão excitado que a ponta saliente de sua ereção se destacava no cós da calça. Ela afastou o tecido da ponta inchada e desceu com cuidado a calça pelos quadris dele. O corpo de Tom era tão elegante... os músculos firmes, os ossos longos e perfeitamente simétricos como se moldados em um torno. Um ligeiro rubor começara na parte superior do seu peito, logo se espalhando pela pele clara do pescoço e do rosto.

Cassandra parou na frente dele, traçou o contorno forte da clavícula e pressionou as palmas das mãos contra os músculos firmes do peito.

– Você é meu – disse ela baixinho.

– Sou – afirmou ele, com um toque de divertimento na voz.

– Você inteirinho.

– Sou.

Cassandra correu os dedos devagar através dos pelos do peito dele, deixando as pontas das unhas arranharem delicadamente os mamilos. A respiração de Tom se alterou, agora saindo em arquejos mais roucos e profundos. Ela continuou a acariciá-lo, descendo até a ereção poderosa, e segurou o membro dele com as duas mãos. Era pesado, grosso e pulsava. Estava pronto.

– E isto é meu – voltou a dizer Cassandra.

– É...

O tom dele agora já não tinha mais nada de divertido. A voz era rouca de desejo, o corpo teso no esforço de se controlar.

Com muita delicadeza, como se realizasse um ritual, Cassandra segurou o peso frio abaixo do membro e massageou carinhosamente as esferas gêmeas, sentindo os movimentos internos. E então seus dedos subiram pelo membro ereto. Ela passou os polegares pela ponta macia e ergueu os olhos quando o marido deixou escapar sons do fundo da garganta, quase como se estivesse com dor.

Tom enrubesceu. Estava com as pupilas dilatadas e muito escuras.

Cassandra manteve os olhos fixos nos dele quando passou os dedos ao redor da ereção cada vez mais firme e começou a movimentar a mão para cima e para baixo.

Ela o sentiu puxar alguns grampos estratégicos de seus cabelos e logo Tom estava deslizando os dedos pela massa loura, acariciando gentilmente o couro cabeludo dela, fazendo todos os nervos do corpo de Cassandra vibrarem de prazer. Por baixo das várias camadas de saia, ela apertou as coxas uma contra a outra, reagindo ao pulsar da própria excitação. Seguindo um instinto, ajoelhou-se na frente dele e voltou a segurar o membro excitado. Não sabia bem o que estava fazendo, mas se lembrava muito bem do prazer que haviam provocado os beijos íntimos que Tom lhe dera. Queria proporcionar o mesmo a ele.

– Posso? – perguntou em um sussurro, e Tom deixou escapar algumas palavras não muito coerentes, mas que soaram como um consentimento entusiasmado.

Com muito cuidado e dedicação, ela lambeu os pesos macios e densos mais abaixo antes de deixar a língua correr por toda a extensão do pênis. A textura era mais sedosa, mais suave, do que ela imaginara, e a pele parecia arder de tão quente.

Um tremor percorreu os dedos de Tom, que continuava a acariciar os cabelos dela. Cassandra seguiu explorando aquela forma rija diante de si, beijando e acariciando com a língua, então tentando envolvê-lo com a boca.

– Cassandra... meu Deus...

Ofegante, Tom puxou-a para que se levantasse e se atrapalhou ao abrir a longa fileira de botões ocultos nas costas do vestido dela. Estava tão excitado que, sem jeito, puxou o vestido até alguns botões saírem voando.

– Espere – disse Cassandra, trêmula, mas rindo. – Calma, deixe que eu...

E levou as mãos às costas para tentar ela mesma abrir os botões. Era impossível. O vestido tinha sido feito para ser usado apenas por mulheres que tinham criadas e muito tempo livre. Tom não estava com disposição para esperar.

Ele levantou-a no colo, sentou-a na beirada da cama e enfiou a mão de qualquer maneira sob a saia da esposa. Com alguns puxões determinados, tirou o calção de baixo e as meias e logo afastou as pernas dela e se colocou entre elas. Cassandra estremeceu quando sentiu o hálito quente do marido contra a pele macia de suas coxas... o roçar da língua no pequeno botão que concentrava tanto do prazer dela. Com um suspiro preso na garganta, sentindo-se fluida como mel, Cassandra caiu de costas na cama. Cada golpe da língua de Tom provocava uma deliciosa onda de sensações que subia pelo ventre. Ele lambeu a carne cuja pulsação ficava cada vez mais forte, o peso do prazer crescendo dentro dela, louco para explodir. Os músculos dos braços de Tom e os pelos de seu peito pressionavam as pernas nuas dela, mantendo-as abertas e sustentando-as.

Ele se colocou acima dela e encaixou o membro entre suas coxas.

– Não consigo esperar – falou Tom com a voz rouca.

Cassandra estendeu a mão para ele, gemendo e arremetendo o corpo para cima até sentir o pênis rijo deslizando para dentro dela, como desejava, a ponta do membro ereto penetrando-a, dilatando a carne úmida. Trêmula de desejo, Cassandra passou as mãos pelo corpo nu do marido, encantada com aquela flexibilidade e força ao redor dela, dentro dela, cada vez mais fundo. Tom balançou de leve os quadris e girou-os devagar, acariciando lugares íntimos diferentes. Então penetrou-a mais fundo em arremetidas longas, usando o peso do próprio corpo para possuí-la da maneira exata. A sensação era enlouquecedora, deliciosa, cada arremetida provocando mais tensão, mais prazer, até que nada mais parecia existir a não ser o movimento ritmado entre as coxas dela. Cassandra arqueou o corpo e se abriu mais, querendo mais, e Tom deu o que ela queria.

– Está bruto demais? – perguntou ele, a voz rouca.

– Não... não... desse jeito mesmo...

– Consigo sentir você me apertando... toda vez que a penetro...

– Eu quero mais... por favor...

Cassandra dobrou os joelhos e ergueu os pés, e gemeu quando ele a penetrou ainda mais fundo.

– Demais? – perguntou Tom.

Mas Cassandra não conseguiu responder, apenas prendeu Tom entre as coxas enquanto o clímax a atingia em ondas, arrebatando-a, o êxtase dominando todos os sentidos. Ele ficou ainda mais rijo e logo seu calor se derramou dentro dela, o que apenas prolongou o clímax de Cassandra, com tremores se propagando por todo o corpo.

Depois disso, Tom se dedicou a despi-la por completo, rolando-a de bruços e abrindo cada um dos botões minúsculos e teimosos. Demorou muito, principalmente porque a toda hora ele parava para enfiar a mão pelas aberturas do vestido, ou por baixo da saia amassada, para acariciá-la com a boca ou com os dedos. Cassandra se deleitava com o som da voz dele, saciada e profunda, como se ele estivesse submerso.

– Você é tão linda. Tudo em você, Cassandra. Ao longo das costas você tem essa penugem dourada que parece um pêssego... e esse seu traseiro magnífico... tão cheio e delicioso... tão firme nas minhas mãos. Você me deixa louco... Olhe só como os seus dedinhos dos pés se encolhem. Isso sempre acontece pouco antes de você gozar para mim... eles se apertam e ficam rosados, toda vez...

Depois que Tom desabotoou o último botão, o vestido foi jogado sem cerimônia no chão. Ele beijou Cassandra da cabeça aos pés e fez amor com ela com diabólica lentidão. Então convenceu-a a ficar de quatro e a possuiu por trás, emoldurando-a com a solidez de seu corpo. Tom deslizou as mãos pela frente do corpo de Cassandra, segurou os seios e beliscou e torceu delicadamente os mamilos, que ficaram duros de excitação. Enquanto isso, penetrava fundo, até o âmago do corpo dela, em arremetidas profundas e lascivas.

Era primitivo ser possuída daquela forma. Parecia errado estar gostando tanto. Cassandra sentia o rosto quente, as partes íntimas tensas de desejo. Tom levou a mão ao sexo dela e acariciou delicadamente com movimentos ritmados. Ao mesmo tempo, Cassandra sentiu que ele colava a boca no alto de seu ombro, os dentes apertando devagar em uma mordidinha carinhosa. Ela estremeceu violentamente, o corpo envolvendo o membro dele com força, levando-o ao clímax. Tom arremeteu fundo e ficou imóvel enquanto Cassandra enfiava a cabeça no travesseiro para abafar os gritos agudos.

Depois de algum tempo, Tom virou ambos de lado, o corpo ainda preso dentro dela. Cassandra suspirou de prazer quando os braços musculosos dele a envolveram.

Tom roçou os lábios pela pele macia atrás da orelha dela e perguntou:

– E esse aconchego, que tal?

– Você está aprendendo – disse Cassandra, e fechou os olhos, satisfeita.

CAPÍTULO 25

– Se você não gostar desta casa – disse Tom quando a carruagem parou em Hyde Park Square –, poderá escolher outra. Ou construiremos uma. Ou encontraremos uma que esteja à venda.

– Estou determinada a gostar desta – declarou Cassandra – em vez de ter que mudar tudo para outro lugar.

– Provavelmente vai querer mexer na decoração.

– Acho que vou ficar bastante satisfeita com o modo como a casa está. – Ela fez uma pausa. – Embora eu tenha certeza de que a pobrezinha está implorando por algumas franjas.

Ele sorriu e ajudou-a a descer da carruagem.

Hyde Park Square era uma área elegante e próspera, que começava a rivalizar com Belgravia. Ocupava um distrito cheio de jardins particulares, casas e mais casas com suas fachadas de estuque creme e espaçosas mansões de tijolos e pedra.

O olhar de Cassandra percorreu a bela fachada diante dela. Era uma casa grande e bonita, com janelas salientes que davam para os jardins bem-cuidados. Havia uma garagem adjacente para carruagens, um estábulo moderno e uma estufa de vidro anexa ao prédio principal.

– São oito quartos no primeiro andar e cinco no segundo – disse Tom enquanto a acompanhava através do amplo hall de entrada, emoldurado com colunas e ornamentação em alvenaria. – Depois que comprei a casa, acrescentei vários banheiros com água quente e fria encanada.

Eles entraram em um salão quadrado com teto alto e claraboias de vitrais. Uma fileira de criados tinha se formado para cumprimentá-los. Assim que viram Cassandra, houve um burburinho de sussurros e até um gritinho abafado de uma das criadas mais jovens.

– Eles parecem ficar sempre muito animados quando me veem... – comentou Tom, com a voz tranquila e os olhos cintilando em uma expressão bem-humorada.

Uma governanta baixa e de aparência matronal, vestida de preto, aproximou-se e fez uma reverência.

– Bem-vindo à casa, milorde – murmurou.

– Lady Cassandra, esta é a Sra. Dankworth, nossa governanta extraordinariamente eficiente... – começou a dizer Tom.

– *Seja bem-vinda*, milady! – exclamou a mulher, fazendo mais uma mesura, o rosto quadrado cintilando de prazer. – Estamos todos muito satisfeitos, radiantes, de fato, por tê-la aqui.

– Obrigada, Sra. Dankworth – respondeu Cassandra em um tom caloroso. – O Sr. Severin falou muito bem da senhora. Elogiou muito suas habilidades.

– É muita gentileza da sua parte, milady.

Tom ergueu as sobrancelhas ao olhar para a governanta.

– Está sorrindo, Sra. Dankworth – comentou, perplexo. – Eu não sabia que a senhora era capaz de fazer isso.

– Se me permitir apresentá-la aos criados – disse a governanta –, eles ficariam muito honrados.

Cassandra seguiu com ela pela fileira de criados e foi apresentada a um por um. Enquanto trocava algumas palavras com cada um e tentava decorar seus nomes ela ficou emocionada com a simpatia de todos e a vontade de agradar.

Pelo canto dos olhos, Cassandra viu uma pequena forma passar rápido pela fila e colidir com Tom, que estava de pé ao lado.

– Este é Bazzle, nosso ajudante da criadagem – disse a Sra. Dankworth, a voz conformada. – É um bom menino, mas ainda muito novinho, como a senhora pode ver, e precisa de muita supervisão. Todos fazemos o melhor possível para cuidar dele, mas temos nossas tarefas diárias para cumprir.

Cassandra encontrou o olhar da mulher e assentiu, compreendendo muito do que ela não estava dizendo.

– Talvez mais tarde – falou – nós duas possamos conversar em particular sobre a situação de Bazzle, sim?

A governanta a encarou com um misto de gratidão e alívio.

– Obrigada, milady. Seria de grande ajuda.

Depois que conheceu todos os criados e apresentou sua camareira a eles, Cassandra seguiu em direção a Tom, que estava agachado conversando com Bazzle. Ficou impressionada com o óbvio afeto entre os dois, um sentimento que tinha certeza de que Tom não se dava conta. O menino falava sem parar, claramente encantado por ter a atenção dele. Tom enfiou a mão no bolso e pegou um brinquedo feito para conectar um copinho e uma bola presos a um cabo de madeira, que havia comprado para Bazzle na ilha.

– É para acertar a cabeça de alguém? – perguntou Bazzle, examinando a bola que estava presa por um barbante ao cabo.

Tom riu.

– Não, isto não é uma arma, Bazzle. É um brinquedo. Balance a bola e tente fazê-la cair no copo.

O menino se esforçou para fazer o que era dito, mas não teve sucesso.

– Não estou conseguindo.

– Porque está colocando força centrípeta demais na bola. Nesta velocidade, a força da gravidade não tem impulso suficiente para... – Tom se interrompeu ao ver a expressão vazia do menino. – O que eu quero dizer é que você precisa balançar mais devagar.

Ele fechou a mão ao redor da do menino, para demonstrar o que queria dizer. Juntos, os dois balançaram a bola para cima. No auge da subida curva e lenta, a bola pareceu pairar no ar e então caiu perfeitamente dentro do copinho.

Bazzle soltou um gritinho de prazer.

Cassandra alcançou os dois e se agachou ao lado deles.

– Olá, Bazzle – disse, sorrindo. – Você se lembra de mim?

O menino assentiu, parecendo estupefato ao vê-la.

O acesso regular a refeições saudáveis, descanso suficiente e uma boa higiene haviam provocado uma transformação surpreendente em Bazzle desde a última vez que Cassandra o vira. Ele estava mais gordinho, as pernas e os braços pareciam firmes em vez de prestes a quebrar, e o rosto, mais redondo. Os olhos escuros cintilavam e a pele tinha um brilho saudável. Seus dentes estavam brancos e escrupulosamente limpos, e os cabelos tinham sido cortados em camadas curtas, que também brilhavam de limpas. Um menino de ótima aparência que, sem dúvida, seria um dia um belo rapaz.

– O Sr. Severin lhe contou que agora eu vou morar aqui?

– Contou. A senhora agora é a patroa – disse ele, tímido.

– Isso mesmo.

– Gosto daquela música do porco que a senhora cantou para mim – se arriscou a dizer Bazzle.

Cassandra riu.

– Vou cantar novamente mais tarde, então. Mas primeiro tenho uma confissão a fazer. – Ela chamou-o com o dedo para que ele chegasse mais perto e o menino obedeceu com uma expressão cautelosa. – Estou um pouco nervosa por estar me mudando para uma casa nova – sussurrou. – Não sei onde fica nada.

– É mesmo uma casa bem grande – comentou Bazzle enfaticamente.

– É – concordou Cassandra. – Você me levaria para conhecer tudo?

Ele assentiu e abriu um sorriso enorme.

Tom se levantou e deu a mão a Cassandra para que ela também se levantasse. Então encarou-a com a testa ligeiramente franzida.

– Meu bem, seria melhor que me deixasse mostrar a casa a você. Ou a Sra. Dankworth, se preferir. Você não vai receber as informações necessárias de um menino de 9 ou 10 anos.

– Você me mostra a casa mais tarde – sussurrou ela, e ficou na ponta dos pés para dar um beijo no queixo dele. – No momento, não estou querendo saber mais sobre a casa, mas sobre Bazzle.

Tom a encarou, espantado.

– O que há para saber?

~

Cassandra estendeu a mão para pegar a de Bazzle, que aceitou na mesma hora e passou a guiá-la pela casa, começando pelo térreo. Eles seguiram até a cozinha, onde ele mostrou a ela o elevador com várias prateleiras conectadas que levava os pratos até a sala de jantar.

– Eles colocam a comida aí – explicou Bazzle – e puxam uma corda para que ele suba. Mas pessoas não podem entrar aí, mesmo se estiverem com as pernas cansadas. – Ele deu de ombros. – Acho uma pena.

Em seguida, Bazzle mostrou a ela o cômodo que unia a despensa de secos e molhados.

– Eles trancam esta sala toda noite – avisou ele. – Por isso é melhor comer tudo no jantar, até as beterrabas, porque depois não pode comer mais nada. – Bazzle fez uma pausa antes de acrescentar em um sussurro conspiratório: – Mas a cozinheira deixa sempre um pedaço de pão para mim na caixa de pão. Posso dividir com a senhora, se estiver com fome.

Eles seguiram pela área de serviço e pelo salão dos criados, mas deram a volta ao redor dos aposentos da governanta, de onde a Sra. Dankworth, segundo Bazzle, gostava de surgir de repente para fazer a pessoa lavar as mãos e o pescoço na área de serviço.

Os dois chegaram então a um cômodo com prateleiras e fileiras de ganchos para chapéus, um lugar para se deixarem os guarda-chuvas e uma mesa com equipamentos para limpar e lustrar calçados. O ar tinha cheiro de couro encerado e graxa. Uma janelinha perto do teto permitia a entrada da luz externa.

– Este é o meu lugar – disse Bazzle com orgulho.

– O que você faz aqui? – perguntou Cassandra.

– Toda noite eu limpo a lama dos sapatos e das botas e deixo tudo brilhando. Depois, vou dormir.

– E onde é o seu quarto?

– A cama fica bem ali – respondeu o menino, animado, e abriu um armário de madeira.

Cassandra avistou a cama embutida em um vão da parede, com colchão e roupas de cama. Ficou olhando para a parede sem piscar.

– Você dorme na sala dos calçados, meu bem? – perguntou com toda a delicadeza.

– É uma ótima caminha – disse ele, animado, e deu uma palmadinha no colchão. – Nunca tinha tido uma antes.

Cassandra estendeu a mão e puxou-o lentamente para ela, alisando os cachos brilhantes de seus cabelos.

– Daqui a pouco você vai estar grande demais para ela – murmurou, a cabeça quente, a garganta apertada de indignação. – Vou me certificar de que a próxima seja maior. E mais bonita.

Bazzle apoiou a cabeça contra ela, hesitante, e deixou escapar um suspiro profundo e feliz.

– A senhora tem cheiro de flores.

~

– Não, eu não sabia que era na sala dos calçados – disse Tom, irritado, quando Cassandra o confrontou no quarto. Ele ficara surpreso e aborrecido quando vira a esposa se aproximar com os lábios cerrados, parecendo ter se esquecido da lua de mel encantada. – A Sra. Dankworth me informou que era em um quarto perto do dela, para que pudesse ajudá-lo caso ele precisasse de alguma coisa durante a noite.

– Bazzle nunca pediria ajuda a ela. Ele está convencido de que a Sra.

Dankworth tentaria lavá-lo em qualquer oportunidade que tivesse. – Cassandra andava de um lado para outro no quarto elegante, os braços cruzados com força diante do peito. – Ele está dormindo dentro de um armário, Tom!

– Em uma cama boa e limpa – argumentou ele. – É melhor do que o barraco infestado de ratos onde vivia antes.

Ela o encarou com uma expressão severa.

– Bazzle não pode passar o resto da vida sendo grato por ter só o mínimo, dizendo "Ora, é melhor do que um barraco infestado de ratos".

– O que você quer para ele? – perguntou Tom, com paciência forçada, encostando o ombro contra uma das colunas de pau-rosa da cama. – Que tenha o próprio quarto no terceiro andar com os outros criados? Feito. Agora podemos nos concentrar em alguma outra coisa que não seja Bazzle?

– Ele não é um criado. É um menininho, vivendo entre adultos, trabalhando como um adulto... perdendo a chance de aproveitar a infância.

– Alguns de nós não têm permissão para aproveitar a infância – disse Tom bruscamente.

– Ele não pertence a ninguém, a lugar algum. Não pode viver entre dois mundos, não pode ficar sem se encaixar direito em algum deles, sem nunca saber qual é o seu lugar.

– Maldição, Cassandra...

– E o que vai acontecer quando você e eu tivermos filhos? Bazzle terá que crescer perto de uma família, assistindo de fora, sem nunca ser convidado a entrar. Isso não é justo com ele, Tom.

– Mas para mim foi, não é? Que inferno! – retrucou ele, com a força do disparo de um rifle.

Cassandra o olhou, espantada, e parte da raiva a abandonou. Ela se virou para encará-lo enquanto o silêncio pesava no quarto. Tom tinha o rosto voltado para o outro lado, mas ela viu que estava muito vermelho. Todos os músculos do corpo dele pareciam tensos, e ele se esforçava para conter as próprias emoções.

Quando finalmente voltou a falar, a voz era fria e composta.

– Quando os Paxtons me aceitaram na casa deles, tive a opção de dividir o quarto com um criado ou dormir em um colchão na cozinha, perto do fogão. O quarto do criado já era pequeno demais só para ele. Escolhi o colchão. Dormi nele todas as noites por anos. Toda manhã, eu enrolava o colchão e me sentia grato. Às vezes eu comia com a família, mas normalmente comia sozinho na cozinha. Nunca pensei em pedir mais ao Sr. Paxton. Ter um lugar seguro e limpo para dormir e não passar fome era o suficiente. Mais do que o suficiente.

Não, não era, pensou Cassandra, sentindo o coração apertado.

– Com o tempo, fui capaz de pagar por um quarto em uma pensão – continuou Tom. – Continuei a trabalhar para o Sr. Paxton, mas passei também a administrar projetos e a apresentar soluções de engenharia para outras empresas. Comecei a ganhar dinheiro. Os Paxtons me convidavam para jantar de vez em quando. – Ele deixou escapar uma risadinha sem humor. – A parte estranha era que eu nunca me sentia confortável à mesa com eles. Tinha sempre a sensação de que deveria estar comendo na cozinha.

Ele ficou em silêncio por um bom tempo, olhando para a parede com uma expressão distante, como se as lembranças estivessem sendo projetadas ali. Embora seu corpo parecesse ter relaxado, suas mãos envolviam com tamanha força a coluna da cama que os nós dos dedos estavam pálidos.

– O que fez você se afastar da família, depois? – ousou perguntar Cassandra, os olhos fixos nos dele.

– Eu senti... alguma coisa... por uma das filhas de Paxton. Ela era bonita, gostava de flertar. Eu queria... Achei...

– Você pediu consentimento para cortejá-la?

Tom confirmou com um breve aceno de cabeça.

– E o Sr. Paxton recusou? – pressionou Cassandra.

– Ele teve um ataque – disse Tom, os cantos da boca se erguendo em um sorriso sombrio. Ele segurou a coluna da cama com mais força ainda. – Eu jamais teria esperado uma fúria tão grande. Como eu ousara me aproximar de uma das filhas dele?... A Sra. Paxton literalmente precisou de sais para não desmaiar. Aquilo me fez perceber como eles me viam de um modo diferente de como eu mesmo me via. Eu não sabia quem estava errado.

– Ah, Tom... – Cassandra parou atrás do marido, passou os braços ao redor dele e descansou o rosto em suas costas. Uma lágrima escorreu pela bochecha e foi absorvida na mesma hora pela camisa. – *Eles* estavam errados. Você sabe disso. Mas agora... *você* está errado. – Ela sentiu o corpo dele se enrijecer, mas continuou, obstinada. – Criou uma situação em que Bazzle vai experimentar exatamente o mesmo que você. Um menino sem ninguém, crescendo em uma casa com uma família da qual ele nunca vai fazer parte. Próximo o bastante para amá-los, mas sem ser amado de volta.

– Eu não os amava – grunhiu Tom.

– Amava, sim. E é por isso que dói. Por isso que ainda dói. E agora você está seguindo os passos do Sr. Paxton. Está fazendo o mesmo com Bazzle. – Ela precisou de uma pausa para engolir as lágrimas. – Tom, você trouxe esse menino para casa porque viu as muitas qualidades que ele tem. Passou a se importar com ele, mesmo que só um pouco. Agora estou pedindo que se importe mais. Que deixe Bazzle ser parte da família e ser tratado com o afeto e o respeito que ele merece.

– E o que faz você achar que ele merece? – perguntou Tom, irritado.

– Você merecia – disse ela baixinho, afastando-se dele. – Toda criança merece.

E Cassandra saiu do quarto silenciosamente, deixando-o sozinho para encarar os próprios demônios.

~

Cassandra sabia que Tom levaria algum tempo para chegar a um acordo com o passado e com os sentimentos que guardara para si por tanto tempo. Ele talvez negasse tudo o que ela dissera, ou se recusasse a falar a respeito. Ela teria que ser paciente e compreensiva, e esperar que o marido reconhecesse aos poucos que ela estava certa.

Enquanto isso, aproveitaria para se instalar em sua nova casa e começar a construir uma vida.

Com a ajuda da camareira, Cassandra passou o resto da tarde guardando roupas, acessórios, sapatos e os milhares de itens necessários para uma dama se apresentar adequadamente. Nenhum som vinha do quarto e da sala de estar de Tom, conectados aos dela.

Quando se arriscou a dar uma olhada, Cassandra descobriu que o quarto estava vazio.

Talvez ele tivesse ido ao clube, pensou ela com um toque de melancolia, ou a uma taberna, ou a qualquer outro lugar aonde os homens costumam ir para evitar suas esposas. Esperava que o marido voltasse para o jantar. Ele não seria tão sem consideração a ponto de se ausentar da refeição sem avisá-la, não é? Não havia algo sobre isso no contrato? Sim, ela estava certa de que havia. Se por acaso Tom violasse o contrato após apenas uma semana de casamento, ela teria que tomar uma atitude drástica. Amassaria o contrato na frente dele. Colocaria fogo nos papéis. Ou talvez...

Seus pensamentos foram interrompidos por uma batida suave no batente da porta. Cassandra levantou os olhos e sentiu o coração saltar ao ver o marido parado ali, muito grande e moreno, com os cabelos ligeiramente desgrenhados.

– Posso entrar? – perguntou Tom em voz baixa.

– Ah, sim – respondeu Cassandra, confusa. – Não precisa perguntar, é só... – Ela se virou para a camareira. – Meg, se não se importar...

– Sim, milady. – A camareira pegou uma caixa coberta de tecido, onde guardavam as meias, e a colocou em cima da cômoda. Quando passou por Cassandra, seus olhos brilhavam com malícia, e ela deu uma piscadela.

Cassandra franziu a testa e a apressou para que saísse logo do quarto.

Tom entrou, trazendo o cheiro do ar de inverno e de folhas secas. Ele se recostou na cômoda e enfiou as mãos nos bolsos, a expressão insondável.

– Você foi dar um passeio? – perguntou Cassandra.

– Sim.

– Espero que tenha sido agradável.

– Nada de especial.

Ele respirou fundo e soltou o ar lentamente.

– Tom – falou Cassandra, inquieta –, o que eu disse antes...

– Sentimentos são coisas inconvenientes – disse Tom. – Por isso decidi limitar os meus a apenas cinco. Durante a maior parte da minha vida adulta, tinha sido fácil manter as coisas assim. Então conheci você. Agora meus sentimentos se multiplicaram como coelhos e pareço ter quase tantos quanto as pessoas normais. O que é excessivo. Mas... se um homem com um cérebro mediano pode gerenciar todos esses sentimentos bem o bastante para conseguir funcionar com eficiência, eu, com meu cérebro poderoso e superior, também posso.

Cassandra assentiu, encorajando-o, embora não estivesse entendendo bem o que ele estava dizendo.

– Bazzle não vai mais trabalhar na casa – anunciou Tom. – Ele pode dormir em um quarto neste andar e comer à mesa conosco. Vamos dar a ele a educação que você achar melhor. Vou criá-lo como... se fosse meu.

Cassandra o escutou, maravilhada, pois esperara um longo cerco e, de repente, se via diante de uma rendição antecipada. Sabia que não fora fácil para Tom deixar o orgulho de lado daquele jeito. Como compreendia que era difícil para o marido fazer concessões e encarar as mudanças pelas quais estava passando, ela correu para colar o corpo ao dele, que permaneceu imóvel.

– Obrigada – disse.

Tom apoiou a cabeça no ombro dela e passou os braços ao seu redor.

– Não tomei essa decisão para agradá-la – resmungou ele. – Você fez uma argumentação lógica e por acaso concordei com os pontos que abordou.

Cassandra passou os dedos lentamente pelos cabelos dele.

– E você se importa com ele.

– Eu não colocaria as coisas necessariamente assim. Só desejo que Bazzle esteja seguro, confortável e feliz, e não quero que nenhum mal lhe aconteça.

– Isso é se importar.

Tom não respondeu, mas apertou mais o abraço. Depois de um longo momento, ele perguntou contra o ombro da esposa:

– Vou ganhar alguma recompensa?

Cassandra riu.

– Meu corpo não é um prêmio por você fazer a coisa certa.

– Mas ele torna muito mais fácil fazer a coisa certa.

– Bem, nesse caso...

Ela pegou a mão dele e levou-o para a cama.

CAPÍTULO 26

Logo após voltarem da ilha de Jersey, Cassandra se viu assolada por uma torrente de visitas, que foi obrigada a retribuir. Tom ficou espantado com a complexidade das regras sociais pelas quais a esposa navegava com tanta habilidade.

Ela sabia exatamente quando e como visitar as pessoas e quem recebia visitas em quais dias. Sabia quais convites poderiam ser recusados e quais tinham que ser aceitos a não ser que alguém estivesse à beira da morte. Era preciso dispor de uma variedade desconcertante de cartões para aquele negócio de fazer e receber visitas... cartões individuais para Tom e para ela mesma, um cartão ligeiramente maior com os dois nomes gravados, cartões impressos com o endereço e as preferências de dias para receber visitas, cartões para serem deixados após uma visita casual e cartões para serem deixados quando não se pretendia fazer a visita.

– Por que você iria à casa de alguém se não quer ver a pessoa? – perguntara Tom.

– Quando devemos uma visita a uma amiga mas não temos tempo para ficar com ela, deixamos um cartão na mesa do hall para ela saber que estivemos lá.

– Mais precisamente, você esteve na casa dela mas não queria vê-la.

– Exato.

Tom não se deu o trabalho de tentar compreender, já que havia muito tempo aceitara que um pequeno grupo de indivíduos conceituados tinha decidido tornar a interação humana o mais complicada e antinatural possível. Não era isso que o incomodava, e sim a hipocrisia de uma sociedade que condenava alguém por uma pequena transgressão mas deixava um dos seus escapar ileso de algo muito pior.

Sentira-se enojado – embora nada surpreso – com a reação da alta sociedade à matéria publicada no *London Chronicle* desmascarando o marquês de Ripon e seu filho, lorde Lambert, como desgraçados cruéis e mentirosos que haviam tentado intencionalmente arruinar a reputação de Cassandra. Os amigos e parceiros de negócios de Ripon se apressaram em desculpar suas ações e a lançar o máximo de culpa possível sobre a jovem que ele humilhara publicamente.

O marquês cometera um erro de julgamento, disseram eles, porque ainda estava perturbado pelo mau comportamento do filho. Outros alegaram que era um mal-entendido que, apesar de infeliz, acabara bem. Lady Cassandra, mesmo acusada injustamente, acabara se casando, argumentavam, assim nenhum dano real havia sido feito.

Era consenso nos círculos sociais mais elevados que, embora o comportamento do marquês tivesse sido lamentável, o lapso deveria ser esquecido, sendo ele um cavalheiro de tanta categoria. Algumas pessoas argumentaram que Ripon havia sido punido o suficiente pelo constrangimento que lhe causara a conduta infame do filho e também pelas consequências disso em sua própria reputação. Portanto, o peso da culpa recaiu sobre lorde Lambert, que permanecia ausente e parecia ter decidido retomar seu *grand tour* pelo continente por tempo indeterminado. Ripon, por sua vez, seria bem-vindo de volta ao seio da sociedade quando o escândalo arrefecesse.

Enquanto isso, especialistas da sociedade decidiram que não haveria problema em visitar lady Cassandra e seu marido rico, e cultivar uma relação vantajosa com eles.

Tom teria tido prazer em seguir com seu plano original e mandar todos para o inferno, mas Cassandra parecia satisfeita com as visitas. Ele toleraria qualquer coisa, por mais irritante que fosse, para fazê-la feliz.

Desde que tinha 10 anos, o trabalho era a parte principal da existência de Tom, e o lar tinha sido o lugar de breves intervalos necessários, onde ele realizava os rituais de dormir, comer, se lavar e se barbear com a maior eficiência possível. Agora, pela primeira vez na vida, ele se pegava correndo com o trabalho para poder voltar para casa, onde todas as coisas interessantes pareciam estar acontecendo.

Passada a primeira quinzena depois da lua de mel, Cassandra tinha assumido o controle da casa em Hyde Park Square com impressionante atenção aos detalhes. Apesar de toda a conversa sobre relaxar e sobre ser uma dama que apreciava o ócio, ela era um turbilhão disfarçado. Cassandra sabia o que queria, sabia dar instruções e também como abordar a complexa rede de responsabilidades e relacionamentos incluídos na administração de um lar.

Contrataram um assistente para a cozinheira idosa e novos pratos já estavam sendo servidos à mesa. Depois de revisar as rotinas domésticas com a Sra. Dankworth, ficou combinado que também contratariam mais duas criadas para os serviços domésticos e um criado, para reduzir a carga de trabalho de um modo geral. Eles tinham muito pouco tempo livre por semana, Cassandra explicara a Tom, o que era exaustivo e deprimente. Ela e a governanta também concordaram em abrandar algumas regras para que os criados tivessem suas individualidades mais respeitadas e se sentissem mais confortáveis – por exemplo, as criadas que cuidavam do serviço doméstico não seriam mais obrigadas a usar toucas tolas, em formato de um bolinho, que não serviam para nada além de carimbá-las como criadas domésticas. Essas pequenas concessões pareciam ter animado visivelmente o clima geral da casa.

A sala extra que Cassandra havia requisitado como seu escritório particular estava cheia de livros de amostras de tinta, de papéis, de tapetes e de tecidos, já que ela havia decidido trocar parte da decoração que considerava gasta ou antiquada. Isso incluía as acomodações dos criados, onde a roupa de cama, as mantas e as toalhas foram substituídas, assim como várias peças de mobília bambas ou quebradas. Também seria encomendado um sabonete de melhor qualidade para as necessidades pessoais dos criados em vez do sabão grosseiro que usavam antes, que deixava a pele seca e os cabelos quebradiços.

Tom ficou aborrecido ao se dar conta de que havia detalhes em relação à vida dos criados dele de que nunca tivera ciência ou que nunca se dera o trabalho de querer saber.

– Ninguém nunca mencionou que meus criados recebiam o sabão mais barato possível – dissera ele a Cassandra, irritado. – Nunca fui avarento.

– É claro que não – tranquilizou-o Cassandra. – A Sra. Dankworth só estava tentando ser econômica.

– Ela poderia ter me falado.

Cassandra respondeu, com diplomacia:

– Não sei se ela se sentia confortável para falar com você sobre sabão para a criadagem. Você parece ter dito a ela que não queria ser importunado com detalhes e que era para ela decidir por si mesma.

– Minha opinião sobre o bom senso dela era claramente elevada demais – resmungou Tom. – Eu preferia que meus criados não sofressem com a pele descamada por sabão feito de petróleo e soda cáustica.

Em meio a toda aquela atividade, Bazzle de forma alguma foi esquecido. Cassandra o levara ao dentista para uma limpeza profissional, então a um oculista, que fez um exame de vista completo e declarou que o menino tinha a visão perfeita. Depois disso, os dois haviam visitado um alfaiate, que tirara as medidas de Bazzle para suas roupas novas. Embora ainda não tivesse encontrado um tutor particular que pudesse levar o menino ao nível de aprendizagem das outras crianças da idade dele, a própria Cassandra começara a lhe ensinar o alfabeto. Bazzle achara as aulas chatas e cansativas, até ela lhe comprar um conjunto de blocos de madeira pintados, com imagens junto às letras. Na hora das refeições, Cassandra se esforçava para ensinar o básico de boas maneiras ao menino, inclusive como usar os talheres.

Embora Bazzle adorasse Cassandra, a atenção incansável dela provavelmente era a razão pela qual o menino insistira em acompanhar Tom ao escritório toda manhã. No entanto, depois que encontrassem um tutor, aquelas visitas teriam que ser restringidas.

– Os dedos funcionam tão bem quanto garfos – resmungara Bazzle quando fora almoçar com Tom em uma barraca de comida, certo dia. – Não preciso de talheres nem do alfabeto.

– Veja da seguinte maneira – dissera Tom, conciliador. – Se você estiver comendo em uma mesa ao lado de um camarada que sabe usar um garfo devidamente, enquanto você só consegue comer com os dedos, as pessoas vão pensar que ele é mais inteligente do que você.

– Eu não me importo.

– Vai se importar quando ele conseguir um emprego melhor do que o seu.

– Ainda não me importo – foi a resposta emburrada de Bazzle. – Gosto de varrer.

– E quanto a operar uma escavadeira grande e cavar uma rua inteira em vez de varrê-la?

Para a surpresa de Tom, a expressão de Bazzle se iluminou, cheia de interesse.

– Eu, escavar uma rua?

– Algum dia, Bazzle, você poderia estar no comando de uma frota de máquinas enormes. Poderia ser dono da sua própria empresa, para construir novas ruas e escavar túneis. Mas esses são trabalhos para homens que usam garfos e sabem o alfabeto.

~

No dia em que Tom levou Cassandra para visitar seu escritório, ele não esperava que todo o decoro profissional fosse abandonado de forma tão absoluta por todos – desde os chefes de departamento até os secretários e contadores. Todo mundo se amontoou e a bajulou como se ela fosse da realeza. Cassandra foi gentil e encantadora em meio a toda a agitação, enquanto Bazzle ficou grudado em Tom e olhara para ele com certo alarme.

– Ficaram todos doidos – comentou o menino.

Tom manteve um braço protetor ao redor dele, alcançou Cassandra e conseguiu levar os dois para sua sala no último andar. Assim que estavam em segurança, Bazzle passou os braços ao redor dos quadris de Cassandra e olhou para ela.

– Fui esmagado – contou.

Cassandra alisou os cabelos dele e endireitou o boné que o menino usava.

Sua resposta foi interrompida quando alguém se aproximou, tropeçou em uma cadeira e quase caiu.

Era Barnaby, que acabara de entrar na sala e avistara Cassandra. Tom estendeu a mão automaticamente para firmá-lo.

– Ah, não – disse Bazzle com um gemido. – Você também, não!

Em defesa dele, é preciso dizer que Barnaby conseguiu recuperar a compostura, mas seu rosto ficou tão vermelho que os cachos indomados pareciam irradiar de sua cabeça, como se eletrificados.

– Milady – disse ele, e curvou-se, nervoso, com uma pilha de livros e papéis apertada em um braço.

– Isto é o indispensável Sr. Barnaby? – perguntou Cassandra com um sorriso.

– Sim – respondeu Tom pelo assistente, que estava perturbado demais para falar.

Cassandra avançou, com Bazzle ainda colado ao quadril, e estendeu a mão.

– Como fico feliz em finalmente conhecê-lo. De acordo com meu marido, nada funcionaria aqui se não fosse pelo senhor.

– Foi isso que eu disse? – perguntou Tom com ironia enquanto Barnaby pegava a mão de Cassandra como se fosse um objeto sagrado. – Barnaby – continuou Tom –, que pilha é essa que você está segurando?

Barnaby se virou para ele, muito sério.

– O que... ah... *esta* pilha. – Ele soltou a mão de Cassandra e pousou o material em cima da mesa de Tom. – São informações sobre o Fundo de Proteção da Charterhouse, senhor, e também sobre empresas e residentes locais, um resumo do relatório pendente da Comissão Real de Tráfego de Londres e uma análise do comitê que votará para autorizar seu projeto.

– Que projeto? – perguntou Cassandra.

Tom levou-a até um mapa de Londres na parede. Com a ponta de um dedo, ele traçou uma linha que ia da Charterhouse Street em direção a Smithfield.

– Propus um projeto de lei para construir uma linha ferroviária subterrânea conectada a outra já existente que atualmente termina em Farringdon. A proposta está sendo examinada por um comitê seleto de lordes e comuns. Eles vão se reunir na próxima semana para decidir se aprovam a construção da linha. O problema é que alguns moradores e comerciantes locais estão lutando contra a ideia.

– Tenho certeza de que temem todos os inconvenientes e o barulho das obras – comentou Cassandra. – Para não mencionar a perda de negócios.

– Sim, mas todos eles acabarão se beneficiando de ter uma nova estação nas proximidades.

Barnaby pigarreou delicadamente atrás deles.

– Nem *todos*.

Cassandra olhou para Tom com curiosidade.

Ele torceu os lábios, resistiu à vontade de lançar um olhar letal a Barnaby e indicou outro ponto no mapa.

– Isso é o que resta da Charterhouse Lane, que foi abandonada depois que a maior parte da rua foi convertida na Charterhouse Street. Bem aqui há dois cortiços que já deveriam ter sido condenados para uso anos atrás. Cada um deles foi designado para abrigar mais de trinta famílias, mas abrigam pelo menos o dobro de pessoas. Não há luz, nem ar fresco, proteção contra o fogo ou qualquer instalação sanitária... é a coisa mais próxima do inferno na terra.

– Não são seus esses cortiços, eu espero – perguntou Cassandra, apreensiva. – Você não é o proprietário, certo?

A pergunta o irritou.

– Não, não são meus.

Barnaby voltou a falar, querendo se mostrar útil.

– No entanto, depois que o projeto for aprovado, o Sr. Severin vai ter o poder de comprar ou desapropriar qualquer propriedade que quiser para que a ferrovia subterrânea possa passar. Por isso eles organizaram o Fundo de Proteção da Charterhouse Lane, a fim de tentar detê-lo. – Diante do olhar aborrecido de Tom, o rapaz acrescentou rapidamente: – Quero dizer, *nos* deter.

– Então os cortiços passarão a ser seus – disse Cassandra a Tom.

– Essas pessoas precisam sair de lá – respondeu Tom na defensiva –, independentemente de a linha do trem subterrâneo ser construída ou não. Acredite em mim, vai ser uma bênção elas serem forçadas a sair daquele buraco dos infernos.

– Mas para onde elas irão? – perguntou Cassandra.

– Bem, isso não é problema meu.

– É, se você comprar os cortiços.

– Não vou comprar os cortiços, vou comprar só o terreno que está abaixo deles. – O olhar irritado de Tom abrandou um pouco quando encontrou o rostinho de Bazzle virado para ele. – Por que não pega sua vassoura e vai varrer um pouco? – sugeriu com gentileza.

O menino, que já estava entediado com a conversa, aceitou, satisfeito, a sugestão.

– Vou começar pelos degraus do lado de fora. – Ele correu até Cassandra e puxou-a pela mão até uma das janelas da frente. – Mamãe, fica olhando daqui para me ver varrendo!

Barnaby ficou olhando estupefato enquanto Bazzle saía correndo do escritório.

– Ele acabou de chamá-la de "mamãe"? – perguntou a Tom, perplexo.

– Ela disse que eu podia! – gritou a voz de Bazzle, já mais distante.

Cassandra lançou um olhar preocupado para Tom enquanto permanecia diante da janela.

– Tom... você não pode deixar todas aquelas pessoas desabrigadas.

– Ah, Cassandra... – murmurou ele.

– Porque... além do seu senso natural de compaixão...

O som de uma bufadinha muito peculiar veio da direção de Barnaby.

– ... seria desastroso do ponto de vista das relações públicas – continuou ela, determinada –, não acha? Você iria parecer um homem totalmente sem coração, o que sabemos que não é verdade.

– Os moradores dos cortiços podem pedir ajuda às incontáveis instituições beneficentes de Londres – argumentou Tom.

Cassandra olhou para ele com ar de reprovação.

– A maior parte dessas instituições de caridade não tem condições de oferecer ajuda *de verdade*. – Ela fez uma pausa e perguntou: – Você quer ser conhecido como um benfeitor público, não quer?

– Eu gostaria de ser conhecido como um benfeitor público, mas não estava necessariamente planejando *me tornar* um.

Cassandra se virou para encará-lo.

– Eu vou fazer isso, então – disse ela com firmeza. – Você prometeu que eu poderia começar qualquer trabalho beneficente que eu quisesse. Vou encontrar ou construir moradias de baixo custo para os moradores desalojados da Charterhouse Lane.

Tom fitou a esposa por um longo momento. Aquele arroubo de determinação recém-descoberto o interessou. E o animou. Ele se aproximou lentamente dela.

– Imagino que vá querer aproveitar alguns terrenos que possuo em Clerkenwell ou em Smithfield – sugeriu ele.

Cassandra ergueu ligeiramente o queixo.

– Posso querer.

– E provavelmente vai convencer alguns dos meus empregados a trabalharem para você... arquitetos, engenheiros, empreiteiros... todos a um custo reduzido.

Ela arregalou os olhos.

– Eu poderia?

– E não ficaria surpreso se você forçasse Barnaby, que tem acesso a todos os meus contatos e recursos, a trabalhar como seu assistente em meio período.

Enquanto olhava para o lindo rosto da esposa, Tom ouviu Barnaby exclamar, empolgado, atrás dele:

– Ah, posso fazer isso?!

– Acha que eu conseguiria? – sussurrou Cassandra.

– Lady Cassandra Severin – disse Tom baixinho –, se você vai conseguir nem está em questão. – Ele a encarou com uma expressão irônica. – A verdadeira questão é se vai passar o resto do nosso casamento tentando me elevar aos seus padrões.

Os olhos de Cassandra cintilaram com um humor travesso. Ela estava prestes a responder, mas por acaso olhou naquele instante para o lado de fora, para os degraus, vários andares abaixo, onde Bazzle, tão pequeno, acenava para eles.

Naquele momento, um homem alto e grande subiu correndo os degraus, agarrou o menino e levantou-o no colo.

Cassandra deixou escapar um grito de pânico.

– Tom!

Ele deu apenas uma olhada e já saiu disparado do escritório, como se tivesse o diabo em seus calcanhares.

～

Quando Tom chegou aos degraus da frente, o estranho já havia descido metade do quarteirão com Bazzle gritando em seu colo e estava empurrando o menino para dentro de um trole de aluguel em péssimo estado, com um cocheiro jovem, esquelético e muito pálido.

Tom correu até a cabeça do cavalo e agarrou o freio.

– Se tentar levá-lo embora – disse, ofegante, ao cocheiro, com um olhar assassino –, você não vai viver para ver outro dia. Eu juro. – Então dirigiu-se a Bazzle. – Desça daí.

– Sr. Severin – disse Bazzle, chorando. – Este é... o tio Batty...

– Desça daí – repetiu Tom com paciência.

– O todo-poderoso Tom Severin – zombou o brutamontes grisalho, com o sotaque carregado do East End. – Mas que não passa de um ladrão comum! Roubando o ganha-pão de um homem! Este é o *meu* pombo. Se quer fazer deste maricas sua mulherzinha, vai ter que pagar por isso.

Bazzle gritou, em lágrimas:

– Não sou maricas! Deixe o Sr. Severin em paz! Ele não fez nada com você.

– Ele roubou os ganhos que você teria e que eram meus por direito – retrucou o homem, dando um sorrisinho de desdém. – Ninguém rouba nada de mim. Estou recuperando o que é meu. – Sem olhar para Bazzle, ele acrescentou: – Cuidado comigo, menino, ou vou torcer o pescoço elegante desse aí como se ele fosse uma galinha pronta para ser depenada.

– Não encoste nele! – gritou Bazzle.

– Bazzle – disse Tom –, me escute. Saia desse maldito trole e volte para o prédio. Espere por mim.

– Mas o tio Batty vai...

– *Bazzle!* – repetiu Tom com severidade.

Para o alívio de Tom, o menino obedeceu, desceu devagar do veículo e caminhou em direção aos degraus de entrada do prédio. Tom soltou o freio do cavalo e foi até a calçada.

– Qual é a serventia do garoto para você, afinal? – zombou Batty, andando ao redor de Tom. – Bazzle não vale um minuto do seu dia.

Tom não respondeu, apenas acompanhou os movimentos do outro homem, mantendo o olhar fixo no rosto dele.

– Vou deixar você estirado no chão, é isso que eu vou fazer – continuou Batty. – Arrebentar sua cara até não sobrar nada... Ou... se estiver disposto a me dar algumas libras, posso até deixar que vá embora.

– Eu não lhe daria nem um tostão furado, seu imbecil – retrucou Tom. – Com certeza isso só faria você voltar em busca de mais.

– Como preferir, cavalheiro – grunhiu o outro homem, e se lançou para cima dele.

Tom se desviou para o lado, virou-se rapidamente e, quando Batty voltou, recebeu-o com um direto, um cruzado e um gancho de esquerda.

Batty cambaleou para trás e rugiu com indignação. Então foi para cima de Tom novamente, absorvendo um golpe na lateral do corpo e outro no estômago antes de acertar um soco por cima do ombro que fez Tom recuar. Batty avançou e atacou com um golpe no queixo e outro soco de direita, mas Tom conseguiu se esquivar. Furioso, Batty se jogou em cima dele, fazendo os dois caírem no chão. Uma explosão de faíscas brancas atravessou a visão de Tom quando sua cabeça bateu na calçada.

Quando voltou a si, estava rolando no chão com o outro homem enorme, trocando socos, usando joelhos, cotovelos, punhos, qualquer meio que lhe desse alguma vantagem. Ele acertou um soco forte no rosto do desgraçado, fazendo com que um jato de sangue espirrasse nos dois. O corpo grande embaixo dele ficou imóvel, gemendo, derrotado. Tom continuou a socá-lo como se fosse uma máquina, a respiração entrecortada, os músculos ardendo em agonia.

Até que de repente sentiu várias mãos puxando-o para longe. Incapaz de ver claramente, Tom passou a manga da camisa pelos olhos. Em meio à agitação e à fúria, se deu conta do corpo pequeno pressionado firmemente ao seu, os bracinhos magros apertados ao redor da sua cintura.

– Senhor... senhor... – chamou Bazzle, soluçando.

– Bazzle – disse Tom com a voz arrastada, a cabeça girando. – Você é meu menino. Ninguém vai tirar você de mim. Ninguém.

– Sim, senhor.

Algum tempo depois, ele ouviu a voz baixa e tensa de Cassandra:

– Tom? Tom, está me ouvindo?

Mas a visão dele ficou cinza, e Tom só conseguiu murmurar algumas palavras que sabia que não faziam sentido. Ao sentir os braços da esposa ao seu redor, ele suspirou, virou o rosto contra a suavidade perfumada dela e se deixou levar pela escuridão convidativa.

～

– Não tenho nome do meio – disse Tom, irritado, enquanto Garrett Gibson se inclinava por cima da beirada da cama dele e movia um dedo através do seu campo de visão.

– Continue acompanhando o meu dedo. Quem é a rainha?
– Vitória.

Cassandra estava sentada ao pé da cama, acompanhando o exame. Depois dos eventos do dia anterior, o rosto do marido estava um pouco pior, mas os ferimentos se curariam e, felizmente, ele sofrera apenas uma pequena concussão.

– Em que ano estamos? – perguntou Garrett.
– No ano de 1877. A senhora me fez as mesmas perguntas ontem.
– E o senhor está sendo tão rabugento quanto foi ontem – comentou Garrett, admirada. Ela se sentou e se dirigiu a Cassandra. – Como foi uma concussão sem gravidade e todos os sinais são promissores, vou liberá-lo para algumas atividades limitadas pelos próximos dois dias. No entanto, não deixaria que se excedesse. Ele deve descansar o corpo e a mente o máximo possível para garantir que se recupere completamente. – Ela torceu o nariz em uma expressão brincalhona para Bazzle, que estava do outro lado da cama, enroscado com uma bola de pelo avermelhado aconchegada ao peito. – Isso significa que não devemos deixar o filhotinho perturbar o sono do Sr. Severin.

O cachorrinho fora um presente de Winterborne e Helen e tinha sido entregue naquela manhã mesmo. Eles tinham ficado sabendo de uma nova ninhada de um amigo, que criava poodles toy, e pediram que esse amigo mandasse um filhote para a casa de Tom quando já estivesse pronto para ser desmamado. Bazzle estava encantado com o bichinho, cuja presença já ajudara a acalmá-lo depois do susto que tinha tomado.

– Há um chumaço empoeirado em cima da cama – tinha sido o comentário de Tom depois de ver o cachorrinho. – E tem pernas.

O filhotinho se espreguiçou, então bocejou e cambaleou até onde estava Tom, encarando-o com os olhos cor de âmbar.

– Essa coisa estava na nossa lista? – perguntou Tom enquanto esticava a mão com relutância para acariciar os pelos encaracolados com dois dedos.

– Você sabe muito bem que sim – disse Cassandra, sorrindo –, e, sendo um poodle, Bingley não vai soltar pelos.

– Bingley? – repetiu Tom.
– De *Orgulho e preconceito*. Você ainda não leu este?
– Não preciso – falou Tom. – Se é da Jane Austen já sei a história: duas pessoas se apaixonam depois de um terrível mal-entendido e têm muitas conversas a respeito. Um dia elas se casam e fim.

– Parece horrível – comentou Bazzle. – A menos que seja aquela história com a lula.

– Não, *este* é um romance excelente – afirmou Tom –, que vou ler para você, se conseguir encontrá-lo.

– Eu sei onde está – disse Bazzle, animado, e saltou da cama.

– Eu vou ler para vocês dois – declarou Cassandra –, depois de levar a Dra. Gibson até a porta.

– Não precisa me acompanhar – disse Garrett com firmeza. – Fique com o paciente, minha querida, e não deixe que ele se canse hoje. – Ela se levantou e pegou a valise. – Sr. Severin, meu marido me pediu que lhe informasse que tio Batty ficará encarcerado por um bom tempo. E, quando finalmente for solto, não causará mais nenhum problema ao senhor nem a ninguém. Nesse meio-tempo, estou tratando dos meninos que moravam com ele e buscando uma forma de acomodá-los em uma nova vida.

– Obrigado – disse Tom, e pareceu desconcertado quando Bingley se aconchegou na dobra do seu braço. – Você não deveria estar na cama – disse ele ao cachorrinho. – É proibido por contrato.

Bingley não pareceu se importar nem um pouco.

Cassandra se inclinou sobre Tom.

– Sua cabeça está doendo? – perguntou ela, preocupada. – Precisa de mais remédio?

– Preciso de mais você – disse ele, puxando-a para que se acomodasse ao seu lado. Cassandra se aconchegou contra o marido com cuidado. – Cassandra – chamou Tom com a voz rouca.

Ela se virou para encará-lo até que seus narizes quase se tocassem, e só o que conseguiu ver foram as profundezas de azul e verde daqueles olhos se misturando.

– Quando acordei hoje de manhã – continuou Tom –, me dei conta de uma coisa.

– De quê, meu bem? – sussurrou ela.

– Do que Phileas Fogg descobriu depois de viajar ao redor do mundo.

– É mesmo? – disse Cassandra, espantada, e se apoiou em um dos cotovelos para olhar para o marido.

– O dinheiro não significava nada para ele, no fim das contas – concluiu Tom. – Ganhar ou perder a aposta... também não. Só o que lhe importava era Aouda, a mulher por quem ele se apaixonara no caminho e que levou para casa com ele. O amor é o que importa. – O olhar dele encontrou o dela, e um sorriso curvou seus lábios. – Essa é a lição, não é?

Cassandra assentiu e enxugou os olhos subitamente marejados. Tentou sorrir de volta, mas uma onda de pura emoção fez seus lábios estremecerem.

Tom pousou uma das mãos no rosto dela com reverência.

– Eu te amo, Cassandra – disse em uma voz embargada.

– Eu também te amo – respondeu ela, e deixou escapar um soluço. – Sei que essas palavras não são fáceis para você.

– Não – murmurou Tom –, mas pretendo praticar. Com frequência. – Ele passou a mão ao redor do pescoço dela, puxando-a mais para perto, e beijou-a com ardor. – Eu te amo. – Outro beijo longo e lento, que pareceu arrancar a alma do corpo de Cassandra. – Eu te amo...

~

O barulho de vidro se quebrando assustou Kathleen no momento em que ela atravessava o hall de entrada do Priorado Eversby. Ou se arrastava, pensou, conformada, pressionando uma das mãos contra a barriga distintamente redonda de gravidez. A apenas dois meses do parto, Kathleen sentia-se bem mais pesada e mais lenta, e o andar típico de final de gravidez era inconfundível.

Ela estava grata por estar longe do turbilhão social de Londres, de volta ao ambiente confortável do Priorado Eversby. Devon parecia igualmente feliz, se não mais, por retornar à propriedade de Hampshire, onde o ar do inverno era temperado pelo aroma de lenha queimando, de neve e de sempre-vivas. Embora Kathleen estivesse grávida demais para montar, podia visitar seus cavalos nos estábulos e fazer longas caminhadas com Devon, e depois se aconchegar ao lado da lareira.

Eles haviam acabado de terminar o chá da tarde, durante o qual Kathleen lera em voz alta uma carta que chegara pela manhã. Era de Cassandra, que parecia bem-humorada, cheia de assunto e transbordando de felicidade. Não havia dúvida de que ela e Tom Severin faziam bem um para o outro, e o sentimento entre os dois estava se transformando em um laço profundo e forte. Pareciam ter desenvolvido o tipo de afinidade impressionante que às vezes ocorria entre pessoas cujas diferenças pessoais traziam tempero e emoção ao relacionamento.

Quando Kathleen entrou no escritório, viu o corpo alto e forte do marido agachado sobre uma pilha de vidro cintilante no chão.

– Caiu alguma coisa? – perguntou ela.

Devon levantou a cabeça e deu um sorrisinho, os olhos brilhando de um modo que sempre fazia o coração de Kathleen bater mais rápido.

– Não exatamente.

Ela se aproximou e viu que o objeto havia sido deliberadamente esmagado em cima de uma lona, para que os cacos pudessem ser recolhidos e descartados com facilidade.

– O que é isto? – quis saber Kathleen, com uma risadinha espantada.

Devon pegou algo da lona, sacudiu os últimos cacos de vidro e ergueu diante dos olhos dela.

– Ah, esta coisa. – Um sorriso curvou seus lábios quando ela viu o trio de passarinhos empalhados empoleirados em um galho. – Finalmente decidiu que estava na hora.

– Exato – respondeu Devon com satisfação.

Ele pousou a figura, agora sem a redoma de vidro, de volta na prateleira. Com cuidado, afastou a esposa dos cacos, envolvendo-a com um braço e pousando a mão livre na barriga dela. Seu peito forte se ergueu com um suspiro profundo e satisfeito.

– Como você nos levou longe em tão pouco tempo – murmurou Kathleen, apoiando-se no marido. – Transformou todos nós em uma família.

– O crédito não é meu, meu amor – disse Devon, e abaixou a cabeça para pressionar um sorriso torto contra o rosto dela. – Fizemos isso juntos.

Kathleen se virou nos braços dele para olhar o trio de passarinhos.

– Fico imaginando o que será que elas vão fazer – pensou em voz alta –, agora que estão no mundo, ao ar livre.

Devon aconchegou-a novamente junto ao corpo e roçou o nariz em seu rosto.

– O que quiserem.

EPÍLOGO

Seis meses depois

— B... a... s... i... l – disse Cassandra enquanto o menino copiava com esforço as letras em um caderninho em branco.
— Tem certeza que é assim que se escreve? – perguntou ele.
— Sim, absoluta. Essa é a maneira correta.

Ela e Basil estavam sentados juntos em um banco, no porto, sob o céu de um azul suave de Amiens. Perto deles, pássaros barulhentos conhecidos como colhereiros e ostraceiros revoavam sobre a baía de Somme, em busca dos últimos moluscos antes que a maré subisse.

— Mas por que o S tem o mesmo som que o Z? Eu gostaria que cada letra tivesse apenas um som.
— É um pouco irritante, não é? A nossa língua pegou muitas palavras emprestadas de outros idiomas, e esses outros idiomas têm regras ortográficas diferentes.

Ela levantou os olhos e sorriu ao ver Tom caminhando na direção deles, belo e relaxado. Os quinze dias ensolarados que eles haviam passado em Calais tinham bronzeado a pele dele, e os olhos azuis e verdes cintilavam em um forte contraste. Tom os levara ao porto para uma viagem de um dia que incluiria uma misteriosa surpresa.

— A surpresa está quase pronta – disse ele. – Vamos pegar nossas coisas.
— Papai, isto parece certo para você? – perguntou Basil, mostrando o caderno a ele.

Tom examinou a página.
— Parece perfeito. Agora vamos guardar o caderno na bolsa da mamãe e... Santo Deus, Cassandra, por que você trouxe isto?

Ele estava olhando para o conteúdo da bolsa dela com uma expressão horrorizada.

— O quê? – perguntou ela, sem entender. – São minhas luvas extras, um lenço, o binóculo, um pacote de biscoitos...
— Este livro.

– *Tom Sawyer* é um dos seus livros favoritos – protestou Cassandra. – Você mesmo disse isso. Agora estou lendo para Basil.

– Não nego que é um dos melhores romances já escritos, com uma excelente mensagem para jovens leitores. No entanto...

– E qual seria essa mensagem? – perguntou Cassandra, desconfiada.

– O papai já me falou – adiantou-se Basil. – Nunca faça o seu trabalho se houver outra pessoa para fazer por você.

– Essa não é a mensagem – contestou Cassandra, franzindo a testa.

– Discutiremos isso mais tarde – apressou-se a dizer Tom. – Agora, coloque isto no fundo da bolsa e *não deixe* que seja visto pelas próximas duas horas. Não mencione o livro, nem pense em mencionar.

– Por quê? – perguntou Cassandra, cada vez mais curiosa.

– Porque estaremos na companhia de alguém que, para dizer o mínimo, não tem um especial apreço por Mark Twain. Agora, venham comigo.

– Estou com fome – disse Basil com uma voz triste.

Tom sorriu e desarrumou os cabelos do menino.

– Você está sempre com fome. Por sorte, estamos prestes a ter um belo e longo chá da tarde com todos os pães e doces que você quiser.

– Essa é a surpresa? – perguntou Basil, desapontado. – Mas nós tomamos chá todo dia...

– Não em um iate. E não com essa pessoa. – Tom pegou a bolsa de Cassandra, fechou-a com firmeza e ofereceu o braço à esposa.

– Que pessoa? – perguntou ela, achando divertida a animação nos olhos dele.

– Venha descobrir.

Os três desceram por uma das docas até um iate modesto mas bem-cuidado. Um cavalheiro elegante, com uma barba bem-aparada e cabelos grisalhos muito cheios, os aguardava.

– Não! – disse Cassandra com uma risada de surpresa, reconhecendo o rosto do homem de fotografias e gravuras. – Este é realmente...

– Monsieur Verne – disse Tom, com toda a tranquilidade –, estes são minha esposa e meu filho. Lady Cassandra e Basil.

– *Enchanté* – murmurou Júlio Verne, os olhos cintilando quando se inclinou sobre a mão de Cassandra.

– Eu disse a monsieur Verne – falou Tom, feliz com a expressão fascinada da esposa – que você me deu o primeiro romance que eu li na vida, *A volta ao mundo em oitenta dias*, e que, por razões pessoais, ele continua sendo o meu favorito.

– E quanto ao... – começou Basil, e Tom pousou a mão gentilmente sobre a boca do menino.

– Madame – disse Júlio Verne –, estou encantado em recebê-la para o chá a bordo do *Saint Michel*! Espero que goste de doces, como eu.

– Gosto muito – respondeu ela enfaticamente –, e meu filho também.

– Ah, que maravilha! Venham comigo, então. Sei que a senhora tem perguntas a fazer sobre os meus romances e terei muito prazer em respondê-las.

– Sempre tive vontade de saber como o senhor teve a ideia para *A volta ao mundo em oitenta dias*.

– Ora, veja bem, eu estava lendo um folheto de viagens americano...

Pouco antes de embarcarem no iate, Cassandra voltou-se para Tom e levou as mãos ao colar delicado que sempre usava desde que ele lhe dera de presente. Tocou o pingente em formato de infinito de Euler.

E, como sempre, o gesto secreto dos dois o fez sorrir.

NOTA DA AUTORA

Caros amigos,

Descobri alguns fatos interessantes enquanto pesquisava para escrever *Pelo amor de Cassandra*, mas nenhum me surpreendeu mais do que saber que *As aventuras de Tom Sawyer*, de Mark Twain, foi publicado na Grã-Bretanha em junho de 1876 – meses antes de ser lançado nos Estados Unidos!

Twain queria garantir direitos autorais britânicos e, ao que parece, era mais estimado entre os ingleses. A primeira edição britânica tinha uma capa vermelha, com o título apenas de *Tom Sawyer*. Quando foi publicado nos Estados Unidos, em dezembro, sua capa era de um azul intenso, com o título completo gravado em dourado.

Além disso, Mark Twain aparentemente nutria um rancor perpétuo por Júlio Verne desde 1868, quando Twain estava tentando terminar de escrever uma história sobre balões e Verne passou à frente dele e publicou uma história intitulada *Cinco semanas em um balão*. (Nós, escritores, podemos ser muito sensíveis às vezes.)

A primeira menção completa à tradição de uma noiva se casar usando "alguma coisa velha, alguma coisa nova, alguma coisa emprestada e alguma coisa azul" data de outubro de 1876, e foi publicada em um jornal de Staffordshire.

Encontrei uma descrição detalhada do conceito de "memória fotográfica" em um artigo intitulado "Natural Daguerreotyping" do *Chambers's Edinburgh Journal* de 1843.

Ainda que as versões mais antigas de *Cinderela* não incluíssem a abóbora, Charles Perrault adicionou-a em sua versão de 1697. Aparentemente, a abóbora foi levada do Novo Mundo para a França durante o período Tudor, entre 1485 e 1603. Os franceses, é claro, sabiam exatamente o que fazer com o "*pompion*", como a chamavam.

Até onde se sabe, a primeira receita impressa de torta de abóbora existe desde 1675.

Foi o rei Jorge V que mandou instalar a primeira banheira em um vagão de trem, no Royal Train, em 1910. Entretanto, tenho certeza de que o criativo e meticuloso Tom Severin, sendo um homem à frente de seu tempo, definitivamente instalaria uma em seu vagão particular.

Espero que você tenha se divertido lendo este livro. É um privilégio e um prazer poder criar histórias que eu amo e compartilhá-las com vocês!

L. K.

Scones da Cassandra para o chá da tarde

Encontrei a receita destes *scones* macios e perfeitos em vários livros de culinária vitorianos e ajustei só um pouquinho para que funcionasse para nós. Naquela época, em geral se adicionava amido de milho ou de batata a bolinhos como estes, o que faz com que fiquem leves e fofos. Infelizmente, Greg, as crianças e eu não podemos tornar o chá da tarde um ritual diário como os Ravenels, mas, quando conseguimos, sempre incluímos *scones*. São simples e deliciosos!

Ingredientes
1 ¾ xícara de farinha de trigo
¼ de xícara de amido de milho
½ colher de chá de sal
3 colheres de chá de fermento
110g de manteiga, gelada e picada em cubinhos
¾ de xícara de leite integral
Um pouco de creme de leite ou nata para pincelar os bolinhos

Modo de preparo
Preaqueça o forno a 220°C.
Misture os ingredientes secos usando um batedor (*fouet*) ou um garfo. Junte a manteiga à mistura, amassando e misturando com um garfo até que esteja tudo incorporado. Adicione o leite e misture tudo delicadamente até formar uma bola grande de massa.
Polvilhe com farinha a massa, um rolo de pastel e uma tábua de corte, e abra a massa até que fique com uma espessura de cerca de 1 centímetro. (Dica: quanto menos você tocar, amassar e mexer na massa, mais fofos serão os *scones*.) Use um cortador de biscoitos pequeno (o meu tem cerca de 5 centímetros de diâmetro) para cortar pequenos círculos e depois coloque-os em um tabuleiro untado (gosto de cobrir o meu tabuleiro com papel-manteiga).
Com um pincel de cozinha, pincele os *scones* com o creme de leite.
Asse por 12 minutos. (Aqui você vai precisar confiar em seu julgamento

– se os *scones* não estiverem com um tom de marrom dourado bonito, deixe-os por mais alguns minutos.)

Sirva com manteiga, geleia, mel ou o que você preferir colocar nesses *scones* perfeitos!

CONHEÇA OUTRO TÍTULO DA AUTORA

Segredos de uma noite de verão

As Quatro Estações do Amor
Coleção Pop Chic

Como qualquer moça de sua idade, Annabelle Peyton nutre a esperança de encontrar um grande amor, mas, sem um dote para oferecer e com a família em situação difícil, esse é um luxo ao qual não pode se dar.

Certa noite, em um dos bailes da temporada, ela conhece três outras jovens que também sonham em se casar. Juntas, as quatro dão início a um plano: usar todo o seu charme e sua astúcia para encontrar um marido para cada uma, começando por Annabelle.

No entanto, o admirador mais intrigante dela, o rico Simon Hunt, só parece interessado em levá-la a prazeres irresistíveis em seu quarto – e não ao altar. Annabelle está decidida a recusar esse arranjo, só que, depois de se entregar aos beijos do rapaz, fica cada vez mais difícil resistir à sedução.

No primeiro livro da série As Quatro Estações do Amor, Annabelle sai em busca de um marido, encontra amizades verdadeiras e desejos intensos e – o mais importante – aprende que o amor pode ser um jogo muito perigoso.

CONHEÇA OS LIVROS DE LISA KLEYPAS

De repente uma noite de paixão

Os Hathaways

Desejo à meia-noite
Sedução ao amanhecer
Tentação ao pôr do sol
Manhã de núpcias
Paixão ao entardecer
Casamento Hathaway (e-book)

As Quatro Estações do Amor

Segredos de uma noite de verão
Era uma vez no outono
Pecados no inverno
Escândalos na primavera
Uma noite inesquecível

Os Ravenels

Um sedutor sem coração
Uma noiva para Winterborne
Um acordo pecaminoso
Um estranho irresistível
Uma herdeira apaixonada
Pelo amor de Cassandra

Para saber mais sobre os títulos e autores da Editora Arqueiro,
visite o nosso site e siga as nossas redes sociais.
Além de informações sobre os próximos lançamentos,
você terá acesso a conteúdos exclusivos
e poderá participar de promoções e sorteios.

editoraarqueiro.com.br